MINGUO
TONGSU XIAOSHUO DIANCANG WENKU

民国通俗小说
典藏文库
耿郁溪 卷

雨露群蜂

耿郁溪 著

中国文史出版社

图书在版编目(CIP)数据

雨露群蜂／耿郁溪著. －－北京：中国文史出版社，2021.3

（民国通俗小说典藏文库. 耿郁溪卷）

ISBN 978－7－5205－2849－8

Ⅰ. ①雨… Ⅱ. ①耿… Ⅲ. ①长篇小说－中国－现代 Ⅳ. ①I246.5

中国版本图书馆 CIP 数据核字(2020)第 255689 号

责任编辑：蔡晓欧

出版发行：**中国文史出版社**
社　　址：北京市海淀区西八里庄路 69 号院　邮编：100142
电　　话：010－81136606　81136602　81136603（发行部）
传　　真：010－81136655
印　　装：北京新华印刷有限公司
经　　销：全国新华书店
开　　本：720×1020　1/16
印　　张：17　　　　　字数：215 千字
版　　次：2021 年 3 月第 1 版
印　　次：2021 年 3 月第 1 次印刷
定　　价：59.80 元

目　　录

第一章　雨露群蜂

朝阳照耀在帝王庙前古香古色的牌楼，衬得牌楼上的白云如同袅袅的香烟，在白塔寺的白塔和阜成门的后边，隐约着起伏的远山。

这是北京城市的特殊风味。

牌楼南边，一个茶馆儿，檐前挂着小木牌，上面写着“毛尖”“雨前”，木牌下面垂着由红色变成的黄灰布条儿，被风吹着来回乱晃，茶馆里拥满着一群有闲阶级的人们。他们生长在都市里，过着养尊处优的生活，他们不知道拿钱来做一点事业，只是留着一点一点地花。他们就知道有钱就舒服，面子就好看，所以对于钱看得比任何都重要。假如拿钱换了东西，这东西一转手还能赚比这东西的钱数还要多，他们也不干。除非生活上必需的而且需要得非常迫切的时候，他们总还是把钱看得重要些。因为过于重视了钱，所以他们也就没有过于奢侈的地方。他们的享受，仅仅限于这很小的环境。一清早起来，提着鸟笼子，来到茶馆，把鸟笼子挂在檐间，互相听着它们的鸣声，而品评它们的优劣。叫它们得一点新空气新阳光，人自己似乎还没有鸟儿讲卫生。

到了正午回家吃饭，高兴或者加上二两酒。饭后又来到茶馆，茶馆晚上“代灯”。有说评书的，听几段《聊斋》，然后幻想着自己遇到一位狐仙给了一窖的元宝，回到家里做这个梦去。第二天早晨，仍旧如此。今天如是，明天亦如是；这月如是，下月仍如是；今年如是，明年复如是。年年天天，除了吃饭、睡觉、逛庙会、行人情，一生的光阴，差不多都耗在茶馆里，一直到死。茶馆的朋友公送一块幛子，送到坟地完事。而茶馆并不比此前人少，他们是父传子袭地以茶馆做他们的天国，当他们的天下。

他们没有什么国家观念，没有什么民族意识，他们只有自己。虽然偶尔也在“莫谈国事”的字条下，谈些国事，然而他们谈的国事，都是这个地球上找不出地方的国度；他们也谈些新闻，他们谈的在新闻纸上是没有的。像他们这种生活，在太平年间，在闭关自守的时代，都是很舒适而悠然的，但在烽火连年、文明竞争的时代，这种生活，实在有淘汰的趋势。即或在大战之后、和平建设才开始时，这种闲废置散，也是不能够存在了。

但他们并不理会这些，他们一方面感叹着“年头儿”不好，另一方面仍然憧憬着过去的和未来的悠闲岁月，脑子简单的人，连这样的想法都没有。他们多么单纯而愚笨呀！大炮的爆声，震惊了许多人们，而他们并不清醒，他们只略感到一些“流亡”的危险，心里总还以为是“乱”，终归于治，期待着将来的悠闲生活。

近来，因为战时所必有物资膨胀的现象，纵使他们渐渐感到生活的威胁，他们的脑子，渐渐有点摇撼。洋面的力量，比大炮的力量还大。有些人已经不能支持了，觉悟早些的，早就奔上他们的生产之路，他们已经感到不生产是无以为生了。不过还有些人，以为他们都“够过的”，一时不至于着急，所以还勉强着要维持他们的面子；有些着急的，只是着急在心里，而表面还要做出不着急的样子，不过其挣扎的神态，却时常不由得露在外面；有的根本不觉怕，不到挨饿的时候，是不去想生产的。因为有这三种人，所以李记茶馆还是“座上客常满”。

掌柜的李子花，眼睛最厉害，谁着急谁不着急，他一看就看得出来，不过待承却是一样。他深得商人之谋略，他知道有钱的全仗着没钱的衬着而高兴来，这里就是胡先生最着急。

胡先生是十八岁结的婚，又是十月初八的生日，所以自己起个名字叫胡十八。为是纪念结婚，顺便告诉人他的寿辰，以便叫人家送礼物。胡先生有个儿子，在小学毕业之后，胡先生就不叫他读书，而叫他学徒。在那时候做学徒固然比读书能赚钱，而且还不消耗钱，但是一直到现在，人家大学都毕业，一月能赚三四百块钱，他的儿子还是一月赚三十块钱。

这三十块钱怎么能够胡十八的家庭生活费呢？以前倒是有点储蓄，存在银行或邮政局，可是近来全部陆续提出以过日子。现在胡十八每天必要在床下墙角找出多年不动的东西，偷偷地去卖，怕街坊看见笑话。本来他以前看着什么都是好的，铁罐琉璃瓶，莫不收藏起来，现在都值了钱了。

胡十八本来没有到茶馆品茗听书的富余，可是他为了面子，为了摆“谱”，他卖了一个洋瓶子，也要到茶馆儿来消遣消遣，一来表示他不着急，一来茶馆是他的精神寄托处，不去就怪闷得慌。

嗜好就是习惯，习惯也就是嗜好。

他是一个矮小身材，又干又瘦，鼻子底下夹着两撮胡须。看他的外貌颇有点老鼠那样的狡猾和滑稽。见了人便作揖，就像捣杵那样一连作好多下。说话也连汤子嘴，永远不断，没话找话，找不出来了，一句话能够说上好几遍，甚至十几遍，好似生活把他挤对成了神经病。

他一进门，掌柜的李子花便道：“胡爷来啦，今儿天气不错。”

胡十八道：“天气不错，天气不错，天气不错……”作着揖，而目光四瞩，看见了吴小四和鲍老催在下象棋。

吴小四是个好吃懒做的小伙子，外表有点傻气，而心里有数。因为老是心里有数，所以说话便结结巴巴。他的父亲吴老头子就是终身于茶馆生活的。李掌柜时常说吴老头儿生前怎么好花钱，每天至少一碟蚕豆一碟小花生。吴老头儿就这样地花，居然把一所房子也花没了。房子没了，老头子也死了。吴小四现在虽然能够自由，但是经济来源没有了。吴小四却并不忧虑，年轻小伙子，什么也不干，仍是每天在茶馆里腻，和鲍老催摆象棋就能消耗这半天的光阴。

鲍老催总以为自己象棋不错，一心想做国手。自从国手那健庭死了之后，他更像离着国手很近了。鲍老催挺胖，如果面壁的话，他的肚皮比鼻子尖容易接近墙。他的手指很粗，按着棋子，便看不见棋子上的字。他的性情很急，下棋不思想，拿起棋子儿就走，走几步就丢车失马，一失子，他更急了，结果输给了吴小四。

他以为输给吴小四是一种耻辱，他不大服气，说道："你这臭棋，瞎蒙。"

吴小四道："冲你、你的姓，你、你的棋、棋、棋就够臭的。"他以为这话很俏皮而自得意。

胡十八走过来道："怎么样？"他不见着谁，头一句就问怎么样。"怎么样"成了胡十八的口头语，时常问得人家不知回答他什么。而他也不一定要得着人的回答，他只图说着利落就是了。

吴小四道："他、他连输、输了两盘了。"

鲍老催道："别吹了，你这是瞎蒙的，不算。"一边说着，一边又摆起来。

走了没有多少步，吴小四使了一个卧槽马，鲍老催的老将不得不歪出来，吴小四把当头炮拿起来，往士角使劲一拍，精神非常振作，啪的一声，说道："没、没救儿了。"

大家一听棋子儿震得山响，就知道必有好棋，便全走了过来，说道："鲍老催又要输吗？可真泄气。"

鲍老催道："还没将死呢，怎么能算输棋？"说着，脑袋上有了汗。

吴小四道："外、外甥穿、穿孝，没、没舅（救）、舅（救）儿了。”越结巴越要说歇后语。

胡十八和李掌柜等全都走了过来。胡十八道：“仔细看看，不能没救，不能没救，仔细看看。”

吴小四道：“有、有救儿，也、也完、完啦。”

胡十八道：“老将上一步，还有棋，老将上一步，老将上一步，还有棋，还有棋。”

吴小四道：“我、我的车，迎、迎头一、一照，你、你支、支士，可、可是我一、一撤、撤将，撤、撤象一、一个车、车吃。”

胡十八没主意了，可是嘴里仍旧说：“还有棋，还有棋，想想，想想。”

李掌柜道：“哈，高手来啦，何爷给看看吧。”

大家一看，是叫何传的何老头儿进来了。何老头儿是这个茶馆的国手，大家相信他有起死回生之术。何老头儿且不观棋，讲究稳健。

何传是前清的秀才，做过什么差使，手里有些动产和不动产。他的文章、道德、棋学、经济以至年龄，在这茶馆里都要占着第一位。其实像何传何老头子的身份，很可以在公园棋道院里坐坐，不过他不大习惯。在那里是追随着人家，在这里是人家追随着自己，精神安慰上不大一样，所谓“宁为鸡口，毋为牛后”，就是这种精神作用。

胡十八见了何传连忙作揖道：“何老，何老，何老。”

何传还了一个揖。何传作揖与胡十八不同，胡十八作揖如兔子捣杵，何传双手由腹部往上一抱。吴小四、李掌柜、鲍老催各自作揖，作揖的姿势也不同。鲍老催抱着胖拳头在胸口一哆嗦，吴小四是歪着身体把拳头往肩上一扛，仿佛要找什么东西，李掌柜是把拳头几乎挨着鼻子。

这时吴小四和鲍老催的周围都挤满了人，大家你一句我一句，都支起着儿来，支着儿的倒比摆棋的还卖力气。这个说："先落士。"那个说："拿车将。"后来索性支着儿的跟支着儿的走起来，摆棋的倒成了看棋的了。

鲍老催知道自己也走不好了，他把棋子一推，立刻就笑了，他道："和棋。"

吴小四还不放松，说道："和、和棋？你输、输、输啦。"

何传道："胜固欣然，败亦可善，输赢有什么关系？"

何老头儿表示达观，这局棋算是吵散了。

胡十八道："胜负兵家之常，兵家之常，兵家之常。"说着，拿起旱烟袋来吸。

李掌柜过来给他们沏茶问道："胡二爷带着茶叶吗？"

胡十八道："没有，用你柜上的吧。"

李掌柜道："三毛一包的，两毛一包的？"

胡十八知道三毛一包的和两毛的一个样，为了面子，他不能不多花一毛。

李掌柜道："何先生也是三毛的？"何传点了点头。茶沏来，胡十八直心痛多花这一毛钱。

这时掌柜的大声说道："诸位，我现在有一点事，跟诸位商量一下，求诸位帮个忙，何老得领个头儿。"

何传道："什么事呀？一定帮忙。"

李掌柜道："我有个内侄，新从乡下来，带着百十多块钱，还给人带一百块钱，不料在火车上被人吃去了。自己的钱丢了认作倒霉算啦，人家这一百块，就得赔人家。他挺着急，跑来叫我想个主意，我有什么办法呢？后来我答应给他立一支会，十位每位拿十块钱凑一支会，头一月叫他白使，以后按月偿还。以后抽签也可以，摇彩也可以，写利钱也可以，诸位看怎么好怎么办。这事完全由我担保，绝没错儿。"

何传道："我来一支。"

吴小四道："我来一支。"他一点辙没有，可是张嘴就说，一点不考虑。他知道考虑也得上会，不考虑也得上会，上会等于给人家拿利钱来储蓄，反正得回得来。

李掌柜笑道："好极啦，吴爷见义勇为，别位全也跑不了，都得帮忙。胡爷，鲍爷，还有柳爷，卜爷，以外我再找两三位，我也上一支，我看还是写会好，是不是？"

胡十八道："写会好，写会，写会。"他一边说，一边心里打着算盘，固然上会等于储蓄，十个月就回来，自己写上，还能吃点利钱，可是每月拿十块钱，实在有点费劲。现在吃饭还成问题，哪里出这十块钱富余上会呢？心里想着，口里仍旧说："写会，写会。"

何传当时就拿出十块钱来，交给掌柜的道："就冲你了。"

李掌柜道："没错儿，胡爷明天再交也可以，我给您写个收条吧？"

何传道："瞎掰，写不写没关系。"

吴小四和鲍老催也各自想主意。吴小四其实还好，想着回家一转，就能转出一个主意来。鲍老催和胡十八一样艰难，不过他比胡十八好一点，就是人家都知道他比胡十八没钱，其实胡十八比他还难，光落个有钱的名儿，拿十块钱还真没有；不拿吧，又叫人笑话，自己这些日子的谱儿白摆了。这还是上会，若是人家告帮跟自己借十块钱，也得忍痛拿出来。他坐在那里喝茶，茶都没喝出味儿来，因为心里净想着明天怎么弄这十块钱了。

何传问他道："胡爷今天吃什么了？"一看见胡十八喝了不少茶，以为他吃了什么好的。

胡十八没有听见，何传又问了一句道："胡爷今天吃了什么好东西？一定吃炖肉吧？"

胡十八这才听见，说道："吃炖肉吃炖肉，吃炖肉，不错，吃炖肉。”其实他吃的是窝头熬菠菜。

何传道：“现在吃炖肉有点儿过时了，香椿快下来了。”

胡十八笑道：“可不是，快下来了。敢则，快下来了，明天……”

何传道：“明天什么？”

胡十八差点把心里的话都要说了出来，他道：“没什么。”他心里净想十块钱，而何传老向他说话没完。

这时，卜爷进来了。卜爷名叫卜大有，因为他会算卦，所以自己起了一个道号叫“卜算子”。卜算子一双近视眼，时常拿棋子当烂蚕豆往嘴里吃。

李掌柜道：“卜爷来了，好极啦，正提着您哪。”

卜算子道：“是不是？方才我打一个喷嚏，算了一个马前课，就知道你们在讲究我。”

李掌柜道：“讲究可不敢，有点儿事。”说着又把上会的事一说，并且说大家都答应了。

卜算子道：“成成，可是有一样，今天我没带着，倒是带着几十块，钱回头还有别的用项。”其实他身上才带着一块多钱。

李掌柜道：“也没跟您要，明天才要呢。柳爷那里您回去给带个话儿。”

卜算子道：“得，交给我啦。”

胡十八见人家都这么慷慨答应，都比自己好过，其实谁难受谁知道。

吴小四道：“卜爷给我算一卦。”

卜算子道：“嗬，敢则你在这儿哪？我先喝碗茶，回头再算。”

何传道：“喝我的吧。”

卜算子道：“也好，我刚喝了来的，也喝不多，来一碗吧，掌柜的少卖一壶茶，哈哈。”说罢，倒了一碗喝了，说道：“今天茶叶不坏。”

何传道：“再来一碗。”

卜算子道：“得，再来一碗。”今天他的茶钱省下了。

胡十八佩服他的机智，做得那么圆滑，其实谁不知道他是为省一壶茶钱哪。

他道：“小四说个时辰。”

吴小四道：“辰、辰时啊。”

卜算子闭着眼睛一算，说道：“你这卦是个中平，也说不上好，也说不上不好，寅午戌年多阻滞，亥子丑月渐亨通。待逢玉兔金鸡会，枯木逢春自放花。今年甲申年，没有妨碍，这个月里不大顺利，恐怕破点小财。”

吴小四道：“可、可不是，明、明天就得拿、拿出十块钱来，你、你真有、有把刷子。”

李掌柜吃不住道：“这十块钱不算破费，还回得来呢。”

卜算子道：“出钱就算破财，回来的时候那算还钱。”

吴小四道：“是、是呀，我说、说的就是出、出钱，过、过十个月还、还、还进财呢，是、是不是？”他补了过来。

胡十八道：“我也来一卦。”

吴小四道：“我、我这卦完了没、没有？”

卜算子道：“没哪，你这卦象，下月还不错。下月要走桃花运，恭喜，恭喜！”

吴小四高兴了，满脸的笑意，他想到前两天搬来一家街坊，只是一个小寡妇，挺摩登的，这两天她直看自己，别是要走桃花运？

卜算子道：“可是你要留神哪，老弟，桃花运走好了是人财两得，走坏了是身败名裂。哈哈，再来一碗喝。”

何传道：“卜爷用的是《易经》吗？”

卜算子道：“不，我这是奇门。”他知道何老头儿对《易经》有研究，不敢班门弄斧。

胡十八道："我想起来了，何老对于《易经》大有研究，求何老给我批一卦吧，好极啦，好极啦。"

何传道："问什么事呢？"

胡十八道："我想做点买卖，不敢说是囤积，就是手里有几个钱，买点儿东西赚几个钱，搁着也搁着。"他没钱了，才想起囤积点儿东西，这是他的理想，说着也可以表示他有钱。

何传道："你说个字吧。"

胡十八道："钱字吧。"

何传想了想道："不错，可以囤积，最好囤积烟土。"

鲍老催道："易经里还有囤积烟土吗？"

何传道："怎么没有？这卦是水雷屯，屯者囤积也。卦里说：九五，屯其实。小资吉，大资凶。象曰：屯其实，施未光也。屯其实膏是囤积烟膏嘛。"

李掌柜道："还是何老圣明。"

胡十八道："圣明，圣明，圣明，佩服佩服。"

何传道："读书应当活。"

胡十八那时真觉得自己囤积了许多烟膏，在大家的恭维中，暂时忘了十块钱的事，直到自己的肚子一叫唤，想到该是吃晚饭的时候，这才又想起十块钱的事，就给了茶钱回家。

回到家里，仍然想着这十块钱的会钱怎么办，若为了十块钱永不到茶馆去了，也难看。这些熟人时常碰见，说胡十八为了拿不起十块会钱而不敢见人，我胡十八多么丢人呢？可是这回一拿，以后月月得着一回急，这年头儿真有点追随不起。

第二天一清早，他想找出一件不能穿的衣服来，可是看哪一件都能穿，哪一件都需要。他感到当初有钱为什么不多置点衣服？最后拿出一件小棉袄来，用包袱一裹，放在一个旧鸟笼子里，把笼子罩住，提出去了。

快到当铺的时候，不时地回头看，见没有什么熟人，匆匆走进当铺，从鸟笼里把小棉袄拿出来。他满心要当二十块钱，伙计拿到手里看了看，给一块五。

胡十八凉了，他死说活说的算是当了五块钱，可是得包五张纸。他无法，五块钱也得当，当了上会，他转不过这个理来，那边吃利钱，这边花利钱，是不是便宜？

提着鸟笼子回到家里，也不提这个。不过他知道还差五块钱，卖鸟笼子吧，现在养不起鸟儿，要笼子也没用。一个留着就成了，将来有钱再买。养鸟儿再买笼子，不是一个样吗？

外边有打鼓小贩过来，他走了出去，在门口儿等着，打鼓的小贩走到跟前，他低声说道："有个鸟笼子，要不要？"

打鼓的道："您拿来我看看。"

胡十八道："进来吧。"他知道院里街坊瞒不住了，卖东西不能叫外人知道。

打鼓的进来，他把鸟笼子提出来，大声说道："我要这个也没有用了，搁着也是搁着，屋里简直没有地方搁了。"他同街坊表示他卖东西是因为屋里没地方搁。

打鼓的看了看道："您要多少？"

胡十八道："你给多少？"

打鼓的道："两块钱吧。"

胡十八道："两块钱？你问问我买的时候多少钱，你看看这个功夫多细，我买的时候还十几块钱呢。"

打鼓的道："您不能这样说，现在谁还要这个？这年头儿人都没得吃，还有力养鸟儿吗？我们买了也是搁着。"

胡十八道："这个套儿也值些钱哪！"

打鼓的道："告诉您说，我买的就是这个套。"

胡十八道："两块钱没商量？"

打鼓的道："您要多少钱？"

胡十八道："照原来的本钱，你给我十五块钱。"

打鼓的看了看说道："您还有别的没有？什么破烂儿都成，您别看破烂儿，比这个值钱。"

胡十八一听养鸟儿之害如此，卖都不值钱，他道："没有，冲你这给两块钱，别的你也给不上价儿。"

打鼓的挑起担子就走，胡十八有些失望，可是多么失望，也不能两块卖出去。

打鼓的在门口喊道："给您两块五啊？"

胡十八道："不成，差得远。"

打鼓的道："头一个买卖，给您三块钱吧。"

胡十八道："不成，你别在门口儿喊。"他老怕街坊知道。

打鼓的道："我再看看。"他又进来，看了看，说道："干脆四块五。"

胡十八道："干脆一口价，十块钱。"

两方往当中一凑合，七块钱讲妥了。

胡十八凑上那五块钱，合十二块钱，除了上会，还富余两块。他放心了，松快多了，钱到底是好东西，可以治人穷急之病。

胡十八吃完了饭，老早就到茶馆。他今天对掌柜的特别硬气，掌柜的对胡十八特别和气，这都是十块钱在当中作祟的缘故。

胡十八外貌慷慨而内心吝啬地把十块钱交给李掌柜，李掌柜把钱接到手里道："不忙呢，您要没得用，先由柜上给您垫上都成。"

胡十八道："有得用，有得用，有得用……"一连声儿说不知多少遍，连掌柜的都数不上来了。

一会儿，吴小四、鲍老催、卜算子都来了，各拿出十块钱。不知他们怎么奔出来的，反正都不大容易，甚至比胡十八这十块钱还难。虽然为了十块钱而着了不少急，但十块钱拿了出来，立刻就忘了着急了，高高兴兴地摆起棋来。

吴小四这几天的棋颇有进步，鲍老催简直不是他的对手了。一会儿，何传何老头子也来了，大家又谈到吴小四的棋很有进步，何传说："吴小四有点神气，福至心灵，他将来有希望，能当个科长什么的，就是一样，他还沉不住气，非得沉住气了，身份就有了。"

吴小四得意地笑道："我、我练、练着点儿，就、就成了。"

说胖就喘，到底是沉不住气。他道："跟、跟老、老头儿摆、摆两盘。"

大家说道："你跟何老摆还成呀？"

吴小四道："学学再、再说。"于是何老头子真同他摆起来。

吴小四最得意的是当头炮，何老头儿是希望对方先飞相，如果对方先飞相，他的招数一招紧一招。可是吴小四一使当头炮，他尽走后手，结果他输了。

何老头儿有点挂不住，大家也全说道："这小子瞎蒙，何老让着你呢。"

吴小四道："瞎蒙、蒙？好，这回谁、谁也别、别让谁。"说着，又走当头炮。

何传道："我说你沉不住气，一点不错，最好还是先飞相，当头炮不稳重。"

吴小四为了当科长，只得先飞相，这一盘果然何传得了先手，结果吴小四输。

大家说道："如何？你不成。"

吴小四有点着急，这回仍然走当头炮，不管沉得住气沉不住气，以胜利为先。当科长怎么着也不能老输棋呀。沉得住气有什么用呢？这回他仍旧走当头炮，果然跟着跳马出车，蜂拥而上，转瞬之间，把何老头子杀得落花流水。

这时何老头子反倒沉不住气了，这要是输给他，一世英名付于流水了。可是不用说想赢，走和棋都很难。他这时有点生气吴小四太不知好歹，一劲儿地想赢，就是赢了，又当得了老几？

他感到吴小四又不聪明了，冲他这样摆棋，将来也做不了科长。可是科长不科长还放在一边，吴小四赢棋是真的，说什么也不能让人家成心往输里走。于是他又牵涉于别人，说胡十八的旱烟袋真呛得慌，伙计的茶水不开，门外风刮得真讨厌，卖荸荠的老在这儿吆喝干吗？

这时掌柜的怕何老头儿继续挑毛病，遂说道：“和棋，不用摆了，小四还瞎走什么？你赢不了啦。”

李掌柜直维持何传的面子，别人也说道：“和棋，重摆吧。”

吴小四仍不知趣道：“和棋？好，我、我赢了，列、列马车。”这对于何老头子的面子上简直太难看了。

吴小四固然也懂得自己找面子，可是他净顾了自己的面子，而不管别人的面子。何老头子倒是达观多了，可是他达观得不彻底，他是向人家表示出来他的达观，他仍然是为面子而达观啊！他道：“苏东坡常云乎：败亦可喜。因为摆棋根本不在输赢，而在消遣养性，不能养性，谈不到摆棋。棋虽然走得好，而不能养性，不算高棋。摆棋宜有儒家风味。”

吴小四不懂什么叫儒家风味，他就知道输棋就是不高。他道：“列、列马车。”他犹作尾竖。

这时从外边跳进一个人来，穿着长袍马褂，戴着墨镜，一路乱作揖，一个一个都称呼到了。大家道：“嗬，柳爷来了，这个就热闹，非得有柳爷才热闹，有什么新闻没有？”

柳爷当然姓柳，由何传给起了一个别署叫摇锦斋主。因为柳爷好交际，八面玲珑，所以起名摇锦，大家都说非常典雅。

柳摇锦是一个十九世纪的摩登人物，这句话足可以包括他的思想与外表了。好外场，喜欢交际，他的交际都没有准谱儿了，连不好交际的人他都要交一交，其不碰钉子者几稀。可是柳摇锦拿碰钉子不当回事，无论哪一界，都要往里钻。走在街上，到处作揖，不熟假充熟，表示他交际广，所以他时常认错了人。好在礼多人不怪，多作几个揖，不费什么事。因为他好活动，所以他知道得多。他一来，大家都问他有什么新闻。他们之所谓新闻，就是谁家出了凶杀案，哪一个寡妇偷人这一类的事。这类的事互相谈论批评、感叹，足以能消遣这半天的光阴，就很满足了。而柳摇锦的新闻，更能供过于求，就是煤球涨到多少钱，谁家粮店作假，他都知道。他为追随名士，遂尽他所有的智力与精力，来读一些古文诗词之类的书，他要做到无所不包。而实际是一无所得，他是“百无成，一无成”。

柳摇锦一来，把何老头子与吴小四的棋局给吵散了，何老头儿的面子还算圆转过来。不过大家这时知道何老头儿的棋原来不怎么样。

柳摇锦道：“吴四爷，恭喜恭喜。”

吴小四道：“我喜、喜从何、何来、来呀？”越结巴越要背戏词，他说：“我赢、赢了一、一盘棋，算、算不得喜？”他一辈子也忘不了这盘列马车了。

柳摇锦道：“我不是说棋，我是说你要走桃花运。”

吴小四笑道：“你、你怎、怎么知、知道我要、要走桃、桃花运？”

柳摇锦拍胸脯子道：“这点消息再不知道，我还叫柳摇锦吗？”

胡十八一听关乎女人的事，便走过来说道：“什么消息公布一下，公布一下，听听，听听，听听。”

吴小四得意而又故意不叫柳摇锦说：“柳、柳爷，可别、别说呀，没、没、没这么一档子事。”他心里希望柳摇锦说了出来。

柳摇锦也明白吴小四虽然不叫说，但真说出来，他也更欢喜。

柳摇锦道："我一定公布，要不然你请大酒缸。"

吴小四道："成。"他的桃花运连一点边儿也没有，先许下一个愿。

柳摇锦果然真的不说了，其实不是不说，他是没的说呀。他知道人家爱听走桃花运的话，所以他拿这句话一面诈吴小四，一面讨吴小四的高兴，要不怎么说他是个交际家呢。

柳摇锦一不说，吴小四又沉不住气，他自己又往外说："柳爷净瞎、瞎造谣、谣言，其实、实我不、不、不大好意思，街、街里街坊的，可、可是她老追、追着我，她、她跟我说、说了好、好几回话、话了，我、我都不理、理她。"

柳摇锦一听有门儿，遂道："她那天不是把她嘴里的烟卷给你吃来着吗?"

吴小四道："可、可不是，我、我没要。"

一问一答，像真有那么一回事。其实他们两个人心里明白，就没这么一档子事。不但他们两个人心里明白，茶馆里的人全都明白，吴小四不会有这种事。不过谁也不说实话，大家维持着这虚伪的空气，叫它虚伪到底。

卜算子道："怎么样？我昨天这卦算得不错吧?"他一边倒着茶，一边说着。

就听老催站起来道："哎哟，烫了我的脚啦。"

大家看时，卜算子把茶都倒茶碗外边，由桌缝流到底下鲍老催的胖脚面上。

卜算子道："怎么回事?"

吴小四道："你、你还问、问哪，你把茶、茶、茶……"他越急越说不出来。

李掌柜道："卜爷，您把茶都倒外边了，您这近视……"

卜算子赶紧把碗拿起来，拿到鼻子尖地方，一边倒着一边说道：

“怨不得我倒了半天老不满呢。”大家都笑起来。

鲍老催道：“我可倒了霉了，这下子烫得不轻。”说着，把袜子脱下来。幸而茶馆沏的水向来不开，还没脱了皮，只是红了一块。

胡十八人老心不老，他仍要追问吴小四的桃色事件，他仍叫柳摇锦说出来。胡十八刚着完了急，立刻就议起女人。春天是使人有一种不可思议的感觉。

柳摇锦恐怕大酒缸吹了，立刻说道：“吴爷，走呀，大酒缸。”

吴小四道：“早、早一点儿吧？”

柳摇锦道：“慢慢喝着。”

李掌柜道：“先等等，咱们这个会定规一下，下月是哪天写会？咱们是用阴历用阳历？”

胡十八道：“用阴历吧。”因为阴历比阳历短一两天。“用阴历，用阴历，用阴历。”

李掌柜道：“胡爷说现用阴历，大家赞成不赞成？”

大家一齐说道：“赞成、成。”后边这个成是吴小四的声音。

李掌柜道：“今天是四月十九，下月是五月十九。”

胡十八道：“闰四月，闰四月。”

李掌柜笑道：“把闰月忘了，现在过得简直连日子时候都闹不准了。”

商定好了，柳摇锦仍是催着吴小四请大酒缸。

卜算子道：“我作陪。”

吴小四道：“走。”

他们三个人一起出来，到四牌楼一家大酒缸，围着缸一坐。

那么大酒缸，里边并没有酒，是当桌子用，比桌子低而又伸不开腿，还不如桌子舒服。可是如果用桌子便失了大酒缸的意味了。大酒缸的意味，完全是精神领略，中国人之注重精神即或身体上很大的亏，也是舒服高兴的。

三个人要了酒，这酒由烧锅那里就掺了水。酒缸再掺二成水，喝到嘴里有五成酒味就不错。可是他们都喝得沉醉得不得了。不是酒沉醉了他们，而是这个环境这个缸会沉醉了他们。他们就这样的醉生梦死，不知道他们环境以外还有什么东西。以醉眼看着槛外的乞丐或数来宝的要钱，感到自己越发舒适而写意。在这个社会上，乞丐永远没有根绝，总有人看着乞丐的哀痛而感到自己的写意。他们没有同情，他们没有想到自己就这么一步一步地往乞丐的路上走。

别的缸上，也坐着几个人，大谈物价的今昔，有人说从前有几吊钱就可以在酒缸吃饱喝足；有人说那时洋面总是整袋的叫，现在提着口袋到摊儿上去买；有人说那时带着几块钱，又听戏又吃饭。这套话是天天要说，处处听得见，人们都这样说，都这样叹息，而没钱的老不想怎么样去生产，有钱的老不想怎样做些有益人群的事，光会说光叹息，说完了叹息完了，仍然去追求不可捉摸的精神安慰。说的这些，等于白说。电影院不是老那样拥挤吗？饭馆子不是老那样满座吗？乞丐不是老那样老爷太太地喊吗？

吴小四和柳爷、卜爷喝得非常投劲儿，一投劲儿就无所不说，他们厌弃着乞丐，就如同乞丐从倒毙身上扒下麻包一样的不动于心。他们又谈到了桃花运的问题，吴小四说他们里院最近搬来一个寡妇，又不像寡妇，据说是下堂妾，又说是谁的外家，反正都是推测之言。据吴小四说长得很美，可是总说不出怎么美来。柳摇锦和卜算子都有意到吴小四家里串个门。美还在其次，最诱惑人的是钱。看那女人的谱儿，非有百八十万的谱不出来。

三个人都有点醉意，吃饱喝足，在大街上溜达，打着酒嗝儿，看着别人挤电车，他们笑这些人也不知忙什么。

吴小四回到家里，已经很晚，才知道他母亲还没吃晚饭。原来他昨天对他母亲说，今天上十块钱的会，他母亲吴老太太以为上会是储蓄，可以上的，便找出一件他父亲的皮袍子，叫吴小四去当，拿十块钱上会，剩下的钱带几斤小米面来。谁知吴小四把钱喝了酒了，吴老太太又气又悲哀，骂了他一顿，也没有别的办法。这孩子跟他爸爸一个性情，好吃懒做，有钱就花，好财买脸，这家产都这么花出去了。现在还有的可当，有的可卖，若是当卖一空的时候，怎么办呢？

吴太太跟这爷儿两个过惯了日子，原来不知道怎么能生产，现在虽然知道着急了，可也想不出什么主意来，人家老娘儿们背着筐子吆喝买“破烂儿”，自己又干不了。一边愁着，一边一天一天地混。吴小四是昏天黑地，什么也不懂，只有见着女人就飘飘然，这母子两个人，谁都替她们着急，在着急里又有点好玩儿，谁都喜欢有钱，而且别人都没钱，都挨饿，都不如自己。

社会是畸形的、矛盾的，着急的过于着急，不着急的过于不着急。就拿里院这位女人来说，其浪费的程度，是这乱时代中所不应有的。

她的经济来源不知道，不过据推测她的经济来源一定很旺，而且很容易，容易的程度要超过她所消耗的。若不然，就是她手里所有的钱，定够她这样花一辈而有余。她一个人带着一个厨子、一个车夫和一个老妈子，住在里院的三合房，她还嫌住不开，她愿意有一个大客厅，能够宴会和跳舞。她好虚荣，就和男人之好面子一样。她时常拿一百元的钞票，叠成蝴蝶形或是心形，或是万字形，做一种装饰品。她也知道街上有饿死的人，但饿死的人越多，越显得她那装饰品的尊贵。她要好看，她要舒服，她要人恭维，她要人羡慕。除此以外，她不知道有别的，炸弹落在她的眼前，她不知道世界上有战争，她不知道多少人在枪林弹雨中过生活，她不知道每一个人对于她的祖国对于她的民族负有重大的责任与义务，她不知道那些出生入死的将士们是为了争夺他们民族的光荣而奋战。她就知道享乐，偶尔也囤积倒把，她认为囤积倒把是有钱人的代表行为，不如此不算有钱。她好看电影好到跳舞场，甚至她也吸些鸦片，凡是有钱人所有的习惯和嗜好，她都要有。她不能嫖妓，但她可以交男朋友。

她的名字叫索南枝，本是一位王府小姐，因为家道中落，她的父母在她十六岁的时候，贪图许多财物，将她嫁给一个阔人做妾，她从小就随着父母享受惯了，做了姨太太，又得丈夫宠爱，更奢华骄侈得厉害。过了几年，她的丈夫死了，她因为还年轻，便分很大一笔财产，一个人单过起来，于是便越发自由了。这个房是她分得的不动产之一，她把住在里院的住户逼走，自己搬来住，外院吴小四算街坊，一来人口简单，二来房也难找，三来也有照应，所以仍然叫他们住着。

她是一个很美丽的女人，聪明多是赋予美丽的女人身上，这是很奇怪的。她固然聪明，但是并没有受过中等学校的教育。她的智慧是天生的，她的知识是从读小说报纸上得来的，不过她的生活经验却极丰富，她接触的人形形色色，委实不少。她拿这生活体验，悟出世故人情，于是对于任何人都不相信。

因为不相信任何人，所以她极端的自私，她完全为了自己享受而生活。她很浪漫，而她并不很容易地把她的身心给任何一个追求着的男人。她的态度就是玩玩主义，不要认真，不要妄想得着什么，能够大家调剂寂寞也就得了。人生是很短促的，女人的青春尤短促，为什么不及时行乐呢？她这种态度似是而非。

她最近交了一个青年朋友，名叫楚江秋，他是一个好做慈善事业的青年。他在索南枝的朋友里，日子虽浅而交际较深。他们是由朋友结婚的场合相见的。楚江秋惊叹着索南枝的美丽，仪态万方，他有一种说不出的爱慕。索南枝居然在这大群人里，也会看见了他，她就和看见别人一样地看见了他，不过觉得他有些和别人不同，不像别人带着一种世俗气。一会儿，他们就分别了，就聚散无常那样的分别了，他们谁也没有想到能够重见。

这天，索南枝同着另一位太太去看电影，遇见了楚江秋。楚江秋是一个人，他因为这片子叫《万紫千红》，表现一个女人怎样救济穷人，寓意还不错，他听人家说了，便跑来看。他却遇到索南枝。

索南枝因为要向那位太太表示她的男友多，于是便和楚江秋招呼了一下。楚江秋一看她能招呼自己，十分欢喜。他看见了她那奢华的举动，想起电影里的事，猛然觉得能够叫她像电影里的女人一个样做，这是多么伟大呢。但不知她能不能接受，她对于这个片子的观感如何？一般女人，在看到影片或戏剧的时候，也曾十分感动，但是出了戏院，自己仍然做自己的事情。一些明星、一些伶人，不是也常演忠孝仁义的戏剧吗？他们的表情是多么深刻，但是一到下台，便立刻忘了台上的事，这不是很好的例子吗？

电影散场了，他们都走了出来，那位太太和索南枝分别，索南枝坚持要约她到自己家里玩，那太太因为家里还有小孩儿等着吃奶，所以必须赶回去。索南枝剩了一个人，十分无聊，她想不起上哪儿去。

车夫把车拉了过来，她坐上去，车夫问她上哪儿，是不是回家，她一时说不出来。这时楚江秋走出电影院，向她点点头儿，她也向他颔首微笑，心里希望他能够陪着自己到咖啡馆去坐一坐。因为她不愿意一个人到什么地方。

楚江秋道："您回家吗？"

索南枝道："我正没有主意，回去也无聊，您没事吗？"

楚江秋道："没有事。"

索南枝道："那么我请您喝咖啡去吧。"

楚江秋道："谢谢，我请您吧。"

索南枝遂叫车夫再叫一辆车来，楚江秋道："这不是离着咖啡馆很近吗？我们走着去好不好呢？电影院里坐得两腿都要麻了。"

索南枝遂又跳下车来，告诉车夫在咖啡馆等着去，她便同楚江秋在街上步行着。

他们互问了和那天结婚的朋友家是什么关系。索南枝笑着说道：“我们的相遇不是很突兀的吗？我还不知道您的名字。”

楚江秋遂把自己的片子递给了索南枝，说道：“我应当称呼您索小姐吗？”

索南枝道：“您怎么知道我的姓？”

楚江秋道：“因为我那天听别人说过了。”

索南枝道：“别人提到我吗？”

楚江秋道：“索小姐很容易被人提到的。”她笑了。

来到咖啡馆，一边坐一边谈。楚江秋见索南枝那种排场，过于奢华了，因为初次晤谈，当然不便相劝，将来有机会，总要劝她一下。

他们渐渐谈得熟了，情感自然容易往一块儿靠近。于是他们又在一块儿吃晚饭。吃完晚饭，索南枝约楚江秋到家里坐，他便送她回家，而知道她家里的情形，觉得她的生活太舒适太自由，而也太散漫，最好应当有一种精神寄托，叫生活比较有个纪律化才能不致堕落，不然是很危险的。

从此，他便时常到她家里来。有一天，他来的时候，索南枝还没有梳妆，蓬蓬的发，惺忪着眼，光着两只细润柔腻的脚，拖着拖鞋。他走进来，闻着鸦片烟味，不觉很奇怪，遂问道：“里屋还有客人吗？”

索南枝道：“没有，客人差不多在晚间的时候多。”

楚江秋因为她的朋友非常多，他懒得和那些人碰到一块儿，所以他总是吃过午饭便来，到傍晚的时候就走，但这样也时常碰见好多自己不愿意碰见的人。今天来得太早，虽然自己已经吃过午饭，而索南枝却是刚起来不久。

他道："那么鸦片烟味，是您……"

索南枝微笑道："噢，你还不知道，我早就吸烟了。不过没有什么瘾，只是在无聊的时候，拿它消遣。"

楚江秋摇头道："我希望您还是不要吸它才好，在无聊的时候，您不会找一种可以陶情怡性的事情吗？"

索南枝道："可是找什么事情做呢？"

楚江秋道："可以看看书，您这里也有钢琴，为什么不利用它呢？"

索南枝道："看书看不下去，有时看一本小说，刚看得入目，有朋友来了，就得放下。钢琴我不会弹，学了一回，挺麻烦的。"

楚江秋道："那么到郊外旅行，也是很有趣味的事。"

索南枝道："去年一趟颐和园就把我游够了，歇了一个礼拜，才歇过来，并且公共汽车那样挤，我真受不了，又时常站住，停在中途，多么受罪呀。坐三轮也累得慌。"

楚江秋道："坐车还累，那么您跳半夜的舞就不累吗？"

索南枝道："跳舞是有趣味的事。"

楚江秋道："何不把趣味转移一下？"

索南枝摇头道："我也知道写写字、画画儿、弹琴、旅行，这都是高尚的趣味，可是我总干不下去，有什么办法？"

楚江秋一听，也没办法了，她已经染成了这种习惯，想改变这种习惯，只有两个法子，一个是慢慢地诱导，一个是用极大的刺激，转变她的积习，神经已经麻木的人，没有刺激是难以惊醒的。

他们正谈着，忽然外院热闹起来，他们一听，有人在唱流行歌，唱得那么不是味儿，原来是柳摇锦和卜算子找吴小四来了。昨天他们分别之后，柳摇锦想到吴小四的街坊是个有钱的独身女人，他仿佛要得这一个便宜。今天吃过午饭，他便穿了他那身四季西服，西服里边穿着中国式汗褂，裤子也没有那道褶印儿，就着墨镜，真仿佛天桥卖眼药的。他不遇到盛会大典，还轻易不穿他这身西服。他和卜算子一同去，才衬得起他这身西服的名贵。

他们在吴小四屋里，一边说着话，一边顺着玻璃窗往里院看，看不见什么。据吴小四说她不大常出屋子。

柳摇锦道："你把她叫出来，咱们跟她谈谈。"他们以为吴小四真的和那女人不错。

吴小四道："不、不、不成，她、她不爱、爱出来，要、要是没有人来、来、来的时候，她、她倒常常找、找我，一有、有、有人就不合、合适、适了。"

柳摇锦道："要不然你对她说有两个朋友，要见见她，你给介绍介绍。"

吴小四道："她那、那儿有、有客人坐、坐着，等有好机会的。"

卜算子道："你说有个朋友会算卦，可以给她算算卦。"

柳摇锦一听，不免有点嫉妒，他道："人家不会爱算卦的，人家是摩登人物。"说着他便唱起流行歌来，他想这流行歌声，一定能打动女人的心，她听了这歌声，就许出来看看。假如她问吴小四，昨天唱歌的是谁，吴小四一提柳摇锦，那么自己便可以登堂入室，就没有他们的事了。他有这自信，所以他唱起歌来。

柳摇锦唱得虽然不是味儿，但是挺灵，果然索南枝听见，她道："这是什么人唱的，这么糟心?"不管好印象或是坏印象，柳摇锦的歌声，总算叫索南枝注意了，所以柳摇锦深得广告之术。

一会儿，吴老太太做得了饭，说道："二位吃了没有? 在这儿吃吧?"

吴小四也道："在、在这儿吃、吃点儿。"

柳摇锦道："我今天吃的烙饼，炒木须肉，别看窝头，我还真想吃，好些日子没吃窝头了。"

吴老太太道："偶尔吃一回窝头倒还新鲜。"吴老太太看着柳摇锦那身西服不像吃窝头的，老太太以为西服阶级是有钱的。

柳摇锦道："可不是，老不吃还真想吃。"说着打了个饱嗝儿，一股臭豆腐味冲出来，吐出一些酸水，他吐到院里，里面有许多窝头渣子。

吴老太太道："您说现在粮食这么贵，怎么好？您家里有点儿粮食呀？"

柳摇锦道："存点儿，我现在的洋面，也不算多，足够一年吃的。"

吴老太太道："那可有了钱了，煤您也存一点儿呀？现在煤可不大好买，多少钱都买不着。"

柳摇锦道："煤我也存了几吨，不成，还不够用，我还想再买一点儿呢。"

吴老太太道："您的交往宽，能买得出来，明儿我托您给买一吨成不成？"

柳摇锦道："成成，别说一吨，多要几吨都成。"他说出大话来，自己都不觉得晕得慌。

吴老太太道："我们也用不了，一吨就够了，明儿叫小四把钱给您送了去，得多少钱哪？"

柳摇锦不知道得多少钱，他道："您不用管了，都交给我了，拉了煤之后再给钱吧。"他先说了再说，煤能买不能买，他还没有打算，暂时先把吴氏母子应付欢喜，交际家都是轻诺而寡信的。可是日子久了，自己把自己这道儿堵上，要不然就得把脸皮弄得比铁还厚，到处都叫人看不起。

吴小四道："柳爷只说、说到哪儿就、就办、办、办到哪儿，心、心直口、口快、快的哪。"越结巴越多添零碎儿。他是叫母亲知道自己交的朋友地道而欢心。

果然吴老太太说道："真的，你柳大哥一看就实诚热心，好外面儿，不像你，什么都不懂。”

柳摇锦道：“大妈，我这四弟好精啦，心里很透亮能下好棋。”

吴小四也笑了，三方面互相一捧，全都满足而高兴。社会上就仗着这一种力量而维持活泼，人与人之间就仗着这点恭维虚面子而互相往来。若没有这点力量，中国人便全都要死完了。中国人把说实话认为是大煞风景的事。

吴小四吃完了饭，便要上茶馆儿，柳摇锦舍不得走，非要看一看那女人不可。春天是使人兴奋的，容易想到女人。有一般人如柳摇锦者，女人比饥饿能动摇其心旌。明天没得饭吃时不管，眼前有女人，却不能放松一点。而吴小四的棋瘾却比女人瘾大，他非要到茶馆去不可。柳摇锦也无办法，只得同他走出来。

吴老太太又再三托付柳大哥买煤，柳摇锦说：“没问题，听我话儿吧。”

他们走出来，卜算子跟在后面，他看见从里院上房出来一个女人，便道：“出来了，快看！”

柳摇锦一听，连忙跑了回来看，一看，是个老妈子，说道：“哪儿呢？”

卜算子道：“不就是这个吗？”

柳摇锦和吴小四都笑道：“卜爷这眼神，可真糟心，这是老妈子，走吧。”连说带笑走出来，到茶馆去了。柳摇锦心里还盘算怎样能够见着那女人才好。

这时里院就剩了楚江秋和索南枝两个人。一会儿，客人陆续来了，都是西服革履，非常讲究。楚江秋有的认识，有的不认识，可是索南枝一律都对他们很亲近，随便说笑的情形，都比自己亲近得多。她是对每个人都有一种特殊的力量，这力量是对每个人单独会面时才有，于是每个人都觉得她在一群人里，只爱自己了。

楚江秋看见这些人放肆的神气，自己实在看不过去。可是索南枝并不以为意，她也照样和他们戏谑。他屡次想走，可是他又舍不得离开，后来实在待不下去，站起来要走。

索南枝道："别走，一块儿玩吧，你闷得慌吗？大家一块儿玩玩就熟了，人越多才越有意思。"

楚江秋见她拦住自己，只好又坐下去。这时索南枝说打扑克，他们赞成，拿出扑克牌来便打。楚江秋说不会，他在旁边看，大家玩得很高兴，一会儿便过了两个钟头。楚江秋坐在屋里，向着窗外看，蔚蓝的天空，飞着柳絮，和雪花一个样，那晴空飘着的一块白云，像许多柳絮积在一起。天气多么明媚呀！这样好的春光，这样虚度过去，太可惜了。俗话说一年之计在于春，一日之计在于晨，他们把晨的光阴，全消耗在早睡之中，把春的光阴，就这样一天一天地虚度。光阴是多么快呀，在这半天的工夫，若是干一些事业，读一些书，甚至弹个琴，画个画，都是有益处的。即或到郊外散步，吸些新鲜空气，换换新精神也是有益的。但他们竟这样毫不可惜地度过去了，不但今天这样过，就是明天后天，以至于永远，都这样过才快活。

楚江秋觉得自己这样过，实在是于自己也没有利益，在这几个钟头之内，去做一些有益人群的事，总比在这里安慰一个浪漫的女人强胜万倍，可是这女人也并不十分需要自己的安慰呢。他决心走了。

索南枝还要拦他，别人说："叫他走吧，他一个人待着也怪没意思的。"

楚江秋走了出来，他觉得这种生活简直是地狱，每天就这样醉生梦死，北京的闲人是这样的多，北京是一个消耗的都市，而不是生产的都市，有钱的光是赚钱光是花，没钱的连自己的生活都维持不了，社会是这样的畸形。

他走到街上，看许多人围着一个青年，他过去一看，那青年原是个瞎子，他用粉笔在地上写了许多字，看他写的字，才知道他是中学毕业生。因为交了一个女朋友，后来他的女友把他抛弃了，他的眼睛也瞎了。楚江秋一看，说不出是一种什么滋味，社会上无一处不是使人痛苦的。

过了几天，他又到索南枝家里，他到底是不能忘情于她。

索南枝说："怎么几天没有来？那天叫你无聊了吧？"

楚江秋道："不，我觉得你们那样才是无聊。"

索南枝道："噢，所以你不来了，是吗？"

楚江秋道："可是我到底来了。"说着，现出苦笑了。

索南枝也笑了，她道："你告诉我，你为什么几天不来？你为什么今天又来了呢？"

楚江秋道："我本想永远不来了，可是……"

索南枝道："可是什么？"

楚江秋说不出来了，她却坦白地说道："你爱我了吗？"

楚江秋真没想到她会这样说出来，她既然已经说出来，自己也就顺着台阶下，他道："是的，能接受……"

索南枝道："恋爱不是很平常的事吗？谁爱我，我都接受。"她亦庄亦谐地说，反倒把楚江秋僵住了，他说不出来什么。

她见他那神气，不觉好笑，于是她又接着说道："可是谁要想得着我的爱，却不是那么容易的事。"

他听了，这才有些欢喜，他道："那么，你……"

她道："你不必问了，反正你明白我明白就完了。"

楚江秋知道她爱了自己，不胜欢喜，于是便劝她道："我希望把你的生活改一下才好，我觉得你把你的青春这样度过去，多么可惜。"

她道："那么你叫我怎么改呢？"

他道："第一，我希望你最好少交那些无益的朋友。"

她道：“不要说了，什么叫有益？什么叫无益？别人都无益，就是你有益是不是？我跟你说，我虽然爱你，但你第一就限制我交朋友，这是不可能的，我的丈夫都没有这样限制过我，你不要拿我当作你的所有物，我爱你，和爱别人一样的，任何人都不能约束我。”

这一片话，又使楚江秋陷于窘迫里，他解释道：“我并不是约束你，我是希望我对于你有一点贡献，我是为你好的。”

她道：“可是你叫我做女君子、道学家，我不干，你的思想落伍了。”

楚江秋笑道：“我的思想会落伍了？你知道现在是什么样的时代？”

索南枝道：“什么时代？横竖叫我做贤妻良母是不可能的。”

楚江秋觉得她的见解实在错了，似是而非，女人的见解差不多都似是而非，她处处以“利己”为前提，无论什么事，只要自己喜欢，她能用这种方法曲解，以符合她的主张；她不喜欢的，她用种种言辞批评为不对。她的见解都是主观的，她绝不再从反面着想。

楚江秋道：“虽然不必叫你做贤妻良母，可是这个时代绝不需要你这种生活方式，我们应当替国家替社会做一点事业，至少要做一些对人群有利的事。假如国家和民族都灭亡了，你还要享受这种生活，那是绝不可能了。国家民族的存在，就是你的存在。”

索南枝笑道：“你跑到这儿说教来了？”

楚江秋道：“并不是说教，即或我们抛开这立场，但我们想到许多许多同胞，为了我们的祖国生活在枪林弹雨之中，争取民族的光荣，吃尽千辛万苦，我们这样优游岁月，能不对他们惭愧吗？”

索南枝道：“像我这样一个人，对于国家一点影响没有，国家也不会需要我这点人力和财力的。”

楚江秋道：“但人人都这样想，岂不更糟？”

索南枝道：“那么你叫我把所有的财产送给国家吗？你叫我饿

死，就是对国家有利吗？”

楚江秋道：“你真会强辩，我并不是叫你把你的财产捐助国家，我是希望你把一部分用不了的钱，自己生活稍微节约一些，剩余的钱，做点事业，来救济一部分失业的穷人，于你并无损失呀。”

索南枝道：“我现在这种生活，就是救济贫苦。”

楚江秋道：“怎么呢？我不明白。”

索南枝道：“比方我坐车用车夫，不是救济苦人吗？我买东西，叫别人赚些钱，叫工人的产品多些出路，不是救济苦人吗？甚至上咖啡馆上跳舞场戏馆子，也是救济苦人。假如这些地方都没有人去，全都关张，不是又有多少人失业吗？”

楚江秋叫她强辩得简直无法再说，最后他想起大烟来，遂道：“那么你吸鸦片烟也算救苦人吗？那些烟贩子，都是害人的东西，我们救济他来害别人、害自己，总是不该的吧？”

索南枝道：“我吸大烟是为我，并不是为他们。虽然我明知鸦片是毒物，但是能破除我的无聊，我就认为它有益。”

楚江秋道：“这总是闲的缘故，因为闲人太多，而那不闲的人，其闲的时间也超过他工作的时间，假如人人有事做，就不会染上这种嗜好。”

索南枝道：“可是我现在能够不做事而生活，何必要去做那不愿意做的事呢？”

楚江秋简直无法再说了，他道：“我不是跟你开辩论会呀。”

索南枝道：“我也不是跟你抬杠呀。”

楚江秋不言语了，他觉得聪明而被蒙蔽的人，比糊涂人还要难教。楚江秋最后说道：“像你这样救济贫苦，不算救济，真正的救济，不住于色，不住于馨香味触法。”

索南枝道：“叫我拿钱扔给穷人，我不干。他们所以穷，都是吃白面吃的，这种人何必救济。”

楚江秋道："假如你抽大烟而穷了的时候呢？"

索南枝道："我不等到穷，我就死去。"

楚江秋觉得说到这里，已经是终点，不能再说下去了。他默然了一会儿，想不出再说些什么，觉得这种思想，深入中国人心，劝是很难收效的。他对于索南枝失望了，她只有美丽的躯壳，而没有美丽的灵魂。他灭去了对她的爱，他不知索南枝是一个倔强的人，她永远不当时接受人家的劝告，有时她明知道是错，但人越劝告，她越不听。她和楚江秋辩论，是带着半打趣的成分，她觉得他那样认真颇好笑，他的好意是可以承认的，不过他太瞧不起自己了。他这样带有训话意味地说着，固然表示他的直爽，但至少失于柔和，这不是对女人的态度，尤其不是对情人的态度。

他不言语，她也不言语，他站了起来，想拿帽子，但并没有拿起，在屋里走了两个圈儿。索南枝点起一根纸烟，一边吸着，一边低声唱着流行歌。

楚江秋拿起帽子来，他道："再见。"

索南枝仍然坐在沙发上，说道："忙什么，再坐坐。"

楚江秋道："再见吧。"说着，便往外走，他希望索南枝像每一次那样热心地留他。但她只说："不送了。"

他道："不用送。"走了出来。

他听见她仍在唱，唱得非常难听，细一听，才知道是外院唱呢。

柳摇锦今天又来找吴小四，一进门先说煤的事，他道："煤的事我已经跟公司说了，大概过几天就可以拉来。"

吴老太太千恩万谢地说道："谢谢您费心，多少钱哪？"

柳摇锦道："没有说价钱，他送来带着条子，上面写着多少钱，就给他多少钱得了，连脚钱在内，不必给他酒钱。运到了您约约分量，不够分量不给他盖戳儿，叫他补。现在也不至于不够分量，都是学生拉煤。"说得仿佛像他向公司里说了，其实他是一片支吾，因而他们又谈到学生拉煤的事。正谈着，楚江秋走了出来，柳摇锦一看，便道："这小子我看见他两三回了，他是干吗的？"

吴小四道："他、他常、常来，谁、谁知道他、他是干、干吗的呀，这、这小、小子大概没、没安着好心。"

柳摇锦立刻酸起来，看楚江秋那身西服，实在比自己这身高档得多了。他道："那你还不收拾他？这是你的情敌呀，要是我，早就揍上他了。"

吴小四一听，果然摩拳擦掌，立章就要动手似的。柳摇锦道："别忙，我有个好主意，叫这小子吃点苦再说。"

要问他想了什么主意，且看下面。

第二章　石榴红

楚江秋负气走了出来，他决心不再来了。他想有这些光阴做些什么不成，何必要跑到她这里，一腻就是一天，这光阴过得多么可惜呢。

过了几天，不由又想着到她那里去，无论如何，她并没对自己生气，而且那天走的时候，她还直挽留而且希望再来。于是他又腼腆地到索南枝家里去。

刚进了外院，正想往里院走，就听外院屋里有人叫道："找、找、找谁的?"

楚江秋以往来，就没有人拦过，今天会有人问自己，难道来了这些回，他们还不认识自己吗？他道："找索小姐。"

就听屋里说："没、没在家。"

楚江秋一听，"没在家"，到底是在家没有呀？他站住了，问了一声："什么时候出去的?"他料到索南枝不会出门的。

就听屋里说："不、不知道。"也不知到底知道不知道。既然知道不在家，会不知道什么时候出去的？这一定是索南枝下了话，如果自己来时，拦驾不见。

他想到这里，一种愤怒的心油然而起，他又非常难过，他有生以来，没有受过人家这样轻视，碰过这样的钉子，他赧然地走了出来，这回他决心不再来了。

他低头走着，却和一个人撞了满怀，抬头一看，是一个西服墨镜而拿着文明杖的人。西服里边穿着中国汗衫。

楚江秋连忙躲开，那人道："嘀，来得倒真勤。"

楚江秋一听，越发难过，赶快走了出去。那人进到吴小四屋里，吴小四道："柳、柳爷碰见那、那小子没、没有？"

柳摇锦道："碰见了，我骂了他一句。"

吴小四道："我刚、刚给、给他碰、碰个钉子，我、我问、问他找谁，他、他说找、找索小姐，我、我说没、没、没在家。"

柳摇锦道："对，就给他钉子碰，碰几回他也就不来了。"

这时吴老太太走出来，柳摇锦忙道："大妈您好，那煤给您送来没有？"他先问。

吴老太太道："没有啊。"

柳摇锦道："嘿，真耽误事，我跟他说了，他说这两天就送来，还不给送来，真是岂有此理，我回头非问他去不可。"

吴老太太道："那就别问了，为我们得罪人也不好。"

柳摇锦道："没什么，我们都是自己人，随便说笑，没关系。不过也是煤缺，您再等几天。"

吴老太太道："前些日子，卖了点东西，凑了煤钱，这几天又把煤钱拉着使了，您说这年月，怎么好呀？小四那么大小子，也不知道找个事做，坐吃山空，多咱也有个完哪？您知道，我们这产业，都叫他们爷儿俩花没了。那年月好过，有几个钱就能生活，现在这年月，没进项当时就能现眼。我们这孩子就不懂得发愁，我托托你，有了机会给您兄弟也找个事。"吴老太太比他们觉悟得早些，知道不做事就没饭吃，现在这年月，没有由天上掉馅饼的事，吴老太太是生活逼出来的觉悟。

柳摇锦满口答应道："成成，他做什么事好？"

吴老太太道："什么大事小事，都能干。"她脑子里以为做事就挣钱而不管拿什么能力去做事。

柳摇锦道："成，机会有很多，我都给进行着，洋行里怎么样?"

吴小四道："有外、外国人可、可不成。"

柳摇锦道："那么你希望做什么事?"

吴小四道："最、最好在澡堂子里。"他以为澡堂子里做事最舒服。

柳摇锦道："澡堂子不要北京人，反正我给你进行着，澡堂子我也认识很多。"他是满口答应，到时候再想法支吾。

过两天再来，便说煤这两天缺乏，大概还得等几天；再过几天，便说煤来了，过两天就送到，最后支吾得无法可说了，便说："你瞧这运气，我那朋友为煤的事，跟同事闹了意见，他不干了，这煤还得另想办法。"这一另想办法，又能支吾半年。反正他是老答应着，哪儿都有朋友，甚至朋友的名字和模样都说得有眉有眼，久而久之，连他自己都要相信真有这么一个朋友似的。可是他自己总没有个事做，今天挂这么一个徽章，明天挂那么一个徽章。今天他说某机关有个朋友，给他活动一个科长的位置，就要任差了；明天又说有个委托商店，一月给他一千块钱，他不想干，一千块钱卖不着，他以为这点能耐值个万儿八千的。可是人家八十块钱的待遇都不要他，要是问他科长的事到差没有？他说："干那个没劲，赔钱又受气，所以拒绝了，结果还把朋友也都得罪了，没办法，朋友也顾不住，也没法儿顾住。"他还说出一大套理由来。

光阴是非常快，快到了他们写会的日子，各人又该着急了，唯独一到出钱的日子，觉得光阴过得那么快，几乎不相信会过去了一个整月。

这里胡十八最着急，由老早就着了急，半夜里想起来，都能出一身汗。可是他有时这样想：钱拿不出来，没关系，不会多写利钱使这个会钱吗？不但不必拿出十块钱，而且还先使几十块钱，下月到时候再说，下月的急还不到燃眉的地步，先顾眼前要紧。他一想到这里，心里略微舒畅。

可是他不知道，这十个上会的人，有九个想写利钱先使，谁不着急呀？这钱着急是一个问题，目前的问题是准知道谁一使了会钱就不照面儿了，到哪儿找人去？这年头儿不能不防备一下，到底自己先使了会钱，心里踏实得多。十个都是这样心理，多出利钱吃点亏认了，没有净等着吃利钱的。这一来，大家都怕别人先使，把利钱提高了许多倍。不管先使不先使，这十块钱的会钱怎么也得预备出来。各人有各人的主意，弄这十块钱，费尽心血，着尽了急。他们不知道，找一点别的事做，总比着这个急强。可是他们宁愿意临时着会儿急，也不愿意去做别个事。

何传老头子倒不着急，可是他一见出得钱多，也是心疼。今天早晨刚起来，公益捐两块钱，卫生清洁费六块，可是倒秽土的倒秽水的仍然要酒钱，粪夫三元，无线电听收费六元，邮局保险费三元，这一早晨什么也没干什么也没买，就出去二十多块钱，这要是一天挣个几块钱的，还不够，哪能吃饭？回头一上茶馆儿，连茶钱带会钱，又得十几块，何老头子也有点感到钱不禁花。

到了下午，大家都来到茶馆，来得最晚的是卜算子，他简直无法弄这十块钱。好容易凑了几块钱，又跟人家借了几块钱。借钱上会，和当当上会一个样的。他想非先使个会钱不可，要不然给人空凑了十个月，人家转影壁了，多么冤呢？

柳摇锦也想先使，他倒不是想拿钱干点儿什么，而是拿钱向人家充阔，拿这一百块钱到处一露，人家都知道他有钱。他再向人家吹，也容易收相得益彰之效。他倒是很想谋个事做，但他见面先向人吹，吹得自己都无法说出找事做的话，自己给自己封了门，堵了路。“面子”固然增加自己的尊严，而实际却塞了自己的生活之路。

鲍老催也想先使会钱，别看鲍老催这么胖，而心里却不见得宽。

李掌柜等来齐了，便开始写会，他的外甥在第一个月使了钱，当然从此以后就没了使钱的权利，而光有上会的义务了。他光觉得每月自己给人送十块钱，连利钱都使不上，仿佛冤似的，而忘了第一个月就使了会钱，所以现在写会，差不多都不到中途就转了影壁，多得很。

今天是第二个月，大家都鼓着劲儿要先使会钱。以前，十个人上会，总有九个人不写利钱，谁都想末签才使呢。人心不古，后来上会就可以看出来。

掌柜的拿出茶叶纸，每人给一小块，为是写利钱，他把笔墨拿出来，说道："大家轮着写，谁先写？"

大家对推，谁都想考虑考虑，看看大家神色，而断定自己写多少。利钱若是写多了，自己太吃亏；若是写少了，又怕叫别人使了去。最理想的是利钱只比人家大一分，而自己使了会钱。可是谁写多少，谁也不知道。想使会钱的总说："我这回不使，谁爱使谁使。"他这是安定民心，叫人家把利钱都写少了，自己可以使会钱。不想使会钱的如何老头子、李掌柜的却说："哎呀，我这月非使不可，我有点用项。"这样可以把大家的利钱提高。要使会钱的老怕别人使而一劲儿地把利钱写大了，如此何老头子和李掌柜的坐吃大利。人们在钱上比什么都用心，而且用心得厉害。

鲍老催拿起笔来先写，他懒得细琢磨了，方才在家里和他爸爸因为算钱数几乎吵起来，他挨了一顿骂。

原来他跟他爸爸说今天用十块钱上会，他爸爸说："配给也快下来了，咱们倒是算算该用多少钱，也得预备出来。"

鲍老催的母亲也加入，越算越算不清，三个人恨不能扒了袜子算：大豆一人一斤十三两，一斤九毛四，十三两该多少钱？他们怎么算也算不清了。

鲍老催倒是上过小学，学过加减乘除，他爸爸做过买卖，会打算盘，他们用笔算、珠算，加上老太太的口算，三个人三个数，各说各的对。

鲍老催给他爸爸讲道："一斤九毛四，十三两，先拿十六除九毛四，然后再用十三乘，可是十六除九毛四，怎么也除不尽。"他说还得加小数点儿。

他爸爸不懂什么叫小数点，见鲍老催竟算出几分几百几毫几忽几微，他爸爸说："没那么些个，现在分票都不常用了，哪有厘票毫票？"

鲍老催道："其实大豆再添三两凑一斤，或是九毛四再添六分变一元，多好。"

他爸爸道："人家不能为你算着省事全改了，人家有人家的算法。"

鲍老催道："那除不尽有什么办法？"

他爸爸道："不会四舍五入吗？"

鲍老催道："与其四舍五入，把价钱弄得整齐点儿不好吗？"

他爸爸气了，骂道："你浑蛋，活这么大了，什么都不会，简直是废物，今天的会钱，无论如何，必须使来，咱们得买配给。"

鲍老催道："写多少利钱呢？写一块钱？"

鲍老太太道："一块钱可太多了吧，头一回写不能这么大，你想，除了头签跟咱们，还有八个人，八个人就是八块钱，使九十块钱出八块钱的利钱，太大了。"

鲍老头子道："不大不大，写三块钱都未必使得上，写四块钱零一分。"

鲍老催说："干吗还零一分？"他老觉数目不整齐怪别扭得慌。

鲍老头子道："妈的人家写四块，咱们不是多一分就使了吗？"

鲍老催有了这个准儿，所以他到茶馆写得特别快。当鲍老催写的时候，胡十八看见了，他觉得鲍老催这个数目正是筋劲儿上，要不然再多一点，自己可以多得些钱；要不然再少一点，自己可以使会钱。他本来准备写三块九，这一来，自己就得写四块零二分。他以为鲍老催这个数儿算最大的，于是他写了四块零二分。他算计着：四八三十二块钱，九十块钱出三十二块钱，还有五十八块钱，没法子，谁叫自己等钱用呢？

大家陆续写了，都交给李掌柜，李掌柜逐一打开看，抄在另一纸上，最后决定是柳摇锦使钱，因为柳摇锦写的是五块钱。大家一听不禁咂舌摇首，可是又会喜欢，因为每人得五块钱的利钱，大家只拿出五块会钱就可以了。

柳摇锦却以为自己没拿会钱反而使了几十块钱，好像白得一般，也自喜欢。

李掌柜的道："柳爷还这么着急？"

柳摇锦道："啊，有点小用项。最近活动一个事情，快成功了，应当请请客，可是这年月说实在话，实在请不起，弄几十块钱，先送送礼，下月领薪水再请客。"

胡十八道："柳爷进行什么事？"他非常关心。

柳摇锦道："一个处长的事，办事处。"

胡十八道："好呀，处长不错，处长不错，处长不错，处长不错。"

何传有些看不起柳摇锦，觉得他不够处长的资格，便问道："什么办事处？"

柳摇锦道："暂不发表，这机关在外省，设立一个北京办事处，没什么事，专管联络事项，因为朋友看我干这事最合宜，我也觉得跟我的性情相投，所以答应干了。也没见长官，别的事我真不惯做，我的脾气应付官场不成，我老有抗上的心理，眼光太高，不成，这事所以合宜呢，就因为我总是个头儿，我们共有几个人，成年见不着长官，到时候打打电报去就成了。"他说得煞有介事。柳摇锦若是做文章，一定得好评，第一题目先找得好，驻京办事处，这是多么活动的招牌？位置的高低，组织的大小，用人的多少，都有伸缩性，甚至于办事处的地址，都可以设在家里。他并且把朋友所以找他，他所以能做的缘故，说得也颇有道理，同时把他的长处也表示出来。最后归结于不得不使会钱的理由，起承张合，首尾相应。天下第一会撒谎的人，就是会做文章的人。撒谎既要留自己伸缩余地，同时还要取信于人，这也是一种本领，一种天才。

柳摇锦说得天花乱坠，先打乱了卜算子的心，他道："柳爷可想着我点儿，要是短个写字儿的，提拔提拔我。"

卜算子是实利主义者，他不能顾及面子问题了，先有个事要紧。

柳摇锦道："我还没对你说呢，我想等我的事办成了，我再请你，你的事已经定好，办事处秘书。"

卜算子一听是秘书，立刻笑了，笑得两只近视眼更成了席篾儿一样了。

胡十八看着，十分羡慕，自己净顾了面子，不能说出来，不然这个秘书，无论如何柳爷也得用自己，比卜爷是样儿。他这时感到虚面子的害处，他道："卜爷就眼视差点儿，写公事见长官，不大方便，不大方便，不大方便。"他先贬上了。

卜算子不大高兴，柳摇锦道："卜爷可以配个眼镜，不然把老妈子认成小堂客，那不够秘书的身份，哈哈！"

卜算子道："我正想配个镜子呢，柳爷这个镜子多少钱？"

柳摇锦道："我这个镜子，合现在的钱过五百块钱了，可是你不必买这么好的。"

卜算子道："当然，秘书不能跟处长一个样。"他觉得这话捧的是劲头儿。

吴小四道："柳、柳爷，我、我的事、事怎、怎么样？"

柳摇锦道："你没问题，不过比卜爷稍为低一点，没办法，我愿意朋友们事情都不错，不过我这部分组织不大，将来有机会再设法旷充。”

一听他把扩字念成旷字，吴小四道：“有、有事就得，在、在柳爷底、底下，还、还有个担、担待。”

卜算子道：“吴爷可太没心了，现在不当着别人还好，要是当着人，最好别柳爷柳爷的，应当叫处长。”卜算子觉得福至心灵，这马屁拍得多够劲哪，他得意着，眯缝着两眼，看着柳处长。

胡十八觉得卜算子这人太没有人格了，真会拍马屁。

这时鲍老催也道：“柳爷，不，处长，柳处长若是有机会，想着我点儿。”

柳摇锦道：“你的会计，本来我先不该发表呢，得啦，我先说了吧，大家欢喜欢喜。”

他这时真有处长的态势，连李掌柜都改容相向，他道：“我给处长换壶茶。”说着，便叫伙计换茶。

胡十八见世态如此炎凉，十分叹息，心里不以为然，觉得李掌柜太丢人，可是自己心里也未尝不想巴结巴结柳摇锦，他叫道：“柳爷，来喝碗我的茶！”说着，倒了一碗。

柳摇锦连忙过来，他这时倒成了天之骄子。

胡十八道：“柳爷什么时候走？”他还称柳爷不称处长，表示他身份高，不拍马屁。

柳摇锦道：“等一会儿就走，这两天忙得厉害。”

胡十八道：“有工夫到舍下坐一会儿去。”

柳摇锦道：“好好，你可别弄什么菜。你不要客气。”

其实胡十八本没想请他吃饭，叫他一说，反而不好不请了，他道：“不弄菜，打四两酒，买点花生豆，吃枣儿窝头，随随便便，好不好？”

柳摇锦答应着，他心里还惦着吴小四的街坊，他想叫吴小四给他介绍索南枝，而胡十八却逼得紧，不好当着人向吴小四说他真以为自己是处长了。

喝了一肚子茶，胡十八同柳摇锦走了，胡十八颇以为荣耀，把柳摇锦让到家里。柳摇锦一看胡太太是个老太婆了，街坊也没有什么漂亮的女人，觉得真没劲。

胡十八叫家里打了四两酒，买一块钱花生仁，好在这五块钱也是吃柳摇锦的利钱，不算太冤。胡太太又买了一把小萝卜、小葱，为是蘸酱吃。

他们一边喝酒，一边谈天。胡十八道："这一块钱花生，跟从前一大枚的差不多。"

柳摇锦道："还没从前一大枚的多呢。"他更加甚其词。

胡十八提到现在的生活，他问柳摇锦办公处能弄到配给不能，柳摇锦道："能，一句话就得。"

胡十八道："我现在跟柳爷说自己话，我现在的日子还不那么着急，就是现在吃不着白面。说怎么的话，咱们哪儿吃过窝头？这年月赶的，没法子，我现在求柳爷一点儿事……"最后归到题上。

柳摇锦道："什么事？胡大哥，您自管说。"

胡十八道："柳爷如果有机会，我想做个小事，挂名儿也可以，每天上班也可以，我不是为挣钱，柳爷大概明白我这个意思，我是一来活动身体，二来是得点配给，得点配给，得点配给。现在洋面买不买还在其次，简直是买不着呀，街上摆摊的尽掺假，所以我想找个事，找个事。我倒不在乎大小，小事儿咱们也能干。"

柳摇锦道："啊，我知道胡老弟不屑于干这小事，所以我没敢约请您，您要早说，何至于把秘书这事交给卜算子呢？这样子吧，我给您一个副处长的位置，这位置本来不在组织之内，可是我硬安置一位，长官也得认可，这事想您干着还合适，处长一职是没办法，他是非我不可。"

胡十八道："当然当然，当然当然！就是给我干我也不干哪，哈哈。"他表示绝无僭越的野心。

他又说："我可以发誓，绝对以柳处长的进退为进退，一同进退，一同进退。"他又表示绝对拥护。

柳摇锦道："现在做事，都有派别，不如此不能坚固位置，咱们这个团体，非得团结不可。"

胡十八道："我这事能行吗？"

柳摇锦道："没问题。因为我每天出外联络各局长等，我都得和他们见面儿，处理的事，也得有个人支持着，有什么事，你可以代拆代行。"

胡十八欢喜了，柳摇锦道："喝呀，这酒真不错，咱们哥儿俩一谈，真是越喝越高兴。"

胡十八道："再来四两，再来四两。"说着，又叫他老婆子去打酒。

胡太太手里只有四块钱了，今天喝了酒，明天早起的煤球就没法儿买。她道："窝头快得了。"

胡十八瞪眼道："窝头得了也得打酒去！"他当面不好意思骂他太太。这时候不巴结柳处长，自己的事儿又怕吹了。妇人就认识钱，什么也不懂。是事情要紧，是钱要紧？妇人脑子简单得跟木头一样。

胡太太道："那也等我先揭了锅呀。"

柳摇锦道："先揭锅好，要不然水干了，一边吃着一边喝着。"

胡太太揭了锅，然后又去打酒。打了三两酒，五毛钱的花生，富余五毛钱，自己拿起来，为是防急儿。买回来，他们继续喝，继续谈。

柳摇锦见酒买来了，斟了一杯，说："你的配给我想跟我的一边多才好，薪水是没办法，总得少一点儿。"

胡十八道："当然当然，不能跟处长一个样，正副不分还成体统吗？有配给就得，我做事不在乎钱。”

柳摇锦道：“我有胡老帮忙，太放心了。”

胡十八道：“我不是说胖就喘，像鲍老催、吴小四，简直不成，不够官场的派头儿，卜算子也小气，能力恐怕不够。”他还没进去，就先骄人，即或真有这么一处，即或柳摇锦当处长，就像胡十八这样的人，进去也得弄糟。

柳摇锦道：“没办法，都是朋友，将来再说。这年头儿也论不上什么能耐，马马虎虎就得。”他倒颇有处长的派头儿。

两个人酒足饭饱，柳摇锦辞别回家。他临走说：“我就去打电报，没问题，过两天听消息。”

副处长送正处长到门口儿，这才握手分别。胡十八满意地回到屋里，胡太太噘嘴正念叨着，她说：“十块钱出去了，连窝头全算上，就小二十块钱。”

胡十八气道：“难道我不知道心疼吗？这不是求人谋事，说话就能挣钱挣面吗？你不花二十块钱，哪里能有事？”胡十八倒是进步些了，他比胡太太强得多，胡太太就只能看见眼前的二十块钱，他们抬着杠拌着嘴。

柳摇锦踌躇满志地在街上走着，腰里怀着几十块钱，好像是白来的，不知道干什么花了好。碰见熟人，问他上哪儿去了，他先喷出一口酒气来说道：“有个饭局，尤科长请，推不开，吃完了到这儿买点东西。”说着，把几十块钱的票子拿出来，点了点，表示他有钱。其实他什么也没买，最后买了一块钱的豆面糕吃。

回了家，他想到今天的高兴，真是比哪天都强，连胡十八都请他吃一顿饭，都巴结他，他自以为了不得，真觉得自己是个处长。大摇大摆进屋里，躺在床上，看到顶棚上老鼠咬的窟窿，就如筛子一个样，他想当了处长，先得糊棚。现在糊糊棚都不轻，这钱由哪儿来呢？

他正想着，老鼠在顶上开运动会，这才惊醒了他的幻想，处长？什么处呀？谁给的呀？他感到空虚了，自己根本就没有这么一个事，明天如何对付胡十八他们呀？算了算，答应给人家办的事和自己揽的事，好几十件，都是空头支票，没有一件是实在的，怎么应付呢？为了目前的支吾，不得不继续撒谎，于是许了愿而不能还的事便更堆加起来，就如负债一般。拿新账补旧账，拆东墙来补西墙。但现在总还有东墙可拆，再过些日子，西墙还没补齐，东墙已经拆完了。

他这时候发了愁，想到不如不撒谎好些，可是现在已经撒了许多谎，不能自圆其说，只有撒谎到底。等到终有一天圆不上了，一切都变了假的，他的人格也就无法收拾。

他又想到下月的会钱怎么办？以后还有七次呢，这七次怎么着急呢？他一急，急出一个主意来，就是买彩票。买彩票好像比活动处长还有希望，彩票还有四十万分之一的希望，而当处长，连百万分之一的希望都没有。幻想绝望之后，便起了侥幸之心，只有买彩票吧，买彩票，幻想又来了：特奖四万元，先买房子，可是买房子也就买上四间，不合算。先租吧，即或花大价租一所，一年也就用上一两千元，等到过年儿，房价一落，就许仍旧两千块钱买一所儿，何必这么着急？先租一所吧，最好是一个王府的花园子，在修理山石的时候，发现一个地窖。最好在无意中发现，别正在修理的时候，因为叫瓦匠知道也不好。这地窖里完全是装满了金条元宝，价值简直数不过来了，至少也得值千万元，或一万万元。老婆必须换一个，要那个吴小四的街坊索南枝不错，可是她虽然美，究属不大纯洁，做姨太太最合适。对胡十八等，应当摆点架子才好，太侠义了，很容易失去自己的尊严。他反复地这样想着。

第二天真的买了两张彩票，他想这两张怎么也能得上一张，这是使会钱买的，借着别人的彩气，准能得。他拿起彩票，来到茶馆。他今天已经想好应付胡十八等的方法。他一见了面，先个别地把他们拉到一旁，低声说道：“咱们这个组织可快了，你先写个履历来，我好填在表里。”

他们有什么履历呢，都没有做过事，鲍老催才高小毕业，吴小四连书都没念过，卜算子只念过“四书”，“四书”还没念全，《大学》《中庸》都没有念。胡十八念得比较多些，如《幼学琼林》《龙文鞭影》，最后念《唐诗三百首》和《古文观止》，就停止了。不过这都不能写在履历上，他们都有点儿着急，这年头做事还得要履历，怎么办？

柳摇锦有主意，他道：“马马虎虎写一点吧，造点假的没关系，好在我不在乎这个。”他当然不能在乎这个，连处长才是简易小学毕业，他的履历都没法儿写。

胡十八遂写自己是：曾任什么大学教授，什么部秘书……写了很多，各人都是假造的。回到家里，吴小四还不会写，虽然他认识车马炮卒，可是写起来，却一字写不出。还得叫柳摇锦代写，不过他答应给柳处长介绍索南枝。他虽然答应了，但怎么介绍，他还没有主意。他为了这件事而着急。

各有各的着急，与其这样着急，根本别撒谎不好吗？可是还得撒谎，因为撒谎才能把自己维持住，着急的原因，还是在一点虚面子上。这样看来，“为利者智，为名者愚”这句话实在有道理了。

次日，各把履历交给柳摇锦，柳摇锦又有了新应付方法，仍是个别地对他们说：“胡十八，我现在忙得厉害，关于咱们处里的组织、工作，请你先拟个草案或是细则。”又是草案又是细则，多么矛盾？

胡十八答应着，他也着起急来，本来没有干过这个，现在硬要弄办事细则，他简直不知怎么弄好了。可是不做，又叫柳摇锦小看了，这简直是柳摇锦看自己一手儿呀。当副处长，真也不大容易呀。其实他不知道，柳摇锦叫他拟草案，完全是一种支吾方策，至少他的草案拟不出来，副处长他是当不上的，自己便有推脱的可能了。

卜算子也不能闲着，他一边叫卜算子算卦，一边叫他再拟计划书。卜算子对于算卦倒是很起劲，可是拟计划书他就着起急来。

根本没这么一档子事，大家终日着急，这真是自己给自己找罪受。其实弄个小本经营，卖点花生，何至于这么着急受罪呢？

鲍老催是会计，他以为光是算配给，赶到柳摇锦叫他弄预算，他抓瞎了，什么叫“预算”呢？他不明白。他又不好问，其实他真要问柳摇锦，柳摇锦也不知什么叫预算，他就知道这么一个名词而已。

这里就是吴小四没什么事，可是他得给柳摇锦介绍索南枝，每人有本难念的经。

柳摇锦对他们说：“下月我可以有四万元的收入。”大家都觉得他到底能活动，其实不知道他是把下月的奖券特奖预支了。

鲍老催一听，以为这四万元就是预算，他回到家里同鲍老头子一说。鲍老头子说道：“真笨蛋，连预算都不懂，那你还当什么会计？这是人家考你呀，你得给人家做出来。”

鲍老催道：“怎么做呀？”

鲍老头子道：“你跟那杂货铺李掌柜的问问，是铺子都有预算一本账。”敢则鲍老头子也不明其所以然，他带着儿子到杂货铺李掌柜的处去问。杂货铺掌柜的没有预算的账，不过他大概明白预算是怎么一个意思，他给鲍老催写了一个单子，道：“大概就是这个样子。”鲍老催拿回家，又抄了一遍，第二天交给柳摇锦。

柳摇锦一看，只见上面写着：花生若干斤，共若干元角；豆饼面若干斤，共若干元；植物油若干斤，共若干元；瓜子若干斤，共若干元……

柳摇锦一看，这是杂货铺的账，办公处焉能用得上？他道：“还得改改，你不必管了，我自己改吧。”柳摇锦把单子收了起来，他以为他这点能耐，不能叫他们学了去。

他又问卜算子的计划书，卜算子哪里会拟计划书，他问了好多人，谁都不会，最后他一着急，自己竟拟出一个计划书来。

他的计划写着：某日某时上官任大吉；某日宜拜会亲友；某日诸事不宜；某日宜祭祀祈福……写了很多，后边还写着到任之时，宜面向南方，办公室宜北房等等。他费了半夜的工夫，才拟妥这个计划书，次日交给柳摇锦。

柳摇锦一看，似是而非，可是对于自己也不是没有用处，他也收了起来。卜算子欣然了，觉得自己这个秘书是当上了。他又觉得秘书好当了，这有什么的？现在的秘书，就是从前的军师，像智多星吴用等，不也是军师吗？是军师就得会算卦，也没听说徐茂公拟个计划书的，可是人家保得大唐天下，安定四方。

他对柳摇锦一说，柳摇锦立刻也觉得卜算子实在是不可少的人才了。做自己的军师，非常合适。他道："卜爷真有王佐之才，佩服佩服。"

卜算子高兴了，他道："等明儿我保柳爷，不，柳处长坐天下？"他不是小就是大，他不知道他的能力究竟在什么程度。

柳摇锦又找到胡十八，胡十八的办事细则还没做出来呢，他不但没做过事，而且关于一切章程细则，完全不关心，好像他的生活与国家政府及地方各行政机关，都不发生关系，与他发生直接关系的，只有发配给票的处长。他感觉做事这么麻烦，若是有钱，还是不做事的好。现在为了要生活，不能不做事，为了做事，不能不干出一点成绩来。现在年头倒是没有清朝好，清朝的时候，只要会作文章，就能中举，就能升官发财，而今还有这么许多麻烦。若是柳摇锦叫自己作一篇文章，如"岁寒三友论""业精于勤论""择交说"等题，自己一定做得满好，确保比柳摇锦强。他就会作文章，比方业精于勤，他能说得有条有理，可是自己却老不勤，没有职业，仿佛业精于勤是别人的事，自己得坐享其成。

胡十八现在没了法子，把儿子找回来，问他章程怎么拟？办事细则铺子里有没有？

他的儿子脑子比他清楚些了，他说："铺中有规矩，可是不写出来，从前在学校时倒是有章程规则什么的，没有注意，大概还记住一点儿。"

胡十八道："你先写下来，我再各处去搜寻，越多越好。"

于是父子两个人一起下手，胡十八绞尽脑汁，把一切规则思想起来，甚至连澡堂子的"脱衣认号，临行看箱，公文财物……交明柜上，如若不交，失物莫怪"这些词句都写了出来。

这天写得了，交给柳摇锦，柳摇锦一看写得很多，十分欢喜，他也不会拟什么办事细则，不过比胡十八略知道得多一些。

胡十八还要自夸一下道："这办事细则，把所有工作章程等等，全都搜集全了，全北京城的各地方的规则，都加以改良，这可真费劲了。"

柳摇锦笑道："好了，明天咱们先开一个会议，这是草案，明天开会一通过，就算成功了。明天在哪里开会好？我的家里还没整理出来，简直堆得没有地方，我看先借吴科员吴小四家里好不好？他们家里倒还宽绰，桌椅也有富余。"

胡十八道："吴科员家里好，吴科员家里好。"

于是同吴小四一说，然后通知卜算子和鲍老催。他写了一个通知："兹定于明日下午二时，在吴科员公馆，开第一次全体会议，届时各该员等一体出席勿违，此令，处长柳摇锦。"传给大家看了。

第二天，便全来到吴小四家里。柳摇锦所以定在吴小四家里，就是想接近索南枝，他想给索南枝下委任令，委她为办公处职员，处长屋里没有花瓶，还叫处长吗？委任令都写好了，用信纸写的，准备开完会后交给她。

吴小四由一清早就收拾屋子，把桌子全搬到当院，街坊以为他要搬家，一问他说：“开、开会。”街坊也不知开什么会，他的母亲也没法管他。

他把桌子放在屋子当中，四围放椅子，他想应当挂挂国旗才合适，可是没地方找国旗去。

吃过了饭，全体人员陆续来到，吴小四的母亲就仿佛老妈子一般，伺候茶水。柳摇锦感到没有茶点，于是叫鲍老催买点花生豆来，用处里办公费。可是这经费没有一文，先叫会计垫上。鲍老催身上只有两块钱，只得出去买了两块钱的花生豆。

歇了一会儿，柳摇锦宣告开会。他是主席，卜算子记录。柳摇锦在当中，胡十八、卜算子、鲍老催、吴小四四人，各分两旁。

柳摇锦站了起来，说道：“今天，是本处第一次会议，要讨论的问题有很多，回头我们一一加以讨论，谁有什么提议，希望大家提出来。现在我先报告本处成立经过，本来兄弟是不爱做官的，可是各方面非要约兄弟出山不可，实在无法推脱。这次诸位给兄弟帮忙，非常感谢，希望我们要共同进退。”

柳摇锦说完了话，然后拿起胡十八拟的办事细则，说道：“这是胡副处长拟的办事细则，胡副处长把一切规则融化在一处，然后又提纲挈领，分条列出，实在费一番功夫，我们不能不佩服，希望大家都要照着胡副处长的精神，努力做去才好。现在我们逐条讨论：第一则，大家上班下班，必须一列厉行。大家有无异议？”

大家一听，这是汽车站的规则，并无异议，一致通过。

柳摇锦又念道：“第二则，大家要拿出良心来做事。”

大家一听，这是套的土药店的标语，又一致通过。

柳摇锦道：“第三则，办公室内，禁止赤背，莫谈国事。”

卜算子道：“好，胡副处长的细则无一处无来历。”

胡十八笑道：“过奖、过奖、过奖、过奖。”这条也通过了。

柳摇锦道：“第四则，禁止喧哗怪声叫好。”

吴小四道：“胡、胡爷真、真高，比咱们强、强得多，强、强、强，切切强，一切一切强，不拉达，强。”他又犯上戏瘾。

卜算子道：“这是会议时间，不得放肆!”

柳摇锦道：“吴科员着记小过一次，以儆将来。”

吴小四的兴头打回去了，做事敢则这么多规矩，这也不许，那也不许。

柳摇锦又念道：“第五则，无注射证者，不得入内。”

大家赞成，协助防疫，想得周到，于是又通过了。

柳摇锦又念道：“第六则，脱衣认号，临行看箱……”柳摇锦没念完便道：“这条我有点意见，固然胡副处长搜集得很广，但是办公处，在我家里，而不在澡堂子，在我家里脱衣认号，这个不大相宜，知道的说是脱大衣，不知道的难免发生误会，所以兄弟希望取消。”大家赞成。

胡十八道：“取消好，取消好。我本来是说的外衣，脱的是外衣，取消好，取消好!”

柳摇锦遂又念道：“第七则，这第七则应改为第六则，以下例推。第六则，家家防盗，人人防空。好。第七则……”

他一直念下去，一共念了好几十条，大家全都通过，于是柳摇锦又提到卜算子的计划书。大家也都通过。

他又问大家还有什么临时动议，吴小四道：“我有、有个临、临时什、什来着?”

鲍老催道：“动议。”

吴小四道：“对、对啦，动、动议。”

柳摇锦道：“吴科员有个动议?”

吴小四道：“我希、希、希望办、办公处，来、来、来、来、来一副象棋。”他以为办公处和茶馆差不多。

胡十八道："办公处没有下象棋的。"

柳摇锦道："最好在办公之暇，在办公的时间，不得摆象棋，想起来了，办事细则里还得添上这一笔，卜秘书给添上。"于是卜算子又记上一条。

吴小四道："办公，办、办什么公呀？"

他想不出来，可是这一问，还真把大家问住了，谁都不知道办什么。

柳摇锦道："办公处成立之后，自然有公可办。"

这时一边吃花生豆，一边喝茶，吃花生豆真就渴，渴了就得喝茶，喝完茶又想吃花生豆，花生豆吃完了，茶也喝了一肚子，于是柳摇锦又想到索南枝，他道："本席有个提案，就是本处为提倡女权，就时代需要完成本处新体制，可否聘请索南枝女士为本处职员一案，请大家讨论。"

全体立时赞成通过，并议决由吴科员代表柳处长送递委任状。柳摇锦立时把写好的聘书拿出来，念道："兹委托索南枝为本处职员，此令，处长柳摇锦。"柳摇锦以为他以处长的资格，准可以打动索南枝的心。

他不但不知天有多高，地有多厚，甚至连人有多少智慧他全不知道。不用脑子的时候，脑子像块大头，用脑子的时候便一点儿不着边际，像酒里泡烂了的橘皮，醉醺醺的一点准味也嚼不出来。他们离开了现实，甚至离开了人生。他们以为一切都可以在幻想中实现。平常的时候，一切都讲有"谱儿"，而用脑子的时候，一切都"没谱儿"。

吴小四可为了难，他本来没同索南枝说过话，进去给人家递封信，不大合适，他道："回头我、我再送、送、送去。"

柳摇锦道："现在送去怕什么？"

吴小四道："她屋、屋里有、有客、客人，她、她当、当着客、客人不好接、接受，那岂、岂不是倒耽、耽误事。”

胡十八道：“吴科员这话也有理，如果她驳了面子，处长也不好看，不好看。”

柳摇锦道：“那么明天我来听信。”

吴小四道：“成、成。”他答应了，到明天再说，他非到燃眉不会着急的。

他们正说着，忽听门外有汽车的声音，一会儿走进一个人来，四十多岁，胖，胖得那么匀称，也穿西服，也拿文明杖，怎么看怎么比柳摇锦顺眼。后边还跟着一个听差的，那听差穿的都比他们强。一直进到里院去了，就听老妈子道：“小姐，刘经理来了。”

外院开会的人们，说不出一种什么滋味。

又等了一会儿，刘经理和索南枝一块儿走出来。索南枝打扮得越发艳丽，大金镯子，都快戴到腋间来，两只高跟鞋上也是金镯子，大概不叫镯子，而应当叫金钏子，因为它是戴在脚上的。这两副手镯脚镣，照耀在柳摇锦他们眼里，除了羡慕以外，又感到莫名的悲哀。

胡十八道：“我看咱们办公处用不用女职员都可，能够不请也好。”他感到柳摇锦的希望太少了，与其碰钉子不好看，不如根本不请她好些，他是先给柳摇锦留退身步。

柳摇锦虽然有些动摇，但仍然抱着希望。也如同买彩票一般的希望，他道：“约约她试试看，不成再说。”

他们见索南枝同着刘经理走出去，听到汽车开走，他们的会也散了。柳摇锦嘱咐吴小四递委任状，他就不想想，从哪儿领薪水？这种虚伪夸大的人，社会上实有不少。难得的是他们自己并不感到是虚伪，是夸大，他不但以为人家相信他，就是自己也要相信自己。这不是他的精神不够，而是他的知识不够，书本上与经验上的知识也不够。

不提他们，且说索南枝同刘经理出来，他们是看一所房子，刘经理专门做着倒把的事业，他对索南枝说，他不愿意把这利益自己一个人得了，愿意给索南枝一半。所以他拉着索南枝一块儿干。其实索南枝不惯于做这些事，不过她想想这对于自己总有利而并无害，做着也没什么，何况自己完全不费脑力，都有刘经理给办，到时候她坐收利益就是了。

刘经理其实也不是真同她合作，而是想拿这个机会，多和她在一起，这一来拿她做招牌而活动，二来他还想着占索南枝的便宜。女人是最容易上这种当的，当虚荣与金钱势力俱来的时候，她们的灵魂没有了。

不过索南枝是聪明的，她猜到刘经理的心，好好的一个获得的利，为什么要分给别人呢？她想：给我利益我就接受，想从我这里得些什么，那是休想。虽然在精神方面也不能不把“安慰”像配给杂粮一般地配给他一点儿。刘经理固然离着满足远得很，而到底不愿放弃这点利益。

他们今天是看一所房子，外表装着自己住，而其实买了再卖，倒一把，就能赚几万，甚至十几万。

索南枝固然愿意多进些财，大半的意思，还是做着好玩。她同刘经理看完了房子，她要到市场去买点东西，刘经理陪她去买，顺便在咖啡馆里坐。索南枝又买了许多豌豆黄之类的点心食品，他们在商场里一转，一千多块钱出去了，他们也没有买什么正经的东西。看这个钱，来得是太容易了，他们好像真把它看得和污土一个样。一个贫人，一年的工夫，也未必能赚这些钱，社会是这样的不均衡。

他们正逛着古玩摊，忽然遇见楚江秋了。楚江秋是来买书的，他也看见索南枝了，他正要回避她，不料她却把他叫住道：“江秋。”

楚江秋不得不再向她行礼，她道：“你怎么几天没到我那里去？”

楚江秋道：“我怕打扰你。”

索南枝道："唷，这么客气，明天找我去。"

楚江秋道："明天不出门吗？"

索南枝道："我这些日也没出过门，今天是为看一所房子，顺便到这里来。"

楚江秋道："那么有一天我找你去，外院街坊说你出去了。"

索南枝道："真是岂有此理，你干吗听他们的？我回去非问问他们不可。"

楚江秋道："那就不必问了。"

索南枝道："那么你明天找我去？"

楚江秋道："好吧。"说着他买书去了。

第二天，他真的又去找索南枝，他想到昨天遇到她的情形，觉得她并没有厌弃自己，自己还有些高兴。但她的志趣习惯，和自己已没有一样能够相协调的。

他今天来到索南枝家，一直就往里院走，吴小四又看见了，忙拦住道："你、你、你找、找谁？"

这句话还没说完，楚江秋已经进到里院，结巴之害，原来这样大，自己还没说完，人家已经走了多远了。吴小四骂了自己一句："他、他妈的。"

楚江秋已来到上屋，索南枝一边叫老妈子沏茶，一边把昨天在市场里买的许多点心拿出来给他吃。他想到一块豌豆黄的钱，可以当穷人一顿饭，吃着怪惭愧的。

索南枝仍要问那天拦阻他的是什么人，楚江秋道："算了，不必问了，人也许为你好，怕我来打搅你。"

索南枝道："你生气了吗？"

楚江秋道："我何必同他们生气。"

索南枝道："我不是说他们，是说那天你负气而出的样子，我想到你一定会生气的。"

楚江秋道："噢，那天，生气也是一刹那，一会儿就过去了。"

索南枝道："你为什么要生气？"

楚江秋道："不必提了，究竟我的气度不宽。"

索南枝道："是我气的你吧？"

楚江秋道："气倒没关系，只要不轻视我就得。"

索南枝道："你也有自尊心吗？"

楚江秋笑了，他道："不过我对你总是好意的，不像你对我那样故意气人。"

她笑了，她道："我现在要戒烟了。"

楚江秋故意说道："你别戒烟呀，你一戒烟，烟馆全都没有买卖而关了张，禁烟局就取消了，又有一班人失业，多么可惜呀！"

索南枝道："你不必故意这样说，反正我有我的主意。"

楚江秋道："若是戒，马上就戒，何必说要戒？"

索南枝道："我真要戒了，不是当着你说好话。"

楚江秋道："现在我可以把烟枪折断，把烟灯砸碎。"

索南枝道："真可以，不是不可以，不过……"

楚江秋道："没有不过，你去拿去，我给你弄断了。"

索南枝道："东西存在不存在没关系，反正不吸就得了。"

楚江秋道："若是不吸，根本不必要它，你也没有瘾，还何必要它？"说着便进到里屋，把烟具拿了出来，他道："假如你能够把它们砸碎，我一定请客庆贺你。"

索南枝笑道："可是我寂寞的时候，你可来陪伴着我？"

楚江秋道："当然啦。"

索南枝拿起烟具，说道："人总是感情动物。"

楚江秋道："对于这种东西，不要有什么感情，它们是害你的，要你的生命和幸福的，非除掉不可。"

索南枝道："这枪是朋友送我的，很值钱呢，我想我既不要，还是送还他吧。”

楚江秋道：“你总是三心二意，这样东西，留着总是害人。不管它值多少钱，你有了它而叫它消耗你的金钱，要超过它价值多少千倍，它的价值在哪里？”

索南枝道：“反正我决不吸烟。”

楚江秋道：“我是为了你，我这样劝你，于我并没有利益，我知道我不该这样强人所难，但我对于你的期望比任何一切都要高，我不忍看见它这样渐渐消坏你的身心。好啦，你自己决定吧，我不勉强了，为此而刺激你的心灵，使你痛苦，我也是不希望的。”

索南枝道：“你的意思我非常明白，可是我可以发誓，我绝对不再吸烟的，因为我有这种把握，所以这东西有无，丝毫不受影响。现在，我可以毁了它，我跟你说，我一半是为了自己，那一半也是因为你。”

楚江秋一听，真有说不出来的感动，就见索南枝拿着烟具，往院子一扔，那灯便摔得粉碎，油流了一砖地。

老妈子听声音走出来一看，不由惊讶道：“哟，小姐，这是谁抛出来的？”

索南枝道：“把地上打扫打扫，把那烟枪劈了吧。”

老妈子道：“哟，这是干吗呀？这枪不是很值钱的吗？”

索南枝道：“我叫你劈你就劈吧，现在就劈了它，我看着。”

老妈子不知道是怎么一回事，说道：“我拿厨房劈去吧。”

索南枝道：“不，就在院子劈了。”

老妈子道：“我找斧子去。”说着到厨房去了，半天才走出来。蹲在当院，拿起烟枪又说道：“小姐，我可劈了。”

索南枝道：“劈吧。”

这时厨夫车夫全都走出来看，觉得挺可惜的，可是小姐的，谁也不敢拦。

老妈子用斧子劈，劈了两下，劈不动，她说：“真不好劈。”

这时厨夫走过来道：“小姐还不如卖了它。”

索南枝瞪眼道：“卖了它害别人吗？你给我劈了。”

厨子一听，只得拿起斧子来，说道：“我来。”说着拿起斧子，往烟枪上一劈，只听嘎巴一声，立刻将烟枪劈得两半。

楚江秋一看，立刻握了索南枝的手道：“我不知道怎么庆祝你，我实在佩服你的毅力，你先救了你自己。”他更油然地爱了她。

可是底下人们，却全不高兴了。厨子每天熬烟膏，多少能揩点油水卖给胡同口的尤老四。这一来，自己少了一笔收入。车夫也不高兴，因为索南枝一不吃烟，便坐车各处去跑，多么累呀！老妈子也不高兴，因为小姐一吃烟什么事也没有，她一不吃烟，事情便多，一会儿一趟，不得休息。所以要戒烟，必须排除环境的种种恶习惯。环境不好，虽然戒了，仍然要向上。

楚江秋和索南枝又坐下谈天。楚江秋说：“从明天起，我带点书给你看，你要没耐心看，我给你讲说，好不好？”

索南枝笑道：“好极了。”

他们正说着，刘经理又来了。索南枝道：“我给你们介绍一下，这是楚江秋先生，这是刘经理。”

刘经理略一点头，把手杖帽子放下，老妈子递上手巾擦了把脸，然后拿出吕宋烟，用自己的火点着，坐在沙发上，把一条腿放在沿上，说道：“南枝呀，前天那处房快出手了，成交之后，咱们每人可赚三万多块钱呀！”那神气放肆得厉害。

楚江秋实在看不下去，想着索南枝竟会同他一处办事。

索南枝笑道：“是吗，前几天我叫孟士航给相面，他说我最近还要进财，真一点儿不错。江秋，那个孟士航相面相得不错，你也可以叫他相相去。”

楚江秋道：“我不大相信那些玩意儿。”

索南枝道："总有点儿灵验。"

刘经理道："我说，我看看你的手。"他向索南枝说话。他瞧不起楚江秋，人要不迷信星命之学，仿佛就不够学问似的。

索南枝把手递给他，他抚摸了半天，楚江秋见她那样洁白的手，握在他那铜臭的手里，十分不平。

刘经理道："你这手是幸福的手，不劳心不劳力，永远有钱花。"

索南枝笑道："我这是幸福的手呀，江秋，你的手也是幸福的手吧？"

楚江秋道："不，我这是光荣的手。"

索南枝道："怎么叫光荣的手？"

楚江秋道："能够运用它的力量来生产，这不是光荣的手吗？"

刘经理简直听不上这话，对索南枝道："昨天跟张三爷他们耍牌九，张三爷输了一万多。"

楚江秋见这环境，自己实在待不下去，他本想刘经理一会儿就走，谁知他许久并无走的意思。一会儿，又来了几个人，又唱又闹，比自己家里都随便。楚江秋对索南枝道："明天我给你拿书来。"

索南枝道："好吧，明天早点来好，我不吃烟，就得起得早。"楚江秋答应着走了。

刘经理道："怎么，你不吃烟了？"

索南枝道："戒烟了。"

刘经理道："昨天我还见你吸？"

索南枝道："我从今天起不吸的，你不信可以问老妈子，刚把烟枪劈了。"

刘经理道："这真是瞎闹，你吃不起烟了怎么的？"

索南枝道："我这钱吃一辈子也吃不穷，再比这贵十倍我也能吃呀。"

刘经理道："还是的，那干吗要戒烟，多么难受呀。"他以为戒烟不容易。

别人都全道：“真是，刘经理说的话一点儿也不错，有朋友来了，倒在烟盘子旁边一说话，多么写意。”

索南枝道：“我的枪已经劈了。”

刘经理笑道：“劈了烟枪还拦得住吸？劈了一杆还有十杆，我那里有一杆，到现在还没舍得使，正好，按现在的钱来说，可值了钱了，那是西太后的烟枪，名贵极啦，那可以说是烟枪里唯一独尊的了。吸大烟的还有贵过西太后的吗？明儿我拿来送你。”

索南枝一听，欢喜了，她不是喜欢又能吸烟，而是喜欢能得着西太后的烟枪，拿着西太后的烟枪吸烟，不是就跟西太后一个样了吗？她为了虚荣，以为朋友来了，对他们一说，这是多么尊贵呢！她要有了这杆烟枪，不但又吸上烟，而且还要吸得多。别人也全说：“嗬，这烟枪可名贵呀，全国找不出来。”说得索南枝更加欢喜。其实她不想，就是全世界找不出来，不也是杆烟枪，这个烟枪足可以代表国耻，有什么可名贵的呢？她暂时把楚江秋的话忘了。

这时有人又把牌桌摆好，底下人就喜欢他们打牌，抽烟，又没事又能抽头儿。像楚江秋那样的来了净讲书，顶没劲了，他们什么利益得不着。看起来，为善是真难，为恶是真容易啊！

别人打着牌，刘经理道：“我现在就给你取那杆烟枪去。”

索南枝道：“叫他们取去吧。”

刘经理道：“不成，我不放心，他们给碰了，值不少钱。”他表示这枪的名贵，非自己去取去不可。他匆匆走了。索南枝看他们打牌，叫下人给咖啡馆打电话，叫他们送半桶冰激凌和两匣点心。

院中高搭着天棚，遮得屋里非常凉爽。石榴花已经红了，映得绿窗帘特别美丽。这样的环境，倒是容易沉醉那醉生梦死的人。

一会儿，刘经理来了，黄包袱包着烟枪，非常庄严隆重的样子。一直拿到里屋，放在炕上。他道：“你别看这烟枪外表不怎么样，可好啦，这枪是凉的，吸了烟不生火不生痰，真是宝贝呀。”

宝贝不宝贝还在其次，主要的这还是西太后的烟枪。索南枝的虚荣心胜过一切，她听人家说哪个理发店好，于是她便常到那个理发店，受那理发店的恭维甚至带些亲贴。她觉得高兴，因为可以傲于他人。她听说哪个唱戏的好，于是便天天听那个伶人的戏，不惜牺牲许多物资，而相识而亲近。而男人们更利用女人的这种弱点，来欺骗女人。社会上的罪恶，多起于女人的虚荣心，而女人这受欺骗，也是自己找的呀。

他们一直玩到深夜，索南枝又拿着这西太后枪吸了半夜的烟，快到天亮才睡。而楚江秋一清早就跑了来，他想今天索南枝起得早，在这大好晨光里，和她讲讲书，也是很有意思的。

他满怀着高兴来了，到这里一看，不但索南枝没起，连底下人都在睡着。他咳嗽了两声，没有人答应，只得又退转出去，在大街上转了一会儿。喝了碗豆浆，一看标准钟都到一点了，他吃了一惊，细一看，才知道标准钟又站住了。商店里的钟，已经到十点多钟，他想该去了。走到她家，也就十一点了，十一点就不算早呀。

他又到索南枝家，索南枝还没有起呢，他叫了一声，下人听见了，见他这么早就来了，十分不高兴，一边打着哈欠，一边说：“小姐还没起呢。”

楚江秋道：“可是小姐叫我早晨来的。”

下人无法，说道：“那么您先到西屋坐一会儿去，小姐没准儿什么时候才醒呢。您有要紧事，我们就给叫一声。”

楚江秋道：“没要紧事，我等一会儿吧。”

他到西屋去了，坐在西屋里看书。坐了一个钟头，索南枝还没有醒。老妈子倒是起来了，开始收拾桌子。楚江秋一看不如回去，别瞎等了。可是不等又怕索南枝不乐意。

这时，外院街坊吃完了饭，收拾家伙，有的要睡个午觉了。他想不能再等了，把这光阴耗在这里，实在冤得慌。他把书交给老妈子，他一个人走出来回家。走到外院，就听屋里有人指槐说柳地骂大街，他觉得很难过，一声不语出去了。

屋里正是柳摇锦同吴小四。柳摇锦来问吴小四的委任书送去没有，吴小四本来没送去，他却会撒谎，他道："我送、送去了，要不是这、这小子给说坏、坏、坏话，他、他给撕、撕了，要、要不是当着她、她的面，我非、非、非得揍那、那小子不可。"

柳摇锦一听，立刻就向楚江秋骂起来，骂还觉得不出气，他想哪天还得约吴小四一块儿在那儿等着他，痛痛快快地打他一顿，才能出气。他们一起来到茶馆儿，商议对策。

这两天胡十八等都来得很早，希望能听到什么消息，当时就走马上任。可是柳摇锦老不发表是哪一天。胡十八已经把马褂大褂都预备出来了。柳摇锦不敢说出哪一天上班来，因为一上班就得给人家薪水，到时候人家支薪，拿什么给人家呀？他想推到下月，中了特奖，就有办法了。眼看着开奖没有几天了。他向别人说道："有合适的房子给找着点儿，破两万块钱。"他想四万块钱别都买了房子，也得买点食粮什么的。可是两万块钱买房子，若是买好点儿，也就买上两间房。先柳摇锦还要到李掌柜的茶馆儿，现在知道别看李掌柜的这两间茶馆儿，真值好几万块钱呢。

后来由买变为租，他的条件是要独门独院，能够是从前的王府的花园才更好。房子的间数，他计划住的屋子三间，客厅三间，办公室三间，下屋厨房三间，一间堆煤，一间堆面，还得有一间也积点什么货物，合计有十五间就够了。多几间也成。

大家认真给找着，最后有一所儿，是李掌柜介绍的，房子还不错，柳摇锦也很满意，可是得十六日才能定，因为他的钱还没着落，他净等十五号开奖，十六号取款。人家却不能等，若是等的话，先得给定钱才成。他无法，给了人家十块钱定钱，人家不干，十块钱算什么呀？后来由李掌柜担保，看着李掌柜的面子，人家才答应了。

柳摇锦还没有进了四万块钱，先出去十块钱，好在这四万元钱说话就到手。他想着后院还得挖个大的防空壕，挖壕的时候，就许挖出一个地窖来。外院做办公室，不能叫他们往内宅跑，得装个电话，买个无线电，冰箱是必须用的。至于还天天到茶馆去不去，这是一个问题。这个问题他考虑了很久，有了这样好的房子，何必还到茶馆去呢？可是不去，又怕得罪李掌柜的。而且越有钱越上茶馆儿，才能表示出有钱来。

他就这样地想着，在他想着的这几天，胡十八简直有些支持不了的趋势，现在卖的都无可卖了，以前是找那值钱的卖，以后越卖越不值钱了。现在几乎每天两顿饭都要发生问题。他活了这么大，没有过得这样的急。年月似乎离着太平的景象很远，职事不知道延长到什么时候，从事变的那年，就盼着明年就可以结束了，一直等到现在，已经过了六年。有许多人说，战事明年绝对可以结束了，有许多人说，恐怕还结束不了。胡十八不明白国事和军事，不过以他有了六年的经验，他不大相信明年可以太平了，并且渐渐知道以后不会再有两块钱一袋洋面的事了。也许能有，不过自己是赶不上了。以后却无暇去想，而目前的急总得想法，节约的方法是有，而开源的方法却没有，以前住六间房，后来住三间，现在改为一间，然而这节约是被动的，现在需要的是自己自动的节约。

胡十八在这种着急的时候，他还要上茶馆去坐，他计算一天花两块钱一月还得花六十块，但自己一想到柳摇锦这事一下来，总可以活动活动了。他又来到茶馆，天南地北随便胡说，把生活的困窘和艰难，暂时忘却。暂得于己，快然自足，不知老之将至。

李掌柜道：“刚才又送信来了，今天大概还要防空演习。”

胡十八说道：“是吗？那么还是赶快回家去，截在街上，那可就受罪了。回到家里一躺，吸个烟儿，多么舒服。”好像防空是家外的事，家里就可以不用防空了。他们根本没有明白防空的意义，他们就是自私，而不顾到公益。伤害许多生命，只要自己安全，他就心安，而不管别人。这种损人利己的人，倒还能利己，有的损人而不利己，更不可取。他们走在大街上，有说有笑，忽然演习警报传来，警报处专员立刻令行人待避，这原是为了行人的安全。而行人反倒以为妨碍了他的自由，愚蠢得那么可笑！

胡十八最怕事，便急忙往待避壕里蹲伏，鲍老催和吴小四都跟着下到待避壕。柳摇锦还要表示他是处长，不能同他们一齐儿伏在壕里。可是处长怎么着？他也得伏在地下，何况他还不是真处长。在这种安危一线的时候，仍然要维持“面子”，中国人真的不可救药了吗？柳摇锦终于也被迫令到待避壕里。

这个壕里，鲍老催一个人就占去一半，大家挤着，就像那里是办公处。他们看见许多妇女被命令脱去长袍，他们觉得好笑。其实报上和广播里再三告诉市民应穿短衣裳，她们仍然穿长袍高跟鞋，她们要维持她们的好看，和男人们要维持他们的面子一个样。

好容易盼得解除，他们各自回到家里。又着急自己的晚饭。柳摇锦在着急里，还带着希望，明天就开奖了，他想着怎样把四万元钱取来，做了一夜的梦。第二天，老早就到公园看开奖去了。出去了直站到正午，号码已经摇出了许多，而自己的号码却始终没出来。每当报告一个号码的时候，他心里就跳，还极力压制自己的紧张情绪。他想：若是自己的号码出来，得了头奖，自己可别蹦起来，最好连笑也别笑，越安静越好。

安静倒是安静了，而号码却没出来。他有点恨那些摇球的孩子，仿佛自己的号码未摇出，是他们的缘故。他直替他们使劲，结果也没摇出。有一个号码前三个都跟他的号码一样，他的心就跳到嗓子眼儿的地方。幸而第四个号码不对了，不然的话，他当时就能够吐血。有心脏病的人，不应该看摇奖。

到了正午，摇奖的也休息了，他的肚子也饿了，便回家吃饭去。下午也别来了，看着的比摇彩的还累。好在特奖还没摇出来，明天买张报看也就成了。

第二天一清早，柳摇锦便买了一张报，打开先看开奖号码。跟自己的不对，先凉了一半，只剩了五分希望。又看头奖两个号码仍然不对，不但不对而相差很远，其实就相差不远也得不着呀。不过他还有四分希望，希望得个二奖也可以。谁知二奖三奖都没有。二奖三奖有六个呢，会一个没中？报纸登得有错误吧？他这时只剩了两分希望，大奖没得，看小奖吧，把小奖来回看了好几回，都没有跟自己号码一样的，连末尾子都不对。有一个号码，只差了两个字。他想报上登得有错误，还是以号单为凭，于是他只有这一分希望了。

他到票行拿到号单一对，仍然是没有，找那差两个字的小奖一看，仍然差两个字，失望了，不但失望，而且绝望，房子先打退吧，没得着奖，先给人家十元。越想越别扭，他这时知道幻想是靠不住的，跟事实差得太远，不但差得太远，而且还是反着的。

他见了李掌柜，先退房，他说："最近有个朋友介绍，有一处人家不要钱，白租。我就是为求个照应，我也推不开，没法子，那处房你先给退了吧，十块钱定钱，只得牺牲。如果掌柜的能要过来，就全送给李掌柜了。"他还要做人情。李掌柜表示不能要那十块钱，要了太难看。

房子退了，柳摇锦放下一块石头似的。可是接着写会的日子又快到了，他想自己饭钱还没有，如何能每月白拿出十块钱给人家？即或不写会，也不能再到茶馆去了。最后，他不得已而搬家，搬到天桥贫民窟里。

他还给李掌柜写了一封信，信上说："李掌柜的大鉴：鄙人兹接到上峰电报，命急速到省视事，故匆忙未得辞行，殊以为歉，诸位仁兄，代为致意。"并说，"以后必一一奉约无误，至于拿会钱，请每月由柜上先垫上，等鄙人到任时，一定汇来，此颂大安，柳摇锦叩”。

发了这封信，便跑到天桥卖眼药。冲他这身西服，卖眼药正合适，他哪里懂得道理，不过仗着他的神说而已。他也没有本钱买药，只买了一些挂面，研成细末，用纸一包，便是眼药。他还当面用凉水给人家点上。挂面里面本来有盐，上在眼睛上当然要蜇得流泪，一流泪便觉眼睛清凉似的，于是他的药便能畅销，因此才得维持他的生活。

他不再到李记茶馆去了，他是第一个被生活压迫而挤出了茶馆，来到十字街头的人。虽然他仍然是云山雾罩地胡说乱道，但他总算离开了闲废圈外，能够用他的精力来维持自己的生命的存在。不过他究竟受了以往闲废的影响，他不得不用假的本事来欺骗人。

至于茶馆里的诸位对柳处长秘密赴任有何感触，下章再说。

第三章　醋葫芦

自柳处长拿着他的四季一套西服到天桥卖眼药之后，李记茶馆里，竟少了一位主顾。大家还不知道他在天桥卖眼药，都以为他真的出外了。有的还真等着他来信，前往做事。可是胡十八对于出外就犹豫了，他的保守性太大，记得年轻时曾到过保定一回，全家都哭得泪人儿似的。那还是太平年月，像现在这年月，到趟门头沟都有点提心吊胆。他想柳摇锦这事不知有多远，万一劫在外头，连整尸首都回不来。况且一个人出门，家里又不放心，别看家没有什么，只有一间房子，但是他还真舍不得。家的魅力在中国是非常广大，尤其是北京人，对于家的观念，比任何都重。

鲍老傕和吴小四倒没有什么，吴小四说走就走，只鲍老傕他爸爸愿意要鲍老傕有个事做，不管哪儿都去，到底减少自己负担。鲍老傕的爸爸现在没有正当职业，可是这么瞎抓，每天也能抓个十块八块的。他是真有本事，真有瞎抓的本事，什么都干，拉纤、说媒，看空房卖飞票等等，他都能成，所以他才有这种收入了。卖假人参，丢包计，凡是能进财的道儿，他都能干。北京的社会，还真养活这一班人。每回都有老太太上假人参的当，每回都有小徒弟上丢包计的当。因此才能维持鲍老傕的爸爸的生活。鲍老傕不如他爸爸，他还期待着柳摇锦来信。

这里着急的要算是李掌柜了。柳摇锦把会钱推到他身上，叫他每月给垫，垫是不垫呢？垫吧，又怕柳摇锦靠不住，他将来不给了，自己岂不是白垫？不垫吧，又怕得罪柳摇锦，将来他回来，或是汇钱来，多么不合适呢？这事真不好办，这会刚上了两会，就出了毛病，不怨得这年头人心不古，也实在没法儿古。假如自己不垫出来，大家更得着急，说不定哪天转影壁，那时上不上下不下更难受。不如这时就解散了。可是解散了得退回人家两次会钱，每人二十元，这多么不上算，谁叫自己偏要写会？

李掌柜的一点主意也没有，眼看着来到写会的日子。这回写会的日子，离着五月挺近了，大家谁都着急用钱，谁全要写大利钱使，固然写大利钱别人可以多得，但这回出大利使了，下月更不想上会。

李掌柜的着急解散，当时就得拿出一笔巨款，在端阳节前，自己还得用钱，哪里能够往外拿钱？

这次连何老头子都很着急了，固然他还有钱花，他的存款还能花几年，就是他家的东西卖卖也能过几年，不过他看这钱像流水一样地往外流，实在太可怕了，这钱简直不禁花，总得想个法子进些钱才好。花这死钱，终有一天花完。

胡十八比何老头儿还着急，他不但五月节要过不去，简直现在就没辙。他准备这回非写会钱不可，大家全都准备写会钱。到写会这天，大家到了茶馆儿，李掌柜的忽然声明说：“柳爷上外省去了，不知什么时候才回来，我向大家征求意见，咱们这个会是先停停好，还是继续好？”

大家一听，都不赞成停，愿意继续下去。这一停，上的两个月会钱，那还不黄吗？

李掌柜的说道：“可是继续下去，柳爷这份儿呢？”

李掌柜的倒是有把刷子，他极力装傻，先说停而不说退钱，后说继续而不说垫钱。可是现在这年头儿，装傻是失了效了，以前全有个不好意思说，现在把这个不好意思渐渐推动，只管维持自己的面子，而不管别人的面子。

吴小四说：“柳、柳爷这、这份儿，会、会头得、得负责、责任。”

李掌柜连忙说道：“好好，我一定负责。可是我有个意见，假如再走一位，怎么办?”

胡十八道：“谁也不会走。”

李掌柜的道：“那没有一定，柳爷来个电报，催请诸位，呼啦一下全走啦，把写会这个事忘啦，怎么办?”

大家一听也有理，叫他这一说，何老头子先不放心，他道：“要不然停了也好。”

李掌柜的道：“我说的是不是？诸位没有不圣明的，咱们总得想个法子才好。”

鲍老催道：“这样吧，停了也成，掌柜的得退两份会钱。”大家异口同声地赞成。

李掌柜的道：“这样吧，我手里现在也不大方便。我有个法子，若是停的话呢，今天我先退给诸位一个月的，那一个月过节再说，怎么样？这做会头儿，真不好办。”

大家一听，只得认可。先退回一个月的来，然后再催那一个月的，要不然这两个月的会不给了，硬炸酱，有什么法子？虽然李掌柜的有茶馆儿，绝跑不了，但是他若瞪着眼不承认，可也没有办法。现在人心不古，不能不防备这招儿。

在北京城里，还保持这古的吧，倒是还有几样，譬如修理漏锅的，人家有铁锅，就叫他背走，也不问他的铺儿在哪儿。过两天修理好了，又给扛回来。在这年头儿可真不容易，北京城就有这点儿古风了。假如连修理漏锅的也转影壁，那人心就没法儿挽救了。趁着北京还有这点儿古风，真得好好保持着，听说现在修理钟表修理无线电，先开收据都不成，不看着他修理，就能撤换零件儿。没法子，这种不古的风气，早就由当铺起始的。很新的大匾，他偏要写油旧糟朽，说得人心都不能踏实。将来再写会上会恐怕没有铺保跟着就不成了。

大家说好了，李掌柜拿出几十块钱来，每人十块。大家拿到十块钱，忽然感到储蓄的好处来，平时把富余的储蓄起来，等到用时，却感到方便了。

大家拿到十块钱，就如白拾的一样，本来要出十块钱，现在既没有出，反倒进了十块钱，当然高兴。以往的着急，究竟算过去了。现在的高兴，却是实在的。

这一天，吴小四跑到天桥去摆棋，李记茶馆里没有对手了，跑到天桥去访贤，不，访闲。他在天桥遇见柳摇锦了，柳摇锦正在卖眼药，用凉水蘸着挂面条儿，往人家眼角点。

吴小四一看，说道："嗬，柳、柳爷，怎、怎么卖、卖、卖眼药呢？"

柳摇锦一看是吴小四，遂道："吴爷，老没见。我这是家里的这点儿药，搁着也是搁着，我这是一半舍一半卖，简直连本钱都不够。"

吴小四没听柳摇锦说过他家里存着药，这时也不好问，遂道："上外省怎么样了？"

柳摇锦道："别提啦，我这个霉气你知道，咱们老是讲着良心做事，不成。我看着他们昧着良心做事，简直看不下去，所以不干了，宁肯卖眼药我也不干那个事。况且现在还不致着急到生活问题，卖眼药纯属行善。"他到这还在那里胡云乱道。

吴小四也说不上什么来，他道："卖眼药多少钱一包？"

柳摇锦道："平常卖三块钱一包，你来特别地大减价，卖你一元一包，诸位今天可来着了，可以借你的光一块钱一包。"

吴小四道："好，来、来一包。"

大家一看，今天是难得的机会，都争着买，一会儿，卖出十几包去。

柳摇锦道："今天以二十包为限，过二十包就不卖了，这完全是看你的面子。这二十包就为传名。"柳摇锦的生意口还真有两下子。

大家一听，果然又买，有人还要买两包，柳摇锦马马虎虎地也没记数，卖了三十多包，大家都以为这是便宜。

柳摇锦对吴小四道："你的眼睛发浑，再不上药，可就火攻上来，非得害眼不可，趁早儿治。"

吴小四道："可不是？有点模糊。"其实他不知道他是方才在茶馆里摆了二十多盘棋，目不转睛地看着棋子，所以把眼睛的神耗去很多。

柳摇锦道："来，我给你上点药。"说着，拿着一根红骨针，蘸了点凉水，挑些挂面末，上在吴小四的眼角道："闭上，一会儿就清凉，诸位知道现在这药材多贵，光是冰片十块钱都买不了，吴爷把眼睛闭会儿。"

闭目可以养神，然后又叫睁开，眼泪一流出来，果然眼睛清凉多了。

柳摇锦道："怎么样？保管无痛苦，你觉得怎么样，杀着疼吗？"

吴小四道："不。"

柳摇锦道："还是呀，我这眼药，绝不跟别人的眼药一个样，别人都蒙市行，我这纯粹家传的秘方，诸位今天真是来着了。还有几位不肯走，大概是还想买，这样，今天我特别牺牲，不是现在我三块钱一包吗？仍卖诸位一块钱，明天可就不成了。"

大家一听，机会难得，不如多买点儿，放在家里存着，说不定下月就涨价儿，现在的价钱没法定，时时有变，于是大家又买起来。柳摇锦合着六块多钱的本儿，卖了好几十块。

吴小四看着，也颇羡慕，看来做买卖倒是来钱，连自己都买了一包。

柳摇锦卖完了药，说道："吴爷，我请你喝碗豆汁去。"

吴小四真的同着他去喝豆汁，一边喝豆汁一边说着话。柳摇锦道："他们那个会怎么样了?"

吴小四道："吹、吹了。"

柳摇锦道："你瞧，为了我吹了，怪不合适的。哪天我再去一趟，把会钱给补上。"

吴小四道："算、算了，没、没那、那些说的。"他拿别人做人情。

喝完了豆汁，柳摇锦付了钱，然后两个人分别了。柳摇锦满载而归不提。

且说吴小四回到家里，吴老太太道："你又走了一天，你倒是想个主意干点儿什么，否则就要挨饿了。今天卖了一件大褂，是我的，你爹的全都卖没了。再不想个主意弄钱，怎么好呀？柳处长那里，你倒是去个信问一问，你不催还成吗?"

吴小四道："柳、柳处长呀，吹、吹啦。"

吴老太太道："怎么?"

吴小四道："他、他当卖眼药的处、处长呢。"

吴老太太道："那也好呀。"

吴小四道："好、好什么？他、他在天桥卖眼药呢。"

吴老太太道："卖、卖眼药呢?"老太太也被吴小四传染得结巴了。

吴老太太一听，处长卖了眼药，便问怎么一回事。吴小四遂把在天桥遇见柳摇锦的话，说了一遍。吴老太太道："这年头儿，不这样哪儿成呀？人家都会卖眼药，你还不知道干点儿什么？这年月什么叫好看什么叫不好看，没那些讲究了，挣钱要紧。挣了钱先不致挨饿，要不然吃什么呀？今儿个我托五号刘老太太给我找个事，当老妈子也不算难看，人家还没给我回话儿，就说这年月当老妈子都要年轻人，上岁数的人就不愿意要。你看看，你这么大小子，还不知道干点儿什么，多么愁得慌呀！”

吴小四一听，倒不感觉怎么愁得慌，而自己的母亲给人家当老妈子，还实在是想不到的事。他还以为不至于叫母亲去当老妈子，从小时跟着父亲，就这么胡花乱花，花到现在，他就没有挨饿的感觉。

他道：“干、干吗当、当老妈子去？”

吴老太太道：“你这孩子，活这么大，还不懂事，你看看咱们家里，还有什么？箱子里全都空了，这一到冬天，就得挨冻，这么大小子怎么还什么都不懂？”

吴小四道：“这、这不是还、还有桌、桌子柜、柜子、子、子吗？”

吴老太太气得直哆嗦，嚷道：“这要是等着都卖完了，那不就晚了吗？你这个败家子，简直算完了，我也不跟你废话了，你也不必管我了，我就当没有你这么一个孩子就完啦。”说着哭起来。

街坊一听吴老太太哭起来，便走过来问道：“怎么啦大妈？因为什么呀？”

吴老太太便说吴小四怎么不要强，不知做点什么事，就这么好吃懒做。大家劝解半天，并且跟吴小四说：“你年纪也不小啦，再这么好吃懒做，也叫人笑话，好年头儿还可说，这年月还不想法子挣钱，谁也顾不了谁呀。平常亲友街坊，都可以帮助帮助，现在谁也没有这力量。这么大了，你怎么还不懂得这个？”

吴小四听了这一遍话，仍然不为所动，但他知道再不做个营生，于自己也有怕似的。可是他干什么呢？想不出主意来，摆象棋挣不了钱，即或摆好了也就许挣个大银盾，那还得成为国手才成。自己要得银盾，还得二十年的工夫，这二十年吃什么呀？他渐渐有点觉悟，要想生活，必须走上生产之途。他一声不语，什么也说不出来，他知道即或说出来，更得结巴得费劲，不如不说，心里明白就得了。

这时里院的老妈子走出来说："吴老太太不必伤心了，我们小姐送你一点儿粮食，这回的配给，我们小姐不吃，我们也不吃这个，一共好几十斤呢，都给你们吧。"吴老太太一听，真是说不出来的感激。

原来索南枝自被楚江秋熏染以来，渐渐减其骄奢浪费的习惯。大烟呢，当着楚江秋绝对不吸，她并没有什么瘾，可是有别的客人的时候她还是背着楚江秋来吸。楚江秋也明白她这心理，也就只好装不知道，只要她有这一点羞恶之心，总是有救的，慢慢地想法子吧。他每天给她说些世风情势、国家大事和其他各种名人故事等，她也渐渐为祖国而开始担忧，不过享受的习惯，还是不能根除。本来好逸恶劳乃人之常情，虽然明白劳动是生成的，但自己能够舒服，总还是享受舒服好。就如同坐在都市喊救济农村的一个样，不过她能明白这些，到底是有希望的。明白之后再去实践，就比较容易了。

今天楚江秋正在索南枝的屋里坐着，忽听外边有人哭，索南枝便叫老妈子问是怎么一回事。老妈子到院外一看，回到屋里把方才情形一说，楚江秋叹口气道："唉，像这样的悲剧，社会上不知有多少在上演着，少壮不努力，连累老母跟着受罪。"

索南枝道："我想起来了，我们今天取的配给杂粮，你们不是不吃吗？给那老太太得了，告诉她愿意吃愿意卖都成。"

老妈子遂同厨子把杂粮搬出来，吴老太太一看，十分喜悦，虽然知道这东西以前是喂牲口的，可是现在人能吃着这个，就不容易。倒退十几年，把这个给老太太，老太太真能给小鸡崽吃，可是现在她觉得这是宝贝了。麸子、糠、渣，都能吃，何况这总算是粮食。中国人的吃苦耐受，要占世界第一位。

老妈子道："如果不愿意吃，把它卖了换钱也成。"

吴老太太道："哟，什么不能吃呀？这么好的粮食不能吃，那多么造罪呀!”

老妈子笑着进去了，她觉得我们老妈子都不吃这个。

吴老太太叫吴小四把粮食搬进屋里，她进到里院，给索南枝道谢。吴老太太一进到屋里，就给索南枝叩了一个头，说道：“你真救了我们娘儿俩的命了。”

索南枝一见，急忙站起来道：“老太太，不要这样，这点粮食算什么？你们到底为什么？不要吵了。”

吴老太太道：“唉，我那糊涂孩子，什么也不能干，那么大小子，整天价晃悠着，怎么好呀?”

楚江秋道：“最好还是找个事呀，没有事做，有多少钱也不成。”

吴老太太道：“谁说不是啊，可是这孩子什么也不会。”

楚江秋道：“做点买卖，卖点果子花生什么的，也可以赚钱哪。”

吴老太太道：“是呀，您这先生说得真对，我这孩子简直糊涂极啦。”说着，她又千恩万谢地出去了。

楚江秋对索南枝道：“你看，这是多么光荣的事，受到老太太的感激，与受到商人的恭维，哪一样真诚呢？哪一样得到的报果好呢？由这老太太传出去，你的名儿都知道，街坊邻里全要敬佩你。你看，总比一个商人恭维你强得多吧。并且，你若遇到真难的时候，街坊邻里都可以帮助你，替你做点什么，像刘经理这样的人物，若是在你穷困的时候，他们才不理你。”

索南枝这时感到做善事的愉快。

这时刘经理又来了，他看见楚江秋在这里，立刻不乐意，连理也不理。楚江秋也不想叫他理。刘经理又说这刚由孔三爷那里来，今天和了两把一条龙，真是痛快极了。楚江秋一听，觉得他们太可怜了，现在举世都注意到欧洲第二战线的消息，这不但是欧战的决战，而且是全世界的总决战，现在的人们，稍有点脑子，没有不谈谈这件事的。而在这时，还光谈着一条龙、自摸，这未免太无心肝了吧？

刘经理这时又劝索南枝委托商店的事业，他说现在的买卖，再没有比委托商店发财的了。拿最低的价钱，收买别人的贵重物品，高的价钱来卖自己的废物。什么叫委托？这是倒把。钱不值钱的时候，收下货物不卖，金子值钱的时候，倒出货物买金子，比干什么都发财。索南枝一听很是喜欢，刘经理又说这事不必叫她劳心，只是坐在家里，到时候听好消息。

楚江秋一听，这种买卖本来是为便利市民，调剂缓急，但像刘经理这种做法，就会扰乱金融，囤积倒把，居奇操纵，这真是罪大恶极了。他这时实在忍不住，便对索南枝道："我看你还是把事业放在前头，不要把发财放在前头，再发几百万的财，又有什么用？"

刘经理一听，这是拆自己的台呀。他本来见索南枝手里有许多值钱的东西，他想借开委托商店的名义，把索南枝的东西搁在店里，用最低的价钱自己收买起来，跟索南枝都说卖出去了。现在楚江秋一说这话，他非常不高兴，他看了楚江秋一眼，但还不好直接冲突，他对索南枝道："浑蛋年年有，不如今年多。一个人不知道怎么发财，那还叫人吗？"

楚江秋一听，他这是骂起自己来，不由也说道："凡是浑蛋的人，他只看人家浑蛋，而看不出自己浑蛋来。"

刘经理这回可忍不住了，他想发作，但是又怕自己打不过楚江秋，倒叫楚江秋给侮辱，那于自己的面子上太难看了。

索南枝先还不觉他们两个人的对立，现在才感到两个人有冲突的危险，立刻说道："今天晚上也不知是什么电影，我请你们看电影，去不去？"

刘经理道："电影院里多热，在家里打打小牌儿多舒服。"

索南枝道："我想出去散散步，老在家里待着没意思。"

刘经理道："我真懒得动弹，一动就一身汗。"

索南枝道："那么你在家里吸烟等着我好不好?"

刘经理道："我的晚饭还没吃呢，你吃了没有?"

索南枝道："我们刚吃过，今天早得很，就预备出去玩玩。"

刘经理道："在家待着多舒服，回头张五爷还许来呢。我们都出去，岂不把他给冤了。"

索南枝道："你在家里等着他，叫厨子给你做点饭。"

刘经理道："我不给你看家，我到别处去吃吧，十点钟我再来，张五爷来就叫他等着得了。"

索南枝道："也好，我十点以前一定赶回来的。"

刘经理道："那么回见，委托商店的事回头咱们再商量，张五爷也加入股份。"说着，他走了。

索南枝便换衣服和鞋袜，说道："我们上哪儿去呀?"

楚江秋道："若是散步，在北海好；若是划船，在南海好，南海清静。"

索南枝道："随便，哪儿都好，南海离着近一点儿，是不是?"

楚江秋道："那么上南海吧。"于是他们走了出来，车夫要拉车。

索南枝道："不要，我们走着，一会儿就回来。"于是他们出了门。

这时天已经黑了，华灯初上，街上的人来往不绝，非常热闹。走到南海，便立刻感到清静。他们雇了一个小船，划到南海的中心，楚江秋道："南海比北海强的地方，在于没有那些茶座。"

这时索南枝坐在船上，见月光照着太液星宫，有那庄严和静的美，四围都在黑暗中，微风袭来，只听到若续若继的桨声。

他们低着头谈着话，楚江秋道："大概你以前没领略到这种清幽寂静的趣味吧。"

索南枝道："没有。"

楚江秋道："你感觉快乐吧?"

索南枝道：“快乐。你快乐吗？”

楚江秋道：“快乐是快乐，但是在快乐里却含着隐痛，这种痛苦，不时地袭来，时常把快乐赶走。这并不是我的神经过敏，也不是我矫揉造作，我总想着得不到我们这样快乐的人。你看我们在这儿多么凉快，可是我会想到还有许多小公务员们，坐在家里的斗室之中，电灯底下，一边挥汗一边做他白天未做完的公事；有许多小学教员，在闷热的电灯底下，改着学生的卷子，他们都比我们苦得多。可是我想到，还有更苦的人，那些晚饭还没吃，仍在焦躁的柏油路上，曳力奔驰着的车夫，那些伏在战壕里，上边淋着雨，下边浸着水，几天几夜不能睡的士兵。而那些受了伤的，沉痛呻吟于血泊之中，他们要想他的母亲和妻子，那真是多么残酷难过。”

索南枝道：“哎呀不要说了，听着多么不舒服呀！”

楚江秋道：“如果我们时时想到世上一切的痛苦，则我们享受快乐的心便会减退。”

索南枝道：“那么我们就不应当享乐吗？”

楚江秋道：“应当是应当，但是看什么时候。在这变乱时代，我们还要快活，苟全性命，这就不对了。况且这种追求快乐，并不是真的快乐，现在我们固然快乐，可是我们一离开这里，马上便袭来苦恼。所以真正的快乐，是在解脱自己的苦恼和别人的苦恼。比方方才你给吴太太一些杂粮，虽然你不觉得那点杂粮为多，但是当时那种解脱别人痛苦的愉快，才是真正的愉快。这种愉快，才是永远不能磨灭的真愉快。”

索南枝一听，似有所悟，她低下头去，想着楚江秋的话，一点也不错。她道：“战争不知何时才能止住，假如人人都像我们这样，世界上不是就没了战争？”

楚江秋道：“是的，但叫世界上的人都像我们一个样，这能办到吗？所以战争却永远不能免。我们现在应当追求一种公理，光空谈是不成的。我们若憧憬着以往的闲适，那一点用处没有。这次大战，正是建筑人类永久和平奠基的时候，我们人人都有做这工程人的责任，我们不能顾全到个人暂时的苟安，我们要为将来的人类将来的众生谋一永久的和平。每天若是醉生梦死地生活，多么惭愧！”

索南枝听了，如有所获，她感到她以往的过失，不禁叹息起来。这时一种雄伟的悲壮的歌声送来，她倒在楚江秋的怀里，时间过了很久。

楚江秋道：“你该回去了吧？刘经理还等着你呢。”

索南枝道：“叫他们等着去吧。”

楚江秋道：“那不得罪人吗?”

索南枝道：“你又这样说？我非常不喜欢你这样带刺的话。”

楚江秋道：“因为你太没有把握了。”

索南枝道：“难道我对你还是假的?”

楚江秋道：“不，你对我不会假，对别人也不会假，我不能说你的意志薄弱，而是说你太好面子。”

索南枝道：“哼，你瞧着的。”

楚江秋道：“我倒瞧着啦，可是你的烟不是又吸上了吗?”

索南枝道：“我根本没有瘾，说不吸就不吸。”

楚江秋道：“别的犹可说，唯有大烟，吸上瘾就不好戒了，你现在还没有瘾，为何还要吸呢?”

索南枝道：“好，你看着的，我以后绝不再吸了。”

他们玩了很久，夜的风凉得多了，楚江秋道：“我送你回去吧。”

索南枝答应着。于是他们把船靠了岸，走上来，出了南海，一边走着，一边谈着。回到家里，已经十一点多钟了，刘经理和张五爷等早来了，大家都等着急了，若不是下人等张罗搬牌桌，大家都得走了。下人们都讨厌楚江秋，若不是楚江秋，大家早打上牌了，早抽了不少头儿。没事儿跟他穷遛，不但下人们埋怨，就是家人们也全都埋怨，大家都翻倒了醋葫芦似的，对于楚江秋批评得一文不值。

一会儿，索南枝回来了，楚江秋没有进来。索南枝一进门，看见屋里这么多人，一面又觉得他们讨厌，一面又觉得热闹得好玩，矛盾的心理，使她说不出什么情绪来。

刘经理躺在床上，说："来吧，刚烧好的。"

索南枝道："你吸吧，我不吸了。"

刘经理道："别胡闹了，你又听那小子胡说，真没劲。你真是一点毅力没有，意志薄弱得厉害，将来你非得上他的当不可。"他也会来这一套。

索南枝道："真的，我不吸不是为他，你们不要说他吧。"

别人道："那么一个穷小子有什么好？哈哈，一句正话都说不出来。"大家听了，你一句我一句，说得索南枝也不好说什么。

刘经理说："南枝，明天我请客，有你，有张五爷，有秦司令，有齐会长，都是有名人物，明天务必到席，明天我用车接你来。"

索南枝无可无不可，她这时心里想着楚江秋。

他们又玩到多半夜才散，下人们得了不少头钱，皆大欢喜。

第二天，楚江秋来了，索南枝告诉他没有抽烟，楚江秋十分欢喜。他们一直谈到下午五六点钟，楚江秋希望约她再同出去散步，一方面躲开这群人，二来可以想不起吸烟来。

这时候刘经理用汽车来接她，说："快去吧，秦司令他们恐怕都去了。客人先到，不大合适。"说着，便催促索南枝快走。

索南枝对楚江秋道："你在这儿等我一会儿，有个饭约，去去就回来。"

楚江秋道："我先走吧，回头我也许来。"说着，他先走了。

索南枝换了衣服，同刘经理出来，坐上汽车，来到饭馆子。伙计前后奉迎，那种和颜悦色，与配给店里的伙计，简直不像一个国度的人。

一会儿，宾客来齐，一一介绍，什么司令，什么将军，什么会长，什么经理，一个比一个粗，连烟卷儿也一支比一支粗，像平日胡十八所抽的那一抽一灭的纸烟，真不可同日而语了。在这个环境里，可以看见在街上看不见的东西，可以看见多少钱买不来的东西。这里的东西是饥饿的人们所想不到的。他们喝着极名贵的酒，吃着极名贵的菜肴，尝着足以餍口欲的美味，他们谈得非常豪华，虽然一样的粗俗，但听不见什么困窘与忧愁的话。他们把愁虑就如同人们对分票一般地舍弃了。他们想不到市民买了配给的高粱而无法磨和没有工夫磨，他们想不到人们在电车站等两个钟头不见一辆电车来，他们偶尔也谈到饿死的人，但是他们对于饿死的人们，与他们的酒席绝没有联想的。他们绝想不到这一箸的菜，可以救活多少人。

在这豪华的夜之宴席上，使索南枝更感到钱的力量是如何伟大。她暂时又忘了楚江秋，而迷惑于云雾交错间。她看到的只是那多少的精力堆成的他们各个人的地位，多少尸骨堆成他们的荣誉，多少人的眼泪聚成他们的财产，多少人的血堆成的这一桌筵席。

酒足饭饱之后，伙计递过价单，连酒带车饭钱，一共是两千多块钱。一个文贫一年赚不到的钱，仅仅这两小时之内就出去了。

筵席散了，大家道谢告别，索南枝这时才想起楚江秋来，她急忙地要回去。刘经理又用车把她送回去。

她回到家里，一问楚先生，下人说："来了一会儿就走了。"

她进到屋里一看，有个字条，是用自来水钢笔写的，上面写道："南枝：等你一会儿，你还没回来，早点睡吧，不要打牌了，我明天再来看你。江秋。"

索南枝看完，后悔不该回来这样晚，她要照着他的话来早睡，又因为她喝了不少酒，也有点困下来。她也没有沐浴就睡了。

第二天，楚江秋来，问她什么时候回来的，她说回来不算早，可是回来就睡了，所以今天起得很早，而且把报都看完了。

楚江秋道："北京城到现在还有许多不看报的，真是可悲极了。"

正说着，忽然外院又吵起来，叫老妈子一问，仍是吴老太太和他的儿子吴小四吵。原来吴小四一天什么也不干，到时候就想上茶馆儿，跟老太太要钱，于是老太太又嚷起来。

索南枝把吴老太太叫进来一问，吴老太太说："这孩子一天没得干，就是卖点力气也可以挣钱，现在不能挣钱，他还要花钱，我哪里有富余钱给他呢？"

楚江秋道："不会叫他做点买卖，即或在门口儿摆个小摊儿，一天也能赚几块钱，究竟比白过这一天强呀，又没有钱，又没有事做，那是多么危险呢。"

吴老太太道："你说得一点儿也不错，我也叫他做买卖，摆个小摊儿，家里也有铺板，他说太难看，这年头儿还能讲什么难看不难看？他不愿意在家门口儿，说要做买卖就到天桥卖去。"

楚江秋道："天桥做什么买卖呢？"

吴老太太道："他说卖冰棍儿，推着一个小木箱子，底下有轱辘，推着倒省劲，吆喝也不外行。"

索南枝笑道："倒也不错，那么就叫他去卖吧。"

吴老太太道："不怕你笑话，这点本钱还没有呢。"

索南枝道："得多少钱本钱？"

吴老太太道："几十块钱就得，反正天天来回地倒，要是有铺保的话，就不用本钱都成，那就是给人家卖了。"

楚江秋道："不必给人家卖，也不必打保，可以先给他押金，给他多少押金，推一箱冰棍去卖，卖多少回来再算，省事得多。"

索南枝道："对啦，就这样好。我给你五十块钱，叫他去做买卖。"说着，从皮夹子里拿出一打票子，数了五张十元的，给了吴老太太。

吴老太太又点头道："唉，怎么报答你这恩德呢?"

索南枝道："这点不算什么，拿去吧。"

吴老太太千恩万谢地拿出来，对吴小四道："人家这才是真正活菩萨。"她感激得眼泪都流了出来，把钱交给吴小四，叫吴小四去卖冰棍儿。

吴小四拿了钱先跑到茶馆儿，和大家举行告别式。他先说到天桥遇见柳摇锦在卖眼药，大家一听不知说什么好。鲍老催还在等着当会计呢，现在也失望了。大家都默然不语，若是在往日，大家非得先笑起来不可，然后再说柳摇锦如何不好如何可笑，但现在一提，柳摇锦卖眼药，不由都感到自身的问题，兔死狐悲，自己也将要走进柳摇锦的道儿，甚至还不如柳摇锦。

吴小四说到他也要做买卖，他说："这、这年月，做、做买、买卖，也、也、也……"

鲍老催答应道："叫我干吗?"

吴小四道："谁叫你了?"

鲍老催道："你不是叫爷爷爷爷的吗?"

吴小四道："你、你、你孙子。"大家笑起来。

吴小四道："今儿早晨那、那小堂客，给、给了我五十块钱，我、我想拿这五、五十块钱做、做买卖。"大家羡慕吴小四竟有这运气，吴小四得意地走了。

他的舅舅认识一个卖冰棍的，到那里给了押金，推了一箱子冰棍儿，到天桥儿来了。平常不卖冰棍，他就会吆喝而且吆喝得特别起劲，现在卖了冰棍儿，反倒吆喝不出来了。但不吆喝，也不像话，找那没人儿的胡同里，吆喝了一声"冰棍儿败败火"，自己听着都刺耳朵。

天是真热，胡同里没有一棵树，人们都在睡午觉，吆喝了几声，没有人买。胡同里也没有行人，只有一个打鼓贩，挑着挑子，打着小鼓儿，声音那么清脆，在这寂静的下午，越发震动人们的耳鼓。

吴小四出汗了，口里又渴了，离着天桥还远呢，他找了一个阴凉地方坐下，打开箱子一看，由里面往外冒凉气，冰棍儿红的绿的、黄的白的，摆得真好看。咽了一口吐沫，又盖上了。

打鼓儿的走过来，说道："来两根儿。"

吴小四见有了买卖，十分高兴，可是又觉有点不好意思似的，他拿出两根来，打鼓的说不要白的，要香蕉的。吴小四也不知道什么颜色是香蕉的，随便拿出一个红的递过去，打鼓的也尝不出是不是香蕉的来。是不是有香蕉的还是问题。

他道："多少钱?"

吴小四道："三、三、三毛、毛钱……"

打鼓的给了三毛，吴小四接着说道："一、一根。"

打鼓的道："你这可有点成心，你这两根儿六毛钱好不好?"遂又拿出三毛钱来，扔在地上。

若按平时，吴小四受不了这气，但现在他为了做买卖，不得不和气，而且他也明白是自己结巴的不好，不怨人家，他赔笑道："我有、有点结、结巴。"

打鼓的道："我说的怎么那样便宜呢。"说着，便吃起冰棍儿。头一根冰棍儿，很快地吃完了，这第二根所谓香蕉的，却不赶快吃下，而把冰棍放在嘴里，用嘴的热力渐渐地融化，用舌头舔，用嘴唇吸，吸那凉气，仿佛特别愉快似的。

吴小四看着真馋，自己正渴得要命，为什么不吃一根？并且一根也算不了多少钱，一会儿就赚出来了。比方自己买冰棍还得花三毛钱，自己吃自己的，才算本钱，所以吃一根算什么？想到这里，打开箱子，挑了一根绿的，绿的不知是什么的，吃到嘴里，也有点香蕉味儿。他才吃一根立刻就凉快多了。于是又推着箱子，走下去了。

走到前门洞儿，又热起来，当中的门洞里有许多人在歇着，顺便做点买卖。门洞里有两个人在摆象棋，旁边还有人看。吴小四又起劲儿了，推过箱子去，站在一边看。一看这两个人的棋力不高，比自己差得远，他的兴致上来，由站着而变为蹲着，由看着而变为支着儿。

这两个人一看他是卖冰棍儿的，就有点看不起。他一给人家支着儿，不管是胜的负的，都不高兴，可是他还是非支着儿不可，不然心里别扭得慌。人家都骂了闲话，说河边有草，多嘴是驴。他不好再言语，不过看着那人该飞相而不飞相，非常着急。

他站了起来，推起冰棍箱子吆喝道："冰棍儿飞相。"他到底说出来了，跟吃了冰棍一样地痛快了。别人爱骂不骂，他听不见了，一边吆喝一边走下去，觉得很痛快。不过他忽然感觉箱子轻了好多，打开一看，丢了半箱子冰棍儿，不知哪儿去了。他自己一想，一定是方才自己看下棋的，被别人偷去了。他气得骂起来，可是骂了会子，冰棍仍然是损失了，找不回来了。

还剩下十几根冰棍，妈的不卖了。刚要回去，一想今天才卖了六毛钱，若是不卖，损失更大了，他还得继续卖。一边卖着一边生气，一边骂大街，那谁还买呀？那十几根也没卖出去。一共卖了六毛，自己吃了一根，其余全丢了。

第一次做买卖，就赔得落花流水。回到家里，简直不知怎么对母亲说了，但是不说也不成呀。老太太追问今天赚了多少钱，他实在无法，只得说了实话。吴老太太一听，气得直哆嗦，要想同他嚷，一想如果嚷起来，又叫人家里院听见，太不合适，倒仿佛想吃人家似的。没办法，只得找了点东西，第二天卖了出去，换了几十块钱，又给做本，千嘱咐万嘱咐的，叫他好好地做，再丢了，那娘儿俩非上吊不可。

吴小四这回有了经验，不敢再像上次那样疏忽了，今天不上天桥，而赶庙会去了。他是继柳摇锦之后，第二个被挤出李记茶馆的。

他在庙会里，碰见鲍老催，鲍老催在小摊儿买零碎东西。鲍老催一见吴小四卖了冰棍，便道："多少钱一根？小四，咱们来一根。"

吴小四道："你吃吧，给不给钱没关系。"

鲍老催道："做买卖都白舍还成？这一说你不成，做买卖没有杀人的心，不用想做买卖，我还教给你，越是熟人越杀熟没错儿，要不然就发不了财。"

鲍老催这套话是他爸爸天天说的，他爸爸回来就跟他说怎么坑人，怎么赚便宜。他爸爸的哲学里，没有良心一说。鲍老催比他爸爸差得远，但是比起吴小四可强胜万倍了。鲍老催的爸爸是多年挤出来的，他鉴于自己岁数不小了，儿子还什么都不会做，将来无以后继乃父之志，遂叫鲍老催也干点事，做点手艺。

这年头学手艺，像鲍老催的年岁有点过时了。现学是不成，最好是不用学的手艺。各行都有行会行规，行里也欺生。鲍老头子以生活的经验观察，只有在大街摆个修理自行车三轮车的为最合适。第一，花不了多少本钱，来个桌子，弄点儿零件和一些修理的工具。第二，不必现学，这手艺没什么特别技巧，一切都是死的，补补带，紧紧螺丝，不算难事。第三，利大，随便拾掇拾掇，就几块钱，一天下来，准赚个几十块钱。

鲍老催说："现在干这个生意的太多了，恐怕也没有什么好。"

鲍老催的爸爸使足了劲儿啐了他一口道："像你这浑蛋小子，简直是块橡皮，我这么精明了一辈子，养活你这么一个浑蛋孩子。你不会想法子叫你的买卖好吗？你不会想法子叫三轮车非得到你那里补带去不可吗？"

鲍老催实在想不出有什么法子，他到底不如他爸爸，他想了半天也没想出来，他爸爸说："他妈的你算白活了。"

鲍老催道："那得满街去拉吗？"

鲍老头子道："浑蛋，你不会把他的皮带扎破了吗？"

鲍老催道："那人家也不答应呀。"

鲍老头子道："你笨蛋，你不会弄些玻璃碴子，撒在马路上去吗？那三轮车走在玻璃碴子上，一扎就是一个窟窿，撒的地方你也得注意，比方你天安门摆车摊，左边在太庙前边，右边在公园前边，撒上玻璃碴子，还得在上手里的，车都坏这里来。你若在外手里，没用。比方由公园往东，扎破了带正好在你的摊前破了，他就得在你这儿补带了。自行车可以绕道走，三轮车拉着客人，遇见玻璃碴子，他不能叫客人下来，他扛着车过去，所以一天至少扎上二十三十的，这一天光补带子，就能进二十三十的。"

鲍老催道："那人家车多倒霉呀。"

鲍老头子道："谁管那些个？自己先有饭吃，这年头儿不能讲良心。"

鲍老催得了父亲的谆谆训诲，立时豁然开悟，养不教父之过，现在鲍老头子对于儿子，总算当心矣。

鲍老催负着他爸爸的使命，来到庙会，想在小摊上买些车上的零件，拿旧的买了，将来当新的给人家配。

他同吴小四谈了一会儿，吃了两根冰棍，给了六毛钱。吴小四直不要，鲍老催说："买卖是买卖，将来要是遇到我修理车，我一样收你的钱。"吴小四这才收了。

鲍老催买了些工具，回到家里，第二天便在路口附近摆起车摊。由杂货铺掌柜的尤老四写了一个纸条，贴在木板上，桌前一立：鲍记修理自行车三轮车行，专补车带，配理零件。不必纳什么捐税，就是和本段警察联络一下就成了。

鲍老催做起这个买卖，头一天就有个配滚珠的，鲍老催粗活还凑合，在家里跟他爸爸学过几天，借人家一辆破车，拆了装，装了拆，反正经鲍老催的手，拆一回就毁一回，他爸爸不知从哪儿弄来一辆破自行车，老放在门旁，表示他们老有车修理，以广招徕。

可是他一配滚珠，可就麻烦了，他的手指头又粗又肥，那小滚珠放在手里，就看不见了。鲍老催出了一身汗，滚珠儿又丢了几个，掉在地上，怎么也拾不起来，拾着拾着索性就找不着了。他想若是天天有配滚珠的，非赔钱不可。最后还是人家自己换上的。鲍老催收拾好了，一找气筒儿，不见踪影了。他一看，只有自认倒霉，回头还不敢跟他爸爸说，平日他爸爸是吃人家的，现在叫人家吃了，非气坏了不可。只有跟尤老四先借了十几块钱，买了个气筒，以后自然要小心了。

他这一做车摊的买卖，李记茶馆便不能去了，他是第三个被挤出李记茶馆的。于是李记茶馆里渐渐寂寞了，整天在那里坐的人少了，多半是累了一天的瓦匠，或拉车的在那里休息或是做联络之所。胡十八和何老头子也因为茶馆的人太复杂、太低级，为了保持自己的身份，不愿常去。其实他们去了，也真比得慌。别看瓦匠身份低，坐在那里，在禁止赤背的条下，光着脊梁，畅谈国论，非常高兴，比自己天天发愁这日子强胜万倍。胡十八在茶馆喝两毛钱一包的茶叶都觉得多，而瓦匠却讲究喝五毛钱一包的，有时两包一块儿放在壶里，那种豪爽，胡十八是比不了的。哪个瓦匠一天都挣个几十块钱，吃着酱肉夹烧饭，胡十八看得眼馋，他感到只有自己拿力气换来的钱，花着才痛快而无愧。那些做工的，累了一天，傍晚到这里来，泡上一壶好茶，坐在板凳上，脚蹬在桌底下的横掌上，显得特别舒服。他们没有歉然于人的事，没有忧虑于算计的心，既不患得，也不患失。拿自己精力挣人家的钱，这是权利与义务，见了法院的法官都不害怕。这钱花着多么硬气呢！即或吃点好的，喝点好的，也是顺着咽到肚里，不能由脊梁骨下去。

胡十八不然了，他花一个钱都那么心痛，因为花了就没了。瓦匠今天花了，明天又挣进来，他恨不能也当瓦匠去，可惜自己没这力气，而且以前他也没学到这种手艺。那时所不屑于学的手艺，现在看哪样都是防身的法宝，身有一技之长，到哪儿都饿不着。以前看谁都不如自己，现在知道比谁都不如人家，自己是一无所长。完了，他感觉自己没有希望了。但是自己一时还不至于死，在这不死以前，也得活着，也得为生命而挣扎，即或没有希望，也得吃饭呀。

今天是端阳节，街坊都吃烙饼，无论怎么困难，人家也吃一顿白面，而自己连白面都吃不上。大节下的不吃一顿好的，这于面子上太难看了。以往每到节下，午间必吃煮饺子，晚上炖肉烙饼，而早晨还必须吃点粽子，连同街坊互相送了礼。现在粽子吃不上了，而白面也吃不上了，岂止白面吃不上，连窝头都吃得费劲。幸而他儿子胡来由柜上支了一笔钱，放了半天假，买了几个粽子，回到家里来。

胡十八正自发愁，见儿子提着粽子回来了，这才欢喜。以外又交给胡十八二十块钱。依着胡太太，就不必吃白面了，拿了二十块钱拉长了吃能多吃几天。可是胡十八要这个脸，非吃白面不可。立刻叫胡来到街上买了二斤白面。买来白面，立刻就忘了方才的愁，还故意叫街坊看看，自己吃了白面，唯恐街坊看不见，特意与街坊说："您看这白面还不错，挺软和的。"

胡太太也对街坊说："您瞧这粽子，多一点个儿，五毛钱一个，十个就五块钱。"

于是人家知道他们又吃白面又吃粽子，而且粽子是五毛钱一个。他们对于粽子都没敢吃，怕吃了就没了，放在那里，总是老有的。

吃完了饭，街坊约胡太太打个小牌，打两块钱一锅儿的。胡太太对于两块钱一锅都嫌多，但是大节下的，两块钱一锅就两块钱一锅，说不定准许能赢一点儿。

胡十八又拿了两块钱到茶馆儿，今天一狠心沏了五毛一包的茶叶，他想这壶茶至少要沏十回，不管肚子里能否容纳得下。五毛钱一包的茶叶，不沏十回，未免糟蹋。

胡十八把茶叶纸摆在桌上，叫人看着这是五毛钱一包的，见了熟人就嚷："来，喝一碗，我这是五毛钱一包的。"

李掌柜道："胡爷今天吃什么？"

胡十八道："饺子，扁豆馅儿的，扁豆馅儿的，扁豆馅儿的。"

这时卜算子同何老头子都来了，端阳节在这里待一天，多有意思，席棚底下一坐，大家聊天儿，比干什么都舒服。

今年的席棚，还是去年的，李掌柜没有买新席，这些席同杉篙都是几年前的东西，现在买不起了。

卜算子提说吴小四卖冰棍儿了，他说："昨天在护国寺看见吴小四了，其实我没看见他，他也没看见我。"

李掌柜道："那怎么会瞧见的？"

卜算子道："我听见他吆喝了，他的声儿我听得出来，循着声儿过去一看，可不是他。"

胡十八道："这年月，逼得人都得做买卖去，我现在也不得了，不得了，不得了。"他是预先伏一笔，即或将来自己也得卖冰棍儿去，不致使人家惊讶。他说："现在做小买卖不足为奇，也不算难看，李掌柜不也是做买卖？啊，将来我还要做买卖呢。"

李掌柜道："胡爷可不至于，胡爷做买卖那叫笑话，胡爷这辈够了。"他还在恭维。

胡十八道："这年头可不能说够，其实我要省着点儿过日子，倒是还能过个十年八年的。可是十年八年究属有限，究属有限。所以我打算做点小买卖，做点小买卖，闲着也是闲着。"他预先说过了，做文章这叫伏一笔。

何传道："其实胡翁不必做买卖，教书挺好。"

胡十八一听这也不错，立个私塾，招着童蒙，面子也好看，一月也能收入几十块钱，不无小补呀。于是说道："不错，我从前有这计划，有这计划，不过地方还是问题。对，何老的主意很好，回去我就计划去。”他仿佛得着了出路。

卜算子这时也感到自己在生活的压迫下喘息，他觉得人家都有了出路，自己也得想办法。好在自己还有算卦的技能，虽然也不怎么精，而且江湖秘诀也不大熟悉，但是究属有这么一种技能，于是他收拾他的卦具，想在街上摆地摊儿。后来有人告诉他，一摆地摊儿，再想往高里去就不容易了，还是来张桌子，有那张桌子，就能唬事，可以多要卦礼。卜算子一想也对，弄了一张破桌子，上面放了一个褥单子，白天当桌布，夜里盖床。剪了四张圆纸，写上“文王八卦”四个字，贴在桌布上。夜里睡觉，把“文”字给丢掉了，第二天一摆桌子，他的近视眼还没看见，桌面上就剩下“王八卦”三个字了。古时算卦都用神，现在算卦虽不用神而用人，而卜算子的“王八卦”，到底是有古风的。世上没有不开张的买卖，他的桌子一摆在那儿，就有人来算卦。

这时有个乡下人前来算卦，卜算子拿着棋子儿来回一摆，一边摆着一边查看乡下人的神气。他看不出来，问道：“问什么事？”

乡下人道：“俺们姑娘有了婆家，最近就要娶了，可是她又病了，婆家还要催娶，先生给看看娶得娶不得？”

卜算子说道：“婚姻是动了，娶是娶得，不过得挑好日子，若是冲克，就有妨碍了。”

乡下人道：“那么先生给看看哪天是吉日？”

卜算子算了算道：“若是吉日娶，还须申子辰。”

乡下人一听，抡圆了手打了卜算子一个嘴巴，打得卜算子一怔，说道：“你凭什么打人？”

乡下人道：“打的就是你，你胡说八道。”说着又要打，卜算子连忙躲开，钻到桌子底下。

这时本有许多人围在旁边看着，连忙过来拉劝。大家也不知道乡下人为什么要打卜算子，忙问道：“怎么回事？慢慢地说，别急，先生哪一点算错了？”

乡下人嚷道：“他寒碜我呀。”

卜算子由桌子底下钻出来道：“怎么寒碜你了？”

乡下人道：“俺们姑娘还没过门子，你就说俺姑娘身子沉，俺们姑娘哪儿来的身子？他妈的胡说。”

卜算子一听，又气又笑，他道：“我说的申子辰，是申日子日辰日，这三天是吉日，谁说你姑娘身子沉了？”

大家一听，也大笑起来。

这乡下人才知道打错了，连忙作揖道：“得啦，谁叫我听错了呢。”

卜算子道：“那不成，当着这么些人打我，这是寒碜我呀。不成，叫大家评评理，我说这申子辰，你说那身子沉，这是成心捣乱。”他这时倒气粗起来。

这时有人过来道：“得啦，虽然乡下人听错了，但是先生以后说话也得小心，不然人家也说先生是开玩笑。得啦，先生既挨了一个嘴巴，也不算白挨，叫他多送点卦礼得了。”

大家一听，这个办法还公道，于是叫乡下人多送卦礼。乡下人也自知理屈，遂多给了两块钱卦礼。卜算子虽然挨了一个嘴巴，但仍是多得了钱，也自欢喜。大家也各自散了，乡下人也走了。

卜算子把卦礼放在盒里，打开盒盖一看，盒里的钱都没有了。桌上桌下，都找遍了，也是没有。他想一定是自己钻在桌底下的时候，叫人把钱拿去了。他也就只有认倒霉得了。他感到在社会里，干什么都不容易，干什么没有经验都不成。不过他到底挣了几块钱，没有白摆。从此，他每天就在大街上摆卦摊。李记茶馆暂时不能去了，他是第四个被生活压迫而挤出茶馆的。

这天，他正在算卦，忽然又来了一个人，见他正在给人家算卦，便坐在一旁。卜算子仍旧跟那个人说，不过把钱盒锁上了。他最近配了一把锁，以防叫人家把钱偷走。这个人算完了，给了钱走了，方才来的这人说道："给我来一卦。"

卜算子一听声音挺熟，探头细这么一看，才知是胡十八，连忙作揖道："老没见，今天怎么这么闲在？"

胡十八道："我听说卜爷在这里摆卦摊，生意很不错，所以特来看看，就手儿算算卦。"

卜算子道："好吧，胡爷问什么事，抽个签子。"

胡十八便抽了一签，卜算子把卦子来回看了半天，问道："胡爷问什么事？"

胡十八道："我现在打算教个书，那天不是在李记茶馆说了吗？我打算立个私塾，不过家里这地方比较困难，一间屋子里，又是卧室，又是书房，又是客厅，又是厨房，太乱了。十几个学生连炕上带地下，就都站满了，这大热天，你嫂子没地方待，想睡个午觉都不成。天天吵得街坊也不愿意。冬天倒是合适，跟学生要点儿煤钱，这一冬天就不愁了。我正在犹豫，这时蓝甸厂有个亲戚来，说蓝甸厂西边有个村子叫正蓝旗，那里有个私立小学，请位先生去教，在那里管吃管住，还有薪水五百块钱……"

卜算子道："五百块钱不少呀！"

胡十八道："年薪，不是月薪。"

卜算子道："噢，一年五百，一月也就是四五十块钱，可是管吃管住也不错。"

胡十八道："说的是呢，我想把家里东西卖卖，把你嫂子一块儿带到蓝甸厂，或是叫她住在亲戚家，或是在正蓝旗跟我在一块儿，我想比城里省得多。在城里实在待不住了，房子一月干好几十，水钱、电钱、煤钱，甚至于什么这钱那钱，零七八碎的，一月就不少，所以我听了这事，我又想就这个。现在心里犹豫，城里呢，守着儿子近，并且也自在点儿，教书就是那么一回事，城外显得累了，可是省心。我现在没主意，求卜爷算算，我是出去好，还是在城里好？”

若知卜算子是叫他走，是叫他守，且看下章。

第四章　寄生草

卜算子看了看卦子，说道："按这卦象说，还是走好。西方是庚辛金，去了准能发财。"

胡十八道："得，那么我就听卜爷的了。"

卜算子道："没错儿，去吧，准能发财。"

胡十八道："从哪儿发财呢？"

卜算子道："那可没准儿，也许在住的屋子埋着金子。"

胡十八一听，越发欢喜，一边做掏钱的样子一边说道："卦礼多少钱？"

卜算子谦让道："带着吧。"

胡十八道："那么发财我一定请请卜爷。"作了一个揖，卜算子也不好同他要了。这时又来了别的算卦的，胡十八便站了起来，说道："过两天儿我发财时一定有卜爷一份儿，有卜爷一份儿，有卜爷一份儿。"一直走到很远，说着这句话。

一个车夫跑过来道："我拉你去吧，铺陈市儿不是？"

胡十八道："谁雇车啦？"车夫碰了一鼻子灰。

胡十八回到家里，先回复了人家，说愿意上西郊。第二天便收拾行囊，把碎的烂的全卖了，除了他赎票当以外，还剩下了十块钱。两口子到西郊正蓝旗去了。

到了那里，村长村副出来迎接，由胡十八的亲戚介绍了，大家来到关帝庙。学校就在关帝庙里，先生也住在庙里。

胡十八和他们一谈，才知道很久以前村里没有小学，那有钱的孩子，便会到蓝甸厂去读书，那时也不感到念书的必要。后来，村里的人口渐繁，有的出外做买卖，有的当兵做事，与外界的事物交往混杂起来，处处都得动笔墨，这样便感到叫子弟读书认字是必要的了。

以往，在乡村，学校是没有关帝庙多的，叫大家拿钱请个先生决不干，而捐款建关帝庙却非常踊跃。所以中国乡村，十个村有九个关帝庙，而学校却百不一见。而现在乡村知道不识字实在落伍了，这才在关帝庙里设立学校。

后来事变后，因为荒乱，先生会被勒令去做工，学生也无心念书，于是学校便无形解散了。现在生活程度一高，各家学生有很多念不起书，越发无人提倡学校的事。最近，生活固然压迫，而对外事物，文字也越发迫切起来，非念书无以自存于社会。眼前看念书的有种种方面好处，不识字的光吃亏上当，对于外国人等，虽然不会说话，只要会写字，也能互相通达意见。外国人都会中国字，中国人更该会中国字了。若是不会中国字，一味地由着翻译说，简直吃亏吃大了。于是他们便又恢复学校，而且还添上一门功课——英语。

胡十八不会英语，可是他不能说不会，只有自己琢磨琢磨再教。从前跟自己的儿子也学过，自从那时会一点儿，现在教乡下孩子，暂时先不得马马虎虎的吗?

村长叫倘秀才，人家都那样叫他，他是否真秀才，却不得而知。反正认识点字，像什么《三国演义》啦，也都能看得懂。

胡十八道："倘这个姓很少见，百家姓里没有。"他们是以百家姓为标准人名大辞典。

倘秀才道："可不是，本来我姓党，这党姓非常少。家父在时，认为这个党字太刺目，所以改成倘了，倘字取尚人的意思。”

胡十八道：“尚人，好，尚人，尚人，尚人，好。”

倘村长道：“吃得苦中苦，方为人尚人，见笑见笑！”

胡十八道：“好极了，这个‘倘’字跟那个‘上’字同，而且这个‘尚’字比那个‘上’字更好。”他们越谈越投机。

倘秀才又问城里教员的生活，胡十八道：“别提了，今年算是文人的劫运，这年月贩大烟的发财，文人都给人家当听差的去了，每天给人家扫地。圣人说过，斯文扫地，圣人就能知道文人将来准给人家扫地。”

倘村长道：“高论高论，圣人倒是有这么一句，以前我不明白这句话是怎么一回事，现在才知道。”

于是胡十八也得意了，能把村长唬下去，那么学生就更好办了。

倘村长说学生的功课，就注重国文、珠算、算数、英语等，别的像体育、劳作、艺术，都不必要。胡十八也正愿意，他还真教不了“唱游”的功课。

倘村长又说：“学校没有暑假，不过春天的麦秋，秋天的大秋，要放些日子假，因为学生要在这个时候帮助家人到地里去工作。”越是不冷不热的时候越要放假，越是热得要命的时候，越得念书，这不能讲究教育制度问题，而得顾虑到农村问题。中国一切生活，都以农村为主。

倘村长又说以前那个先生的职务很多，不但合婚写信，就是谁家死人，讣闻都是先生写。

胡十八一听，有点难色。倘秀才又说：“好在学生里就有会的，到时候叫他们分着一写就完了。”

他们谈了会儿，到了晚上，副村长等特在学校宴请先生，作为披露宴，厨子是本校听差的，名字叫刘泼帽。刘泼帽身兼数职，一是学校工友，二是关帝庙住持，三是村长家的长工，四是本村的地方，五是村南的看青的。同时他还在庙前摆食品摊，有花生，有瓜子，有山里红，有凉水打的汽水，由他老婆看着。他的孩子在学校念书，在他老婆忙的时候，他的孩子临时告假来看摊儿。本来先生的伙食也由他做，不过胡十八把胡太太也带了来，村长等商议，只有多给先生一点棒子面，由胡太太自己去做了。好在学校的火是公共的。

今天这披露宴，还有几位半客人半主人的人，因为学生也有附近村庄来就读的，所以附近副村长等，也都参加。宴席是炸酱面，本地小麦磨的。打了二斤酒，做上点儿酒菜，大家开怀畅饮。

乡人对于先生，向来恭敬，家家一进屋门，都贴“天地君亲师”的红字条，虽然“君”已经没有，而字条却仍旧是这样写。胡十八在这里受到大众的恭维，立刻感到比在李记茶馆强多了。这里虽然比李记茶馆寂寞冷清，但是精神上却比李家馆痛快多了。在茶馆时，一边心里愁着日子，一边面上比着难看。这里总是受人家的恭维，当然好得多。

吃完了面，天快黑了，大家都陆续回家。在乡间这样好，一黑就睡，一来是习惯，二来现在的油太贵，菜油都十几块钱一斤，所以乡人一黑就睡。

胡十八有点累了，胡太太先给沏了一点儿茶，茶叶是由城里带来的。以前三块二买很好的茶叶，现在胡十八买九块六一斤的，算最次的茶叶了。

刘泼帽一听是九块六一斤的茶叶，则颇为吃惊。他以为在这乡村花九块六买一斤茶叶，那非叫人骂败家子不可，这简直拿钱往外扔一个样。

胡十八透着和气，叫他喝一碗。他说：“我在城里老喝十六块钱一斤的，有时喝一毛钱一包的，那是三四十块一斤的了。到这里来，咱们就得从俗，不敢喝好的，不敢喝好的。”

刘泼帽说："城里可真了不得，不好的都九块多钱，咱们乡下现在不喝茶叶，连开水都不给，只将就来一顿井泉水，喝下去真舒服。至大了来了远亲什么的，泡两个枣就得了。再说咱们这儿，一到天黑，不睡也得睡，没油。像我们干杂活儿的，有点事就仗着摸，要说点个亮儿瞧瞧，连取灯儿都没有。乡下拿一根取灯儿当作命条，谁要糟蹋骂谁，跟城里不一样。我也时常进城，城里天天喊节约，也没人节约。在乡下，不用喊，自来就会节约了。你别看，我现在的脑筋里常活动，我尽与城里的人打交道，你说什么不懂？我说这话你别吃心，城里人简直像一个脓包水，千万别破，这要一破，都到乡下来，淹得乡下人都活不了。别看年月这么艰难，张脚不点地人还能凑合活着。要是肥脓疹传到乡下来，全完了，我说这话你信不信？全完。咱们西边儿不远，你猜怎么样？睡觉连芦席都没有，天天都盛上一锅半生不熟的菜粥，这就不容易。平常说吃树皮、草籽，你看见过没有？现在能叫你看见。"

胡十八一听，刘泼帽真能说，不怨得他能当地方，他说的全是实话。看起来，简直没有一块好地处。自己好比一株寄生草，寄生在这个村里。而这里水分并不多，别别扭扭也得活着。这里似乎比城里强，因为草就得生在乡村合适。城里且让富贵花去盘踞吧，草生在城里，说不定什么时候就许被人踏死或拔了去。生在乡间，即或天时人和没有也许还占个地利。胡十八这时候，打着哈欠回到屋里去睡觉。

第二天就开始上课了，一黑早学生都陆续来到，胡十八也得打着哈欠起来，在城里没有这么早起过。他起来一看学生，心里烦了好多。一个个就如同叫花子一样，也有光着脊背的，也有不穿鞋的，因为头天上课，不能不穿条裤子。这些孩子大概有半年没洗澡了，有一个学生比较干净些，他是刚从河里爬出来。

倘村长等也来了，见了胡十八，互相作揖。倘村长给学生介绍说："这是你们的老师，胡老师。"

学生有的鞠躬，有的作揖，口里叫胡老师。学生见老师，如同老鼠见了猫，胡十八也特别把脸整起来，眼睛一瞪，和一个猫似的。

倘村长把学生一轰，轰进教室里，学生大大小小，立刻挤满了屋子，数目倒是不少。倘村长把胡十八让进教室，这就上课。学校没有钟，上课也不摇铃，有什么特别事故，由刘泼帽打锳。锳是一根废的铁轨，挂在树上。

学生一进教室，就是半天，向例由先生一看影儿正了，便放学回家吃饭。如果赶上阴天，那就以先生的肚子为转移，先生一饿，就下课吃饭，吃完饭再来，一直到黑。

胡十八没教过课，也没上过学校，反正他知道先生站在讲台上讲，学生在底下听。经倘村长一说教授法，又一看学生带的书，他知道自己理想的教授法不能用了。学生有的带国语，有的带《名贤集》，有的带《三字经》，有的带珠算，有的带商业尺牍……种类繁多，不一而足。先生这就得按着家长的意思来教，家长愿意学生学什么，就叫学生带什么。

胡十八坐在讲台，得一个一个把学生叫去教，教这个学生的时候，别的学生就得念自己的。声音是非常乱，有的念"一一如一，一二如二"，有的念"某某仁兄大人台鉴"……声调也不一样，慢快也不一样，许多小喉咙，组成一片课音。

讲桌放着一块板子，名为戒尺，学生看着和鬼头刀差不多。难为胡十八，放下"人之初"，又教"三下五除二"。有时上着课，外边喊道："小秃儿呀，你爸爸回来了，叫你遛马去。"学生有叫小秃儿的，在教室里答应了一声，向先生作个揖就跑出去了。

这个学校，又像私塾，又像半日学校，世界上的各种教育制度里所找不出来的学校。没想到中国进化到这样，教育的方法还真不简单，严也不成，宽也不成。胡十八没主意，只有一个"混"字，混一天算一天。而乡下人倒还对先生评价不错，说胡老师的教法太好了。胡十八也自好笑。

这天胡十八早晨起来，一听院里很清静，出来一看，一个学生没有，他以为自己早了，等了许久，也不见有学生来。他非常奇怪，到耳房去看刘泼帽，刘泼帽也没在屋。他不由奇怪得厉害，以为学校又关张了呢，刚刚教得起劲，现又关张，他不禁悲哀起来，哭丧着脸，又回到屋里，但又不好意思对胡太太说。

胡太太问怎么没上课，胡十八道："今天放假。"

胡太太道："今天什么日子？"

胡十八道："今天大概是谁的生日。"

他们在庙里一边做着早饭，一边想着这个茬儿不对，若是放假，应当先告诉先生，即或学校关张，也得通知教员。也许他们不满意先生？用这种消极方法，叫先生自己辞职吗？

胡十八越想越有理，这一定是昨天打了王得贵两板子，王得贵回家一说，家长一吆喝，全不叫来了，逼着先生辞职？准的。如果是这样，自己就得辞职，要不然就得给王得贵的家长叩个头，央求央求，也就算了。到底怎么办，他没主意。

正这时倘村长走来了，他一看，又惊又喜。倘村长道："这么早都吃上饭了？等一等吧，回头有好吃的。"

胡十八一听，心里想道："饯行酒吗？我还不吃呢。"他没有言语。

倘村长一笑道："吃什么？贴饼子，好极了，这风味是城里没有的。"

胡十八道："一块儿吃吧。"他又想巴结倘村长，万一有缓和的余地呢？

倘村长道："我偏过去，我们一起来就吃的。"

胡十八见他不提学生的事，大概是来探自己的意思呢。于是他便提起昨天打了王得贵的板子，他说王得贵真笨。

倘村长道："学生不用功，就得打，打得好，这里家长都希望先生管得严。"

胡十八一听，又不像因为王得贵这个茬儿，他又道："我想回到城里去。"

倘村长大声道："回到城里干吗去呀？在这儿不是挺好的吗？也没有什么意见。我们这儿就是这样不好，没有城里舒服，这里什么都没有，胡先生大概嫌闷得慌。"

胡十八一听，又不对茬儿，人家似乎没有迫自己辞职的意思，他道："我倒是喜欢在乡间住，城里住腻了。"他自己又往回拉。

倘村长道："那胡先生何以要走？也许学生太坏，本来乡村人就没什么知识，学生也没有出息的，胡先生看着自然不能如意。"

胡十八越听越不对茬儿，这一点儿也不像迫自己辞职的样子。可是今天学生为什么全不来呢？他没有法子，只好笑道："这时候了，学生怎么还不上学？"说完，自己都惭愧。

倘村长道："啊，孩子们都下地里扑蚂蚱去了，早晨来了一批蚂蚱，村里人都出去扑去了。大概一会儿就来了。"

胡十八一听，这才恍然大悟，早知道不如先问，省得绕这大弯子，还叫人瞧不起，自己又差一点得神经病。他又欢喜了，叫胡太太给倘村长沏茶。一会儿工夫，果然大群学生都来了，全都提着一书袋蚂蚱，笑道："胡老师，给您吃蚂蚱吧，炸着吃，好吃极了。"

胡十八一听，几乎落下感激之泪。王得贵也提着一书袋，说道："老师，我这炸过了的，我爸叫我送给先生就酒吃。"

胡十八觉得自己的神经过敏，真是该死，可是寄人篱下，也不能不有这过敏的神经，不然叫人看不起。

他笑道："这么多的蚂蚱吗？"

倘村长道："这算多呀？就是这么一点儿，叫孩子们去扑，当作玩似的就扑完了。像那年，我也就有二十多岁吧，那蚂蚱，啊，能把天都遮黑了，那声音跟大雨似的，乡下人看见都傻了，这就听天由命，落在谁的地里，吃吃吃吃，一会儿就吃得干干净净，快极啦。有的急得跳脚哭，有的就要上吊。你说这蚂蚱多么害人了。城里人看着呼啦一片，如同黑云彩一样，挺有意思的，不知乡下看了多么难受，心都提到嗓子眼儿地方，眼里含着眼泪。我跟你说吧胡先生，比土匪洗劫了他还难受。都说乡下日子好过，你说费了多少辛苦，种得这么些地，一个钟头吃光了，城里人着过这个急吗？若是赶上乱年头，就像过蚂蚱一样，乡下人没有活路。”

胡十八一听，这才对乡下的困苦，有点知道了。

这时照旧上课，倘村长走了，胡十八这时觉得挣乡下人这点儿钱，真得好好给人家干点什么，人家钱来得多么不容易。现在坑乡下人的，可太没良心了。胡十八这时良心发现，其实他也并没有坑人的心，现在不过多一点惭愧心就是了。对于孩子的功课，认真努力地教，看着这些孩子，不但是自己的恩人，简直是都市的恩人，他不再厌弃这些乡下的孩子了，他看着他们这样天真淳厚，这是真正的中国人呀。他们才是中国将来的命脉呀，都市的孩子们，那些有钱的少爷们，见了蝗虫都得叫唤，比起这些孩子来，相差得远呢。这一个孩子每一个人的生产力，是多么的惊人，正和都市里的孩子的消耗力呈正比例的。胡十八这时对于都市渐渐生了厌恶的心，他不但被挤出李记茶馆，甚至被挤出城圈之外。他对于都市的一切都看不上了。

到了晌午，学生放学回家吃饭，胡十八吃着炸蝗虫，非常香甜。吃完了饭，天气很热，他拿了一把芭蕉扇儿走出庙门，在大树底下，望看一边沃野。赤伞悬空，照得大地非常沉寂，许多农人在太阳下照旧工作，这时正是都市人们睡午觉的时候。柳树底下，也有老人倚树坐着，吸着旱烟，远处的鸡鸣突破了大野的沉寂，这天籁与大自然混合。更远的大路上，跑着一辆汽车，后面跟着一股子烟尘，这是都市人到山上避暑的。坐在汽车里的人们，看着这些出汗的农夫，都是他们艺术的点缀品。这些农夫也没有想到自己却是人家文章里描写风景最讨俏的地方。

下午上课，起始背书，大家拼命地念，越念越背不下来。学生们心想非得挨打不可，原来学生们就怕背书。这回胡十八一改往常的态度，不像从前那样严厉的样子了。一个一个地背，叫到王得贵，王得贵很害怕似的走在他的面前，胡十八看着他不像前天那样厌鄙了。看他那小胳臂那么粗，胸脯子晒得那么黑，想到他扑蚂蚱的勇气，真仿佛是个小英雄似的。

胡十八和蔼地道："王得贵，你背下来没有？"

王得贵不言语，说没背下来，非挨打不可；说背下来，可是又真没背下来。

胡十八道："不要紧，不要紧，你说你的，背不下来也没什么，背一背试试。"

王得贵结结巴巴地说："早晨扑蚂蚱没有念。"

这时有别的同学说："王得贵一天忙到晚，他帮助他爸做活，遛马，一天也没有闲工夫。"

胡十八道："好吧，不用背了，可是回到家里，有点空儿，好好念书，别贪玩，因为扑蚂蚱不能念书，我原谅你，去吧。"

王得贵一见胡老师今天这么和气起来，不由很奇怪，而且很快乐。同学也全都快乐，而胡十八也觉得很快乐，仿佛做了一件好事，心里很痛快。

这天，倘村长来了，说他明天要到城里，问胡十八城里有什么事没有。

胡十八说："没有别的事，如果顺路的话，可以到平则门里李记茶馆找李掌柜，他还欠着十块钱的会钱，最好能够要过带回来。我再写封信，你拿着。”说着，他便写了一封信道：“子花掌柜仁兄大鉴：敬启者，别来多日，殊为念，弟在此间，生活舒服，如同世外桃源，唯买东西稍感不便。再者前欠之会钱十元，如手中得便，即请交去人带下为荷！”

写完信，交给倘村长，倘村长问还买什么东西不买，胡十八说：“还暂时不用什么。”

倘村长道：“好在我常进城，差不离一月总去两趟，打听打听行市什么的。唉，城里人真是算计到家，一天一变，乡下人反正光吃亏，怎么也跟不上城里人。家里若是有一担两担的粮食，那都得叫城里人算了去，防不胜防。人家的方法来得是真快，绕着弯子叫乡下人吃亏，乡下人吃了亏还不知道。我们这儿还好，守着大城里近，听说山那边更严重，咳，不用说了，反正没活路。”他说了许多闲话，别了胡十八。胡十八觉得倘村长倒是有点现代的脑子，比自己都强，他现在才明白现实是怎么一回事。

第二天倘村长进城了，胡十八想着李掌柜的十块钱会钱也许能带回来，上回要了几回，他说过节准给，现在过节了，一定能给。

谁知第二天不但十块钱没能拿来，倘村长也没回来。原来倘村长进到城里，事情没办完，住在亲戚家里了，第二天才拿着胡十八的信去找李掌柜。

李掌柜看了信，说不给不合适，给了这十块钱，又不是自己欠的，给着怪冤得慌，他遂支吾说道：“这十块钱本来不是我该胡爷的，是一个姓柳的该的，这样办，明天我去找姓柳的一趟，把这话与他提……”

倘村长道：“明天我可等不及，我今天就得回去，要不能给的话，我就告诉胡先生说没拿来，好不好？”

李掌柜道：“那也好，你先回去，我多咱找着姓柳的，我往他要过来，我一定给胡爷写信去。”

倘村长听了，便别了李掌柜走了。

李掌柜越想越有找柳摇锦的必要，柳摇锦白使了一个月的会钱，就不照面儿了，太对不住朋友，叫自己代着受累，非得找他去不可。听说他生意也不错，趁此和他要钱，还不困难。

李掌柜特穿了大褂，吃了午饭，便到天桥来。凡是围着人的地方，必进去探头看看。看不是柳摇锦，便又到别的圈子去。这么大热的天，哪个圈子都挤着许多的人。闲人似乎仍是不少，天桥这么大的地方，东边由崇文门外东晓市，西边到和平门外大森里，没有一处不挤满着人。如果把这些人编成军队，足能担当一个战区的防务。整天由这圈儿跑到那圈儿地来回转，而天桥的艺术也确实太多，一天随便转几处，这一天的光阴就过去了。

总括天桥的艺术，不管是吹拉弹唱，文的武的，说的变的，以至于卖东西的，可以用一个假定，代表它们。艺术本来是真美善，而天桥的艺术没有真的。变戏法的不用说，越假越好，摔跤的也要假，若是两个人真角力，半天谁也推不着谁，只有作假，才能做出精彩来，看着也有劲。这个人把那人一背，那个人顺着这个背的脊梁滚过去了，真脆，全场喝彩。借着这个彩声而要钱啦。若是两个人傻卖力气角力，谁也摔不倒谁，观众看着便没劲了，要钱也没人给。无法，只有作假才能要钱。中国人信这个，由一个人进而为两个人活局子，并帘子，一意在作假上用心用功夫，而绝不想怎样把东西弄实在些。

就如柳摇锦的眼药说，他绝不想借着这个机会研究研究真眼药，渐渐把买卖做坚固，他总想下回该如何使人上当，卖药的方法研究得一天比一天进步，而眼药始终是假的。这并不仅限于柳摇锦的眼药，也不仅限于天桥的买卖，现在全北京城里，何往而不是这样呢？

李掌柜倒是见着柳摇锦了，柳摇锦比以前更扩充了门面，那桌子旁边还插了一个旗子，上面写着：法国新回眼科博士柳摇锦。现在不是处长，而是博士。下面还写着许多签儿，上说：祖传秘方，西法配制；专治男妇老幼，云蒙火眼，看物不清……

柳摇锦也不知从哪里得来的卫生生理照片，什么大腿长疙瘩，肛门得痔疮，也不知与眼疾有什么关系。他以为弄上这些相片，就表示他的医理高深，而人们也委实被他唬去。

李掌柜走上前去，见柳摇锦正在说他的眼药如何灵验，他说：“诸位，我柳摇锦治眼的药，在天桥卖了不止十年八年，老主顾们差不多都认识我，除非在天桥长期的摆摊儿以外，像东西两庙，护国寺花儿市，行销全国。我就是不好捯饬，我若修理门面，把药卖得贵贵的，我早就发财啦。当初吴玉帅曾经上我的眼药上好的，吴玉帅给我了两千块钱，我都济贫了。我卖眼药就是为行好，现在因为药材太贵，不能不收取个本钱，像这样儿还拉唇拉嘴地说，我柳摇锦是生意口，没法子，这年头儿人信假不信真。我要是弄些小瓶儿，装上眼药，上面贴上花纸，装潢得讲究，搁在大药房卖十块钱一瓶儿，人挤着买，他认那个。咱们这是讲实在的不是，人不认这个，你说有什么法子？我卖了二十年的眼药，一不雇乐鼓乐号，二不搭彩牌楼，三不随彩奉赠，四不长年减价，可是老主顾们还是买我的，非得买过的，他自然知道我的药的好处。兄弟自法国回来，许多医院请我当眼科大夫，我不能坑主顾给他们赚钱。医院坑人透了。就拿这位说，这位是火眼云蒙，拿回我的药去，点不到一半，好好睡上一觉，准能立见清明。如果不灵，明天你来踢着我走。你若是到医院去，连买牌子挂号，能不要好几十块？你也认了。我这才三块钱一包，哪个上当，你就想想去吧。今天诸位真来着啦，怎么哪，今天是十五，我特别大减价，买一包送一包，三块钱买两包，过了今天就得等个半月啦。那位说，我眼睛没有毛病怎么办？那眼睛没有毛病不要紧，你把药买回去搁着，遇见亲友街坊害了眼，得了眼病，你拿出来给他点上，他的病也好啦，也给我传名，你当也行了好啦，你瞧一举三得。哪位要？自管伸手，就是这点儿，卖完就完啦。”这时大家纷纷掏钱都要来买。

李掌柜一看，他真会发财，他才是生意口呢。这时站在后边，且不打他高兴，等卖完了再同他要钱。李掌柜看这些人买着，自己若不是认识柳摇锦，自己都得买两包。他看见倘村长了，倘村长也拿三块钱买了两包。李掌柜一看不好意思去拦。

等大家买完了药，柳摇锦把钱收起来，点了点数，进了好几十。这是一回，等一会儿这群人走，他还接续卖，这一天真不少进钱。

李掌柜见人全走了，他过来道："柳爷，买卖不错。"

柳摇锦一看，是掌柜的，立刻说道："老没见，我这几天老想去，始终也没得工夫，明天我想到白塔寺去一趟，顺便到茶馆儿看看。若说我没有这么办的，实在是没有法子，李爷咱们喝碗豆汁去。"

李掌柜道："不喝不喝，我来是为那个会来的，其实我倒没关系，皆因胡爷等都挤对我，我简直没法儿办了。"

柳摇锦道："没关系，上几个月会？"

李掌柜道："柳爷这一走，他们都不上了，要求退款，合着已经退了一个月的，柳爷使的那月，还没有退还给他们。柳爷挺发财的，给他们退了得了。"

柳摇锦道："没关系，走，咱们吃点什么去。我一定退给他们，明天我上茶馆儿去。"

李掌柜道："那么明天茶馆儿见吧。"

柳摇锦道："咱们喝点儿去不去？"

李掌柜道："明天见吧，谢谢吧。"李掌柜走了。

第二天等柳摇锦一天，也没有见他来，李掌柜非常生气，觉得柳摇锦没信用，他那么进钱，会钱不给，这算什么人呢？若一趟一趟地找他，自己也没有这工夫，而搁着这事不管也不合适。那天，他遇见吴小四，便提到柳摇锦的事，吴小四说："算、算了，他、他还有准、准稿子吗？要打算、算跟、跟他要、要钱，就当、当面别、别放松、松他。"

李掌柜的后悔那天不当时就要钱，他又问吴小四冰棍买卖怎么样了，吴小四说："还、还好，就怕阴天，一阴天就卖、卖、卖不出去了。"

李掌柜道："还得想法子，这冰棍儿也卖不了多少天，一立秋就得收了，总是想个长远的买卖好。"

吴小四道："谁、谁说不是，我、我打、打算学戏呢。"

李掌柜道："学戏好呀，现在就是这行发财。新近我那儿立了清唱，你可以常去，他们票友天天在那儿消遣，跟他们联络联络，慢慢就能加入里边去。"

吴小四一听，欢喜不尽，心想着当初还不如不卖冰棍儿，跟他们联络一块儿，比卖冰棍儿强。吴小四又有点心猿意马了。

这天他不卖冰棍儿，跑到茶馆儿去了。茶馆儿又比从前热闹一些。李掌柜到底是会做买卖，他见主顾渐渐星散，不能不想个方法来维持一下，不然自己也得改行。他约了一群票友来，在他这儿清唱，一来可以多收茶钱，二来可以招徕主顾。而这些票友，整天价没事做，正想有个地方大家唱唱，过过瘾。唱戏越有人听才越过瘾，所以有这么一个茶馆供给他们地盘，还消遣，那是再合适没有了。

当中一个清音桌，四围放着椅子，桌上摆着场面家具，李掌柜特意贴出海报：本馆特请子弟名票，白鹤子君、梅花月君、罗江怨君……每日清唱吉祥戏曲、皮黄戏剧，准新钟两点开唱。果然喝茶的又多了。差不多都是票友的三亲六故，也有外人，大多是坐在门外天棚底下，又得听又凉快。有一群闲者，没钱喝茶，却围在窗外听，围得风雨不透，而茶馆里面越发热得如蒸笼一般了。

吴小四来到茶馆，李掌柜笑道："吴爷来啦，那角上有地方。"

掌柜的对吴小四不像从前那么客气了。搁着别人简直待不下去，可是吴小四不在乎，他看着这些票友兴高采烈的，大概都有饭辙的样子，其实不知这些票友真正是饱吹饿唱，走一次堂会，每人分几毛钱也都拿着。他们也明知生活艰难，但并不发愁，会发愁的人，也不会唱戏的。他们不但每天研究腔调尖圆，研究戏词，甚至每天琢磨戏词里所表现的生活状况，恨不能每天跑到公园去“桑园会”，见着每个女人都可以唱“戏妻”。戏曲里所有的忠孝节义，完全放在脖子后边，戏曲里所有的淫词放荡，都深深印在心坎里，随时都可以应用。他们也知道有国家，但他深以为离开国家也会活着，国家存亡危殆，似乎都与他们生活无干。那些名伶们，不都是如此吗？国家受鸦片吗啡的害如此之巨，而她们依然整箱带烟土。社会风俗已堕落如此，而她们依然过着她们奢华淫乱的生活。名伶如此，次之的乃仿而效之，不名的更尾随于后，于是票友却越望尘莫及地赶下来了。至于吴小四之类，是又在票友之下矣。

吴小四看着他们，每人都穿得很阔，家里尽管没有被子，而出门不能不穿纺绸大褂。他们还以为现在是衣帽年，其时他们不知在国家多难期间，那身牛毛布的防空服实在比纺绸大褂摩登而漂亮。拿着窝头上办公室，其实比在大咖啡馆吃“情人梦”强得多。国家尚在风雨飘摇中，国民岂能还有这种过分享受？票友，是清末遗族最羞耻的名字，那些王孙官僚，不知忧国忧时，而整天歌舞喧乐，国家焉得不衰？在此生存竞争时代，票友实在是一种寄生虫了。应当抛弃粉黛油脂，而走上增产之途上去。不应再群居终日，把光阴、精力、金钱作无谓的消耗，何况再无所用心，言不及义呢？若是真能维持清高，也还不错，多半是往堕落的途上走去。现在的趋势是票友学伶人，伶人学话剧人，话剧人学电影明星……以这样低下的明星，而做习俗风尚的前锋，其影响于社会之不良是如何的巨大。不怨得他们接二连三地闹着婚变。

吴小四看着这些票友，真是神圣得了不得。他爸爸活着之时，他们爷儿俩时常地接近伶票，不过现在自己一穷，便有些自惭形秽，秽不能秽完全在穷不穷上。而这些票友又非常势利眼，若是有钱，他们立刻堆下笑脸，爷长爷短的；若是没有钱，连理也不理。

李掌柜嚷道："吴爷怎么样？消遣一段儿？"

大家一听，掌柜的张罗吴小四，便另眼相看，而且唱戏遇到知音也是可喜的，于是大家便张罗请吴小四消遣。李掌柜过来一介绍，吴爷的老爷子在世的时候，也时常走票，在西城票界提起来，全都知道，全不是外人，诸位多提拔。

大家客气一阵，吴小四高兴了，说："我、我来、来段《甘露寺》吧。"

大家一听他说话结巴，以为唱戏绝唱不好。

琴师拉起过门，吴小四唱着："劝千岁，杀字，休出口。"非常圆润，别看说话结巴，唱起戏来一点不结巴。往后那段流水板，如"喝断桥梁水倒流"，博得彩声不少。

吴小四不但会皮黄，像评戏如白玉霜的《拿苍蝇》什么，唱得更为有味。他唱评戏比京剧还好。唱京剧有时也带着评戏味儿，如"长坂坡，救阿斗"他唱为"救那斗"。跟喜彩莲的反串一个样。不过大众见他还会评戏，越发敬重他，他说他不但会唱评戏，甚至刘宝全的《大西厢》、金万昌的《梅花调》以及单弦牌子曲他都能唱。说着便唱起《风雨归舟》："卸职入深山，阴云峰，受尽清闲……"

大众一听，居然唱什么是什么，遂觉得他这人才为不可少而极力联络他。吴小四也越发得意，他所学的都是小时候跟他爸爸在各戏园茶馆听的，这些人见加入了一个生力军，自然欢喜。吴小四看着他们，以前仿佛挺神圣的，现在却渐渐狎近。那个叫梅梢月的，是个唱青衣的，自比为梅派正宗，打扮得也母里母气，他们把他就叫"母子"。

在任何团体环境，如果有位男性，这位异性便成为热闹中心，如果没有异性，便拿同性而近于异性的，来解一时枯燥。“母”的意义，就从这里发生出来的。而梅梢月他自以异性自居，真若异性，也会没劲，最好是同性而有异性的“劲儿”，才更有意思。北京是专门生产这些秀气人物，俗语说：“北京有三宗宝：人情、势力、脑袋好。”人情势力自不必说，脑袋好却始终不衰，不怨得北京称为“首善”之区，这是日精月华之所钟，大名旦生出小名旦，日月光华，旦复旦兮，真是层出不穷啊。

这时，票社里社长白鹤子过来说：“吴爷的唱功实在不错，今天晚上道间堂会，吴爷可以票一场。”

吴小四道：“怕、怕不成吧。”

白鹤子道：“这有什么不成？一个朋友家里办满月，就是为凑个热闹，咱们也不要人家什么，唱坏了就唱坏了，何况吴爷唱得真不错呢。”

吴小四一听，跃跃欲试，虽然自己没有上过台，但是差不离自己也都会，他欣然答应。

白鹤子告诉他每人出五块钱份子，在那里吃一顿，吃完饭就开锣。

吴小四道：“戏园都、都定、定好了吗？”

白鹤子道：“没有呢，临时现定也没关系，吴爷消遣什么？”

吴小四道：“‘捉、捉放’带、带‘宿店’吧。”

白鹤子道：“好呀，可是专门老生戏太多了，吴爷花脸怎么样，我想一定不错。”

吴小四道：“唱是能唱，就就是词、词白不大、大熟。”

白鹤子道：“没关系，到时候说一说就成，再不然后边有提词儿的，吴爷若是去个曹操，扮相还真错不了，我找一位票友配陈宫，怎么样？”

吴小四欣然答应道："好、好吧。"

白鹤子道："咱们先在这儿说说戏词。"说着，两个人便对开戏词了，非常圆满。于是白鹤子又把琴师介绍给吴小四，说道："唱着得给吴爷托严着点儿。"

琴师道："一定一定。"他们这是跟吴小四要"脑门儿"钱。玩票就是这样，不但不能挣钱，还得花钱。一般内行和戏虫子，便专指着这外行玩票来挣钱。

天气不早，大家便收拾家伙，把胡琴挂在腰间，来到朋友家里。他们进去，先给人家道喜，主人也是票友，不过身份高些，大家一一作揖行礼。

院里没搭棚，搭棚太不经济，也没有台，就是平地圈个栏杆，挂上帐子，帐子后边是西厢房，就作为后台。亲戚朋友倒还来得不少，他们全进到后台，装扮起来。

吴小四真没想到说学戏今天就彩唱，大概是运气来到。一会儿，前台打起通儿来，招得街坊家的小孩儿全跑了来，立刻把院子塞得满满当当，非常火炽热闹。

《天官赐福》之后，就是《捉放》《宿店》。主人满月大喜的事，台上演着全家被杀，好不惨痛。

吴小四上得台来，虽然觉得别别扭扭，倒还凑合，平常在家里也时常充像儿，并不感觉怎么不自然，怎么一上台就不是那么一回事了？

唱到陈宫说："似你这样疑心杀人，岂不叫天下人笑骂于你？"曹操应当回答："这个，公台，俺曹操做事宁负天下人，不叫天下人来负我。"吴小四说了"这个"之后，底下竟结巴得忘了词儿，这两句本来也绕嘴，半天没答上来。台下的人还以为吴小四的表情好，谁知他站了半天，竟想起冰棍儿来，遂道："俺曹操做事，冰棍儿败火。"大家一听，不知怎么，曹操会变了冰棍，别人还以为吴小四故意讨俏，于是也喝彩。

到宿店时，曹操睡着，陈宫唱到“观此贼睡卧真潇洒”，他也把戏词儿忘了，跑到曹操面前，问道：“底下是什么?”曹操说道：“安眠好似井底蛙。”吴小四的陈宫的词儿倒透熟，于是陈宫又唱“安眠好似井底蛙”。曹操又睡，陈宫唱完了，又忘了拔宝剑，底下又忘了，吴小四着急道：“还不杀我?”陈宫这才想起来，拿着宝剑来要杀，曹操又假装翻身，陈宫便又不杀了。

这一出唱得真热闹，好不容易下来，卸了装，拉胡琴的和化装的、借行头的全都过来要钱。吴小四就拿着几十块钱的冰棍儿钱，无法，只得拿出来，大家分分，人家还直嫌少。

花了五十多块钱，过了一出“捉放”的瘾，吴小四认为这是生活的奇迹，他非常高兴。一直到深夜才散，临别白鹤子还再三约吴小四，叫他明天早些到茶馆。吴小四答应着就回家去了。

吴老太太这时都等着着急，怕他今天卖冰棍又出了什么毛病，非常不放心。一直等到深夜，吴小四才唱唱哼哼地回来。吴老太太觉得儿子为了做买卖，回来得这样晚，多么辛苦，自己心里很难过，便问他吃了饭没有，吴小四说：“吃、吃了。”

吴老太太道：“在哪儿吃的?到这时候了不管在哪儿就可以吃点儿，身体也很要紧。”她以为儿子没有受过这样的苦，于是又问今天一共卖了多少钱。

吴小四道：“我、我不卖、卖冰棍儿了，卖、卖冰棍儿没、没出息，赚、赚不了多、多少钱。”

吴老太太道：“那么干什么好呢?”

吴小四道：“唱、唱戏，多、多么来、来钱哪?”

吴老太太道：“唱戏?哟，这可不成呀。”

吴小四道：“怎么不、不成?今、今天我、我就唱、唱啦。”

吴老太太道：“是吗?孩子，唱戏挣了多少钱?”

吴小四没话说，今天没挣，倒花出五十多块钱去，这话怎么能说呢？半天，才说道：“唱、唱戏不、不能一、一、一下就挣钱。”

吴老太太道：“那么那冰棍儿钱呢？”

吴小四道：“唱、唱戏，不、不给、给人、人家拉胡琴的成吗？人、人家不、不能白、白、白伺候呀？”

吴老太太一听，不但没挣钱，反出去五十多块，心里难过起来，说道：“孩子，你怎么还这么糊涂？”

吴小四道：“我、我一点不糊、糊涂，冰棍、棍儿一、一天才挣多少钱？况、况且一、一过夏天，也就不成了，唱、唱戏得发多大的财呀。”

吴老太太道：“你可不能比人家，再者说，咱们没有这些钱垫，咱们得天天得钱买面吃，哪有钱这样赔呢？这多咱才能唱红了，才能挣上钱呀？”

吴小四道：“这不是挣、挣得多吗？”

吴老太太道：“挣得多少也得挣来呀？尽说不成，你这孩子怎么那样糊涂。”老太太说着说着就要哭，后来说：“大半夜的也别吵人家，明儿再说，你要这样不听话你就不必管我了，我也不管你了。”说着就哭起来。

吴小四也不言语，吴老太太一夜也没睡，吴小四睡得倒挺香。他先还想着唱戏这件事，觉得自己已经登了台，离着下海就不算远，唱戏挣钱多有意思呢，一边玩乐着，一边就挣钱了。只有这一条路，正合于自己的性情，想着高兴而睡着了。

到了夜做起梦来，直说睡语，吴老太太把他叫醒，他似醒半醒地说道：“且住，陈宫不见，留下柬帖一封，待某看来。”说完醒来，才知是梦，翻个身又睡去了。

吴老太太叹息一声。

第二天起来，面没有了，现买没钱，棒子面都四块钱了，家里只有里院人家给的黑面，煮着吃吧，晚上的饭还没辙。

吴老太太说：“你要是不想主意，我可不能管你了。”

吴小四唱了戏，更不愿意去卖冰棍，他想到昨天唱戏的光荣，而人家还再三约今天到茶馆去，自己不能不去。自己今天还要消遣几段儿，以前光是信口乱唱，现在居然能有锣鼓胡琴配合，越发过瘾。所以他一心一意想着到茶馆儿去，即或没钱，也得偷出一件东西，卖给打鼓小贩，然后到茶馆儿来。

唱戏成了他的嗜好，于此可见嗜好之难改。兴趣与玩乐，由生活压迫而可以改过来，他可以先去谋生活，以后再谋有趣与玩乐；如果兴趣成了嗜好，其程度就和生活压迫的力量相等，但难改过来了。假如嗜好再成了“迷”，那力量不但比生活压迫力量大，就是任何力量都不足以移动它了。人类最可怕的还有死一件事吗？但是你拿死来恐吓他，他也不会改他的嗜好。那吴小四现在和其他票友一样地把嗜好变成了迷，他们把生活整个放在嗜好里，嗜好就是生活，生活就是嗜好，除了嗜好，没有生活，饿得难受就饿得难受，就是有了钱，还是先过瘾。死是不足惧的。

中国的民族性，是自古就传下来的，无论什么艺术，只要有了兴趣，便往里钻，沉浸在里面。他们决不把艺术切合于人生，越研究越和人生相远，最后弄得越玄妙越好。嗜好便是这样养成而和生活无关。

吴老太太怎样拿生活来说吴小四，都不足以转移他的意念，到底趁着老太太不注意，把蒸窝头的铁锅拿出去卖了。吴老太太一找铁锅没有了，知道是吴小四拿走的，不禁大哭起来。

本来家里的东西，卖得实在没得可卖了，只有做饭的家伙没有卖，幸而这些日子还有吃，同时吴小四卖冰棍儿还有钱，得以维持生活，这样一来，可实在没法儿活着了。

她这一哭，街坊又全过来，听吴老太太一说，大家也觉得吴小四实在不可救药了，怎么还是这样昏天黑地的？大家都说非得叫他尝尝挨饿的苦不可。

吴老太太说：“我不能管他了，我自己走我的，我跑到老妈作坊去住，我不管他了。”

吴老太太便决心去当老妈子去。她把东西收拾收拾，把桌子板子叫打鼓的进来，全部换了钱，然后进到里院向索南枝去退房。

她说住老妈店去，索南枝一听也觉怪惨的，遂安慰她道：“老太太，我本是能养活你的，可是我觉得你不搬走，你的儿子永远依靠你。现在呢，你也不必去住老妈店，找个亲戚家里去住几天，我给你几个钱带着，以后你没钱了，自管来要。可是我不准你给你的儿子花。”

吴老太太一听，跪下便叩头道：“哎哟，我有什么好处叫您这样惦念着？下辈子我一定托生狗给您看家来报答您。”

索南枝道：“这不算什么，老太太快起来吧，您的儿子回来，我自有方法对付他。”说着，拿了二百块钱给了吴老太太。

吴老太太千恩万谢，找她的一个亲戚去了。走时，看着她的屋子，落了许多眼泪。她固然觉得吴小四这孩子太可气，但是想儿子回来见不着自己，又替他难过，老太太到底心疼儿子。她咬着牙走了。这时吴小四正在茶馆，给一个唱老旦的配唱《吊金龟》呢。

吴老太太刚走，接二连三地有人叫门，问这间房租不租，并且有的说只是夫妻两个人，有的说多拿房钱也可以，有的说有正当职业，没有小孩。索南枝告诉下人说：“无论谁来问房，一概不租，说留自己用了。”这样还不断地有人来问。北京的房荒，可以想见。不过房子不是没有，全城里的空房，恐怕要占全市的房屋一半，就是不租。社会就是这样不均衡，有的是高大的房子没人住，有的是一家几口人挤住在一间屋子里。

下午，楚江秋来了，索南枝便把方才的事说了，楚江秋认为她做得很适当，不过关于生活上，有几点还可以改善的，这样变改得并不困难，而且能省好多钱，索南枝便问他哪几点。

楚江秋道："第一，是你的指甲，不必涂蔻丹，十个手指头，都涂了很红的指甲，并不美观，只觉得刺眼得难看，不如白白的指甲倒显得好看清洁。涂了红，又俗又难看，这一点我想你可以改的。"

索南枝道："好，我一定改，我也觉得有时候穿朴素衣服，和这十个手指头那般不相称。"

楚江秋道："第二点，衣服可以再简朴些，这时候再穿些华丽的衣服，走在街上，倒容易招人家轻视与嫉视，现在许多女学生只着防空服，又漂亮又精神，这才是真正摩登。"

索南枝道："我若穿防空服恐怕不好看。"

楚江秋道："你还是把好看放在头里，即或你穿上防空服，我想一定更好看的，你的身体，穿什么样的衣服都很美丽。"

索南枝道："穿防空服就是热一点儿。"

楚江秋道："但是这一点儿热总可以忍耐得住，然后买一辆自行车，我们可以一同骑着车到西山旅行，经济、方便，都在其次，而锻炼体格却是必要的。你今年才是二十几岁的人，还有很长的年月供你创造事业，把身体锻炼好了，精神永远是愉快的。好逸恶劳，就是慢性的自杀。"

索南枝道："我小时曾经骑过车，现在有十几年没有骑了。"

楚江秋道："有这根底，练得更快了。"

索南枝道："练的时候你得扶着我。"

楚江秋道："那是一定的。"

索南枝道："还有什么？"

楚江秋道："以后随时想起来再说。"

索南枝道："我想起一件事来。"

楚江秋道："什么事？"

索南枝道："你提到骑车，我想起来，我要上香山，你陪我去呀。"

楚江秋道："可以的，不过你能受得了那样辛苦？"

索南枝道："我去，一来是为避暑，二来也为锻炼身体，三来想换换环境。"

楚江秋道："你要去很多天吗？"

索南枝道："至少也得半个月，去一两天有什么意思？"

楚江秋道："为要换你的环境也好，不过我们不要过分享受。我们是去休息身心，不是在那里享受物质，所以我不希望住在旅馆，我们租两三间民房，能够不带老妈子更好，我们自己买东西，自己做饭，自己洗衣服，我们试着过一过苦的生活，那样就住上一个月，也可以的。你成吗？"

索南枝道："这有什么不成？直当我们现在穷了。"

楚江秋道："好好，多咱你忍受不了时，马上就可以搬到旅馆或者回来。"

索南枝道："晚上你得给我讲故事，你预备很多很多的故事，在树林里你得给我唱歌，唱那好听的歌，我们最好带个照相匣子去，我以为带个老妈子去好吧？"

楚江秋道："还没去就要变卦。"

索南枝道："不是变卦，有个老妈子总方便些，反正一切事我们倒不要她做，只要她去买东西，看家……好不好？"

楚江秋道："好好，我算你受不了那清苦生活，这样已经很不容易了。明天我就到香山去租房，我那里有朋友，找房是很容易的。"

索南枝道："我们得带着雨衣去吧，下雨的时候上山去更有意思，是不是？"

他们高兴地谈着，一直谈到掌灯，就听外院喧哗起来。

原来吴小四回来了，把铁锅卖了的钱也都花了。花的时候非常大方，回到家里，便感到惭愧了。他不好意思地走进大门，一看自己屋里空空如也，母亲也不见了，不由怔了，便问街坊，街坊把吴老太太卖东西走的情形一说，吴小四问上哪儿去了，街坊说："不知道，大概是上老妈店了。"

吴小四着了急，立时与街坊不答应，非得找街坊要他母亲不可。

街坊说："你不知道养活你母亲，你母亲自己奔自己的生活去了，你还不惭愧，还同人家吵，真是没心透了。"

吴小四说："那、那不成，你、你决给放、放走了，你、你们得赔、赔我娘。"

他一吵，索南枝便对下人道："你把他叫进来，我同他说话。"下人遂把吴小四叫到里院。

吴小四进了上屋，反而有些发慌。

索南枝道："你这么大小伙子，不知道养活你的母亲，你把你的母亲逼走了，你还有何脸见人呢？我借给你的五十块钱，你得给钱，你母亲没有给我，我就得朝你要，你不给我立刻叫巡警，我不会客气的。"

吴小四一听，脸也红了，脖子也粗了，半天说不出话来。

索南枝道："你也别问人家要你娘了，你自己找你的生路去吧，你的娘你可以放心，她不会有什么困难，不过她不能管你了。像你这样年轻力壮，还要依靠母亲生活，而给母亲增加忧虑，你实在对不起你的母亲的。如果你想做人的话，从现在起，好好去卖点儿力气找工作，等到你有奉养你母亲的余力时，你再见你的母亲吧。"

吴小四道："好，瞧、瞧着的，我、我不挣、挣钱，我不、不是人。"

索南枝道："那很好，只要你肯努力工作，如果你有什么困难，我一定帮助你，可是你还是这样浪荡，那是非常危险的。"

吴小四道："我、我一定好好干，但、但是我、我还想看我、我的娘，我绝、绝不依靠她、她了。”

索南枝道：“你倒还是孝子，我告诉你吧，你的娘到你的亲戚家去了，你去找去吧。”

吴小四一听，便转身走了出去。

楚江秋道：“像这样的青年，总还有点希望。”

索南枝道：“就怕他有了嗜好，青年一有嗜好，就容易堕落。”

楚江秋道：“看你说得这样明白，一定不会染上嗜好的，可是以前你怎么会吸了鸦片？”

索南枝道：“凡是吸毒的人，都是聪明的人，他们都知道吸毒的害处，可是他们竟自吸上了。吸上之后，也会劝人别受害，可是自己却戒不了。你说这是什么缘故？”

楚江秋道：“这是中国人的惰性，也就是因为中国人太闲了的关系，假如人人都有工作，而且人人都很忙碌，自然不会染得这种嗜好，凡是有嗜好的人，差不多都是闲工夫太多的缘故，中国人太闲适了。”

索南枝觉得这点话是很有理的。他们一直谈到深夜才别。

第二天楚江秋便到香山找朋友，在山下租了三间民房，虽然不精致，但还干净，一切用具朋友那里都有。朋友说，若是太平年间，早没有了空房。楚江秋觉得很顺利，次日来到索南枝家，告诉她已经租妥了房子。

索南枝道：“昨天刘经理来了，我与他说了上香山的事，他说他在西山有别墅，房子讲究，住着舒服，四围是花园，现在闲着，他说可以住在他那里，他也可以同着一块儿玩几天。”

楚江秋皱眉头道：“和我们原来的意思又违背了，如果为了享受而去，那么我就不陪你了，有刘经理陪着你，多么舒服呢？一切都不用你做，连上山都有爬山虎。”

索南枝道：“你瞧你这一套。我算计你一定要不去的，根本昨天我就没有同他说，他也没有与我说这些话，这都是我说着玩，看你是什么表情，果然你的表情挺好玩的。”

楚江秋笑道：“你真鬼呀。”

索南枝道：“可是我们不怕被土匪绑了去吗？”

楚江秋道：“不会的，那里倒还安静。”

索南枝道：“那么我们哪天去呢？”

楚江秋道：“随时都可以去。”

索南枝道：“今天你跟我买东西去，明天咱们就去。”

楚江秋道：“好吧。”

说着，他们便出来到市场买食品，买了不少罐头、纸烟，她恨不能要买半年吃不完的。

楚江秋道：“我们最好能吃苦。”

索南枝道：“带着搁着，不吃也可以，买了以防万一，万一什么买不着的时候呢？”

买好回家，索南枝道：“我忘了烫烫发了。”

楚江秋道：“哎哟小姐，您这是旅行呢，还是度蜜月呢？”

索南枝道：“讨厌！”

楚江秋道：“本来，上山还烫什么发？”

索南枝道：“我想洗一洗，在那里没有理发馆。”

楚江秋道：“我给你洗。”

索南枝道：“你还会这手艺？”

楚江秋道：“这本来不算什么，只是咱们没有吹风机就是了。”

索南枝道：“咱们买一个。”

楚江秋道：“得啦，用不着，这热天，半个钟头就吹干了。”

他们准备好了，第二天便出发，索南枝还是带着老妈子，依着楚江秋的意思是叫她们坐三轮车，他骑着自行车在后跟着，但索南枝坚决叫辆汽车。因为还拿着许多东西，于是依了她的意思，叫一辆炭炉汽车。

他们一路上很高兴，车过了玉泉山，大概有点吃力，突然停住不能走了。这时离香山还远，车是再也走不动，他们很着急，楚江秋道："你看，若依着我的主意，坐三轮车来，绝受不了这毛病了。"

索南枝向车夫道："怎么样啊，能走不能走？有法子吗？"

汽车夫道："找几个人来推推车，把火推着了就成了。"

索南枝道："那你去找一找人去，反正你得想法叫它走。"

汽车夫下了车，往四下里望望没有人，他直抓脑袋，楚江秋也走下车来，推了半天推不动。这时倒是有往来的车辆，但谁也不管。索南枝非常着急，因为即或步行了去，但是拿着好多东西，怎么办呢？

这时，他看见有许多小孩往西南走着。楚江秋叫道："小孩，小孩！"

那群孩子们一听，便全跑了过来，楚江秋道："你们帮我推推这辆汽车，我回头每人给你们钱。"

这些小孩子们一听立刻鼓起勇气，过来帮助推。果然把汽车推动了，那车轰轰地响起来，索南枝坐在车里，觉得这些小孩臂力真大，她感觉这些小孩子们的可爱，假如没有这些小孩子，自己就一点办法也没有。

楚江秋道："你看乡间的孩子们多么可爱呀。"

索南枝道："真的，以前我最讨厌乡下孩子，现在感觉他们实在可爱了。"

这些小孩子把车推动，他们也欢快起来，觉得这些力量并没有白费，而能使车走了。不料车走了不远，又站住了，于是又叫小孩子来推，这回怎么推也推不着火了。

司机说："没法子，请您走去吧，好在也没有多远了。"

索南枝气道："那么这些东西呢？"

车夫道："我给您看着，你到那里叫人来取。"

索南枝道："那多麻烦。"

楚江秋道："要不然这样吧，叫这些小孩子一人拿一样，就一块儿去了，好在没有多远，只拐两三个弯子就到了。"

索南枝一听，只有这个方法，楚江秋便叫小孩们给搬东西，到了给他们钱。

小孩子们说："我们还得上学呢，不上学老师要说。"

楚江秋道："你们学校在哪里？"

小孩子们道："在南边关帝庙里。"

楚江秋道："我同你们老师去说，叫你们帮帮忙。"说着，便同了小孩来到关帝庙。

老师一看进来一个穿西服的，吓了一跳，以为是查学的，后来楚江秋一对他说明来意，他方知道，便说："我倒没有关系，恐怕学生家长不乐意。"

楚江秋道："我给他们钱，他们家长一定也很喜欢的。"

老师道："也好也好，也好也好，我看您很面熟，您是不是姓楚？"

楚江秋道："是呀，我很眼拙，您贵姓？怎么会认识我？"

老师道："在下姓胡，叫胡十八，我到过吴家，吴家跟索家住街坊，我在那儿看见过您一次。"

楚江秋道："那更不是外人了，胡老爷多帮帮忙吧。"

胡十八道："好吧，叫他们已经背过书的学生去吧。"于是挑了几个学生，随着楚江秋去了。

来到汽车旁，把大小包袱一一拿下，大件的一个人扛一样，小件的一个人提着四五样，大家一分，立刻都拿干净。一起去上香山。

楚江秋直怕索南枝不高兴，极力安慰她，并且说着笑话。他道："你看，我们真像电影里的探险者了，这些赤臂的孩子们，倒像非洲的黑人呢。”

索南枝一听，果然有些兴奋。楚江秋道：“假如你做了电影明星，也得能受这种罪才成，中国的电影明星把美放在头里，把健康放在后边，要成为明星，必是个美人，非常人不能成明星。”

索南枝道：“你看我够明星资格吗？”

楚江秋道：“你的美要超过中国的明星，可是比起外国明星，你的健康还不够，我想你能在山上锻炼一个月，那就成了标准明星了。”

索南枝道：“我真想去演电影。”

楚江秋道：“中国一般小姐都想演电影，不是想演电影，而是想做明星，冲这个出发点，可以预知她们绝得不到什么好成绩的。虚荣心战胜了艺术的爱好。我们看，每个话剧团，都是为了小姐们争演剧中主角而起纷争，可见她们的艺术不彻底，以为艺术全在主角身上。可也难说，中国的剧本，永远拿又漂亮、又聪明、又伟大的人来做主角，像《钟楼怪人》这样的剧本是很少见的。因此也就养成中国小姐们的主角热，不管自己的资格如何，照镜子看看鼻子眼睛挺美，于是便想做主角。这是不对的。”

说着来到了山下，早有朋友在等候。他们互相见了礼，来到家里，把东西放好，楚江秋便给小孩子们二十块钱叫他们分了，他们欢欢喜喜地跑去。

楚江秋和索南枝略事休息，喝点茶水，把东西都安排好了。天色已然不早，他们便做晚饭，吃完饭，楚江秋想到山上远望北京的夜光，但索南枝累了，她不想去，她说：“有的是日子，何必今天？”

楚江秋也觉得不叫她过于疲乏了，就略谈了会儿话，便全困起来。索南枝一个哈欠跟着一个哈欠，她道：“真奇，我本来是夜里最有精神的，在城里这时连晚饭还没吃，在这里就要睡觉了，你说多奇怪，在城里至少还得有八圈麻将。”

楚江秋道："这是因为你兴奋过度的缘故，今天早点儿睡下也好，明天我们可以早早上山。"说着，他们各回自屋，睡觉去了。

第二天起来，索南枝非常有精神，她道："哎呀，昨天是我有生以来睡得最香的一夜，一夜也没有醒，什么都不知道。"

楚江秋道："你非得睡这种香甜的觉，才知道今天精神的充满。"

索南枝道："真是，我向来也没有今天这样有精神，以前总是昏昏沉沉的。"

楚江秋道："假如天天这样，那你的健康就恢复得快极了，我们就上山吧？"

索南枝道："我们不吃一点什么吗？"

楚江秋道："我们上山再吃吧，现在吃饱了，就无法上山了。"于是朋友夫妇也陪他们拿了罐头食品和家伙，装了一个旅行袋。索南枝换了平底鞋，一直走上山来。

楚江秋道："不但上山不应穿高跟鞋，就是平时也可以不穿，实在可以影响你的健康……"

索南枝道："得啦，随处都说教。"楚江秋笑了。

朋友说道："我们住在山里实在上算得多了，现在起来就上山，人家住在城里的，得多早就起，骑车来到这里，上了山，然后下来，然后又骑车回去，至少比他们省一倍的精神。"

楚江秋道："我真佩服那些年轻女学生，她们不但不觉得累，而且爬山比我们快得多，我对于她们真觉惭愧。"说着，果然就有一群一群的男女青年，一边说笑、一边唱着、一边从山下走上来，一会儿就赶过他们去。

索南枝道："他们这是从城里来吗？"

楚江秋道："是呀，他们受完了军训，便出来上山玩，你还没看见他们受训的情形，你若看了他们受训的情形，你真会感到惊讶，觉得这些小姐们绝不会能忍受这样艰苦的工作。唉，中国青年还是有希望的呀，可见平常人说不能吃苦这句话，实在是不可靠的。”

他们一边走着，一边谈着。大树参天，曲径通幽，蝉鸣在树巅，头上脚下，都有虫叫。

索南枝道：“你们听这是什么叫唤？”

楚江秋道：“蝉。”

索南枝道：“不是，你听这样叫唤的。”

楚江秋道：“不是‘无忧哇无忧哇’地叫着吗？”

索南枝道：“是呀，这是什么，真奇怪，我没听见过。”

楚江秋道：“这就是蝉的一种，在城里就是没有的，城里的蝉都是一个直的声调，这个无忧哇挺特别，它老是‘无忧哇无忧哇’的。”

索南枝道：“真的，这才是无忧哇，高在树巅，藏在深山，餐些雨露，倒是悠然无忧哇呀。”

楚江秋道：“那也可以叫作‘吾悠哇’，它自己夸它是悠然自得的。”

朋友道：“现在一些油类这么贵的时候，也许它说的是‘无油哇’也未可知。”他们全笑了。

楚江秋道：“你若是累的话，随处都可以停止，随处都可以休息。”

索南枝道：“这样慢慢地走，我一点儿也不累。”

楚江秋道：“可是你得留下山的力量。”

索南枝道：“你不是说没有吃不了的苦吗？反正我下不来的时候，你得背着我。”

楚江秋道：“得，我自己又找了病。”

来到双清别墅，有一个女孩子在接泉水喝，有的坐在石头上吃起来，像林里小鸟儿一样的快乐。

楚江秋道：“人不能永远道貌岸然，严肃矜持，也应当有返回天真的时候，南枝，你喜欢喝这泉水吗？好极了。”

索南枝道：“我不敢喝凉的。”

楚江秋道：“好吧，暖壶的水，留着你一个人喝，我们喝点凉水吧。”于是他们便伏在泉处，接了几碗泉水喝了。然后他们又走。

过了十八盘，到了半山亭，楚江秋道：“我们在这儿休息一会儿吧。”

亭子里狼藉着食完的残屑，表示方才已然有人在这里嚼过一阵去了。他们站在亭子里，远望着山下，那真有意思极了。

索南枝道：“呀，那不是万寿山吗？上那里去的时候，觉得高得了不得，现在看起来，还在我们的脚下呢。”

楚江秋道：“你还没有登到鬼见愁，登到鬼见愁，便是觉得这里低了。而鬼见愁虽高，仅是香山诸峰之最高的，若是比别的山，又差多了。孔子登泰山而小天下，大概他没有登过华山、峨眉山呢。”

从半山亭又往上走，这山上便没有树木了，而且道路也不平整，羊肠小道，都是人走成的，而不是修造的。每到陡峭的地方，楚江秋便拉了索南枝，时时地问她，如果畏难，就不必再上。他们头一次就打没了她的兴趣，以后就更不爱上了。谁知索南枝并不感觉害怕，有时连着登时，稍觉腿软，便休息一下，然后再上。

他们到处看见有野餐的人们，上下呼应，还有些外国人带着酒肉，大喝大舞。他们一边走着，一边往上看，觉得上面的峰，比自己高得多，望而生畏。可是不知不觉地便走上来了，甚至他们望了鬼见愁简直不可及了，但终于他们竟一步一步地走上来，走到山顶，喘了一口气，立刻高兴痛快极了。他们都没想到索南枝竟会爬到鬼见愁，连她自己都觉得奇怪，以为有神助一般。

楚江秋道：“本来你是有这能力的，不过被平时的惯性把你的自信给掩蔽了。来，我们到墙壁这边吃饭。”

山上的风，吹得十分凉爽，朋友说道：“这里人太多了，成了市场，我们最好到墙壁外边，跳出那个豁口，来到后山，找个避风而且遮阴的地方，坐下一吃如何?”

大家赞成，于是又顺着墙，来到后山，找个清静地方，坐在地上，打开罐头，大家吃起来。吃得很香，唯索南枝反不甚饿，只想喝水。楚江秋道：“这是你不惯的缘故，以后登山惯了准保你吃得多。”

他们一边吃着一边望着远处，山峦层叠，一望无际，在那山腰地方，一层一层地开辟着田地。中国的农人，无尺寸之地不利用它种粮米，在那雨水灌溉的缺乏及往来耕种收获的不便，也要开辟着农田。生产的只有农人，这是都市人们所不能及的地方。看着那麦田的丰收，感到农人们的辛苦和都市人的坐享其成。拿来倒把，太辜负了农人们的血汗了。

他们坐了许久，索南枝才觉有点儿饿，也吃了点面包和牛肉罐头。他们站在山顶，望向北京，一片弥蒙，那些树木近屋，和家具一样好看。那永定河水，从蒙雾中爬出来了，又流入蒙雾中去了。

楚江秋道：“我们站在这里，想到城里的吸大烟的人仍在睡着，我们实在有出尘之感了。”

索南枝点了点头，觉得自己的确有出世之慨。

在山上憩了一会儿，他们渐渐往下走，下山比上山快了，自己就收不住脚，蹾得挺难受。上山的时候，以为下山一定舒服，下山的时候，又想着上山的好受。走一处歇一处，走下山来，天气已经不早，那些游山的青年男女，早已骑了车踏上归途。

楚江秋等回到家里，索南枝先去沐浴，沐浴之后，还觉身体松快一些。吃过了晚饭，索南枝疲倦得厉害，倒在床上便睡去，一夜没醒，而且第二天又睡了一早，又一批的游者已经登山了，她才起来。

楚江秋向她道了早安，问她是否还觉着疲倦，她道：“哎呀，这夜就和死了一样，连梦都没有做。”

楚江秋道：“那太好了，今天我们休息一天，不再上山了，好不？”

索南枝道：“也好。”

楚江秋道：“今天我们自己做饭吧。”

索南枝道：“我可做不好，做什么呢？”

楚江秋道：“我们试着做，吃西红柿吧。”

于是他们便自己做开了饭，虽然他们都不会做，但做起来很高兴，一边做着一边笑，做得了一尝，还非常得味。

楚江秋道：“自己做得的饭，即或不甚有味，而吃着也是香的，所以一切的劳力，都能在精神上获得安慰。”

吃完了饭，洗着昨天换下来的衣服，到了晚上又做晚饭。吃完晚饭，便在院中乘凉，说些故事，非常快乐。

次日吃过午饭，楚江秋便携了索南枝的手，一直上山来。他们这回不再往上面去了，只是找个幽静地方，大树底下，坐在石上，看着流泉，两个人低低地谈着。

在这个环境里，是容易谈到知心的话。楚江秋的心里便涌上埋着许久的爱，虽然他们也表示过爱情，但并不深刻。楚江秋似要得她做一个终身侣伴，而索南枝这几年的散漫生活，的确使她厌腻，她也有意和楚江秋结婚，不过觉得自己败残之身，未必能邀楚江秋的同意。今天，他们都要借这机会，说一说自己的身世和未来的希望。

要知后事如何，且看下章。

第五章　鹊踏枝

索南枝和楚江秋坐在大石上，看着流泉。楚江秋道："唉，光阴和流水一个样，流过去便不再来了，人生是一日一日地往前走着，也就是一日一日地后退着，在这很短促的时间里，一般过敏的人，往往演成消极和自高，以为人生如梦，何必这样争名夺利，其实也不尽然。固然那些功利主义者的自私实在无聊，若拿时间去衡量，实在渺小得厉害，但是过于闲适而无进取之心的，也不是人生的真意义的。就看我们是否为永久的人类幸福做打算，虽然我们的能力与时间都有限，但是我们能够尽一份力，我们就尽一份力。力量虽微，而累代积压起来，就非常雄厚了。那种消极的无建设的，固然能得暂时的苟安，但终无益于整个人生。所以希望我们从此打起精神来，要对于社会、对于国家、对于全人类有一种建设，有一种贡献方可。"

索南枝道："那么我们做一种什么事业好呢？"

楚江秋道："我们可以慢慢计划，集思广益，我想，像学校、工厂、报纸、电影……都是很好的事业，不过现在的电影，都是以盈利为目的，演些低级趣味的旧戏戏耍化的东西，那实在可惜了那些材料，观众一点影响利益都得不着的。我们要做的话，就应该抛开他们那种立场，不过这也不是很容易的事，我希望你成为一个伟大的女性。"

索南枝道：“唉，要不是遇到你，我不知将堕到什么样的深井里？关于我的身世，我想同你说一下，你也可以深刻地了解我。”

楚江秋道：“我想象你的过去，一定是很够一本小说材料。”

索南枝道：“不，太不够了，也许以后要够一本小说材料，我不能预料，不过以往确是极平凡极无聊的，我所以要同你说，并不是叫你知道我如何的高明，而是叫你知道我是怎样的平凡无知。”她说到此处，拾起一个干枝，投到水里，漂流而去。她又接着说道：“你能够不嫌弃我的平凡，那么就能不鄙弃我于将来的。”

楚江秋道：“我永远爱你。”

索南枝道：“在我未离开婆家的时候，我已经左右为难那物质的享受，那时，我遇到一个青年，他是非常漂亮的，也能谈吐，摩登的玩意儿他也全会，还能唱戏。他那时便对我表示求爱，那时我也爱他，于是就接受了他的爱。虽然知道对不住我的丈夫，但我的丈夫早就对不起我，我们根本就谈不到真爱情。自我爱了那青年之后，我的心无时不在萦绕着他。爱情这个东西，真是奇怪得很，我们几乎没有一时分离，他跟我说得天花乱坠，我真以为他是个天涯知己。后来，我离开了婆家，和他同居。那时，我觉得如此也可告慰终身。我想为他吃苦也值得。我亲自给他洗衣服，我时常等他到夜里一两点钟。后来我发觉他是骗了我，他仍是每天出去追女人，甚至老责备我什么都不会，时常吵架。同时我发现他才是一无所成，除了这点摩登的玩意儿，他什么都不懂，并且他一点进取的心都没有，平时的事情他都不知道，他也不看报。最可笑的他连丘吉尔是谁都不知道，地中海在什么地方都不晓得。我劝他找个职业做，我并不是心痛我的钱，我这点儿钱，我们两个人花一辈子都花不清，可是这样的人生，那是多么无聊，而且这样闲着，也容易堕落。谁知他不听，因此我决心离开他，可是我到底污了灵魂，我非常难过。我遂走入慢性自然之途。我觉得我这一生白活了，我已经失了我的贞操，我为他得了极难堪的批评与议论，索性我就这样下去吧。不想遇到了你，我以为你是和他一个样的，我对于一切男人都不相信，谁知我仔细考察的结果，才知道你是拔救我于陷阱的恩人，你不会嫌弃我吗？”

楚江秋道：“不，我永远爱你的。以往的都忘了吧，我们重新来做人，重新努力我们的新生活吧。”

他们挨靠着，接了一个很长的吻，他们都非常快乐。

索南枝道：“一个人的机遇，关乎他的一生。何况一个弱女子，在社会上尤其危险，走错一步，便成千古恨。”

楚江秋道：“实在，社交虽然公开，但交友仍不能不谨慎。”

索南枝道：“非得观察好了，再把心给他。”

楚江秋道：“你觉得你现在的观察对了吗？”

索南枝道：“还不对吗？”

楚江秋道：“你还没有问过我的身世呢，我已经有了太太，你知道吗？”

索南枝一听，不由一怔，她道：“你？唉，你有太太，你为什么……”

楚江秋道：“我爱你呀。”

索南枝道：“你有太太就不应该爱我。”

楚江秋道：“可是已经爱了你怎么办？”

索南枝道：“你同你的太太感情很好吗？”

楚江秋道：“很好，好极了。”

索南枝一听，非常悔恨，她完全冷了，比双清别墅的泉还冷，她道：“你的太太一定很美丽吧？”

楚江秋道：“是的，又美丽又聪明，两只眼睛非常动人，脸上一笑就有酒窝儿。”

索南枝道：“你一定很爱她了？”

楚江秋道："可不是，我爱她极了。"

索南枝不高兴道："我今天回去了。"

楚江秋道："干吗回去？"

索南枝道："我不想在这里住了。"

楚江秋道："那为什么？"

索南枝道："不为什么。"

楚江秋道："我知道你为什么要走。"

索南枝道："为什么？你说。"

楚江秋道："你不爱我了，是不是？"

索南枝道："你有了那样好的太太，为什么还要陪我来到这里？"

楚江秋道："因为我爱你。"

索南枝道："你爱你太太，就不应当爱我。"

楚江秋道："因为我爱我太太，所以我才爱你。"

索南枝道："这是什么话？"

楚江秋道："你知道我太太是谁吗？你认识我的太太吗？"

索南枝道："我也不想认识。"

楚江秋道："你可以认识一下，她和你一样的美丽。"

索南枝道："不用。"

楚江秋道："她就在这里。"

索南枝道："她，就在这里？怨不得你能够同我来呢。"

楚江秋道："是的，你现在就可以看见她。来，我同你看她去。"

说着便拉了她的手，来到泉水旁边，看那泉水清澈见底，他们两个人的影子都反映出来。楚江秋道："你看见没有？挨在我的身边的，便是我的太太，她是多么美丽呀，你看，她不是还在看你吗？"

索南枝这时又觉得一阵羞怯，倒在他的怀里。

楚江秋低声叫道："太太。"

索南枝闭上了眼睛，他的唇便挨到她的唇上。

一会儿，他们又坐在石头上，楚江秋道："我给你唱一个歌儿吧。"

索南枝点了点头，这时蝉声"无忧哇"地互续不断，楚江秋道："现在只有蝉儿窥见了我们的甜蜜，我唱那段《警蝉歌》吧。"

说完，便唱起来道："聪明的蝉儿，你真要这般的轻狂，整天整夜唧唧地唱？你也得瞧瞧地面上的蚂蚁，是怎么样在忙；你也得向野外望望，蜜蜂儿怎么的忙啊！它们是，它们是，早早地预备食粮。莫等到秋天，冷冷的冬天，饿断了饥肠。聪明的蝉儿，你莫要这般的轻狂，整天整夜唧唧地唱。你也得细细去思量，一刹那变成秋的时光，花谢叶落草枯黄。蝉儿啊，怎么样地度饥荒？可会再有，可会再有，甜蜜的雨露给你尝？你只能呆看景色苍茫，两眼泪汪汪。"

唱完说道："很好吗？"

索南枝道："好极了，这不是警蝉歌，而是警人歌了，再唱一个爱情的。"

楚江秋道："你该唱一个了。"

索南枝道："我唱一个《热血情花》。"

楚江秋道："好极了。"

索南枝便唱道："你爱我来我爱你，二人情爱在心里。我爱情哥好勇气，爱国爱家更爱己。你爱我来我爱你，二人有事在心里。从军远别千万里，为我为他更为你。"

唱完了，楚江秋鼓掌道："太好了，太好了。一般坤伶总喜欢唱流行歌曲，什么'四季等郎来'啦，如果唱一些这样的曲子，多么好呢呀。我真快乐，你快乐吗？"

索南枝道："快乐。"

楚江秋道："我们不要忘了今日，不要忘这个时间和这个空间，不管过了多久，我们都要想着这个情景，蝉又'无忧哇'地叫起来，将来无论在什么地方，听见这种蝉声，一定要想起这个环境来。南枝，我们不要忘了今天，不要忘了我们曾经坐在这块大石头上，定了我们终身的盟誓。走吧，我们转一转去。”

于是他们站了起来，沿着山路走着，真静。走了许久竟遇不到一个人，时间不断地流过，他们几乎都不愿下山，总在山中坐着才好。一直到夕阳落在山后，他们才走下山来，回到家里。索南枝一点也不知道累，还有余力来做饭。做完他们一块儿吃了。

到了晚上月亮上来，楚江秋道：“啊，山上的月色一定美丽的呀。”

索南枝道：“我们到山上看去呀。”

楚江秋道：“别去了，太累了不好，明天再去。在这一个礼拜之内，哪天都可以去。”

索南枝道：“若是下了一个礼拜的雨呢？”

楚江秋道：“没有的事，我们可以站在门外看看去。”

于是他们走出门，站在门外望山上，那月色照在山上，一片朦胧。

楚江秋道：“假如这时带来古琴，弹着《长安一片月》的曲子，多么幽静呢。”

这时大地一切都是静的，寂静得怕人，就像大战后生物都死绝了的样子。索南枝道：“我们进去吧。”他们遂又走进屋里。

第二天非常燥热，一点风儿也没有，山上都如此，城里更要热不可耐了。天气一热，人便懒得动弹，午饭后又睡了一觉，醒来浑身是汗，楚江秋说道：“这时只有山顶才有风。”

索南枝道：“山顶固然有风，但却晒得厉害。”

楚江秋道：“我们吃完晚饭上去最合适，咱们把晚饭提前一些吃。”

吃完晚饭，夕阳已经落下去了，于是他们开始上山。走到半山，天已经黑下来，只有西边天际还有青白的光明，两边却黑沉沉地隐在暗幕里。在很远的东方，闪着一片红的光芒，那便是北京城里万家灯火的时候了。忽然西南起来浓云，像泼墨一般地涌上来，电光闪闪，雷声隆隆，楚江秋道："要下雨。"

索南枝道："我们快下去吧。"

楚江秋道："你不是想看看雨景吗?"

索南枝道："我们又没穿雨衣，没带雨伞，又在这里，又打着大雷大闪，多么怕人呢。"

楚江秋道："那才有意思，在这大树林中，深山寂寞，大风雨骤至，雷电交加，这才是艺术。"

索南枝道："呀，我害怕，快走吧。"说着，拉了楚江秋便走下山来。

来到山下，山风便追了下来，带着雨腥味吹袭着人。他们急忙进到屋中，雨点便跟着下来了，他们都庆幸着回来得早，不然非被雨淋不可。外边下着雨，他们在屋里谈话，雨是越下越大，雷声有山坳的回音越显得隆隆震耳。

楚江秋道："因此我们想到作战是如何的艺术了。"

索南枝道："那多么怕人呢。"

楚江秋道："到那个时候，就不知道害怕了。乘着滑降机，在大风雨中，波涛海洋上，焰火交织的火网里，飘然看飞将军下降的一刹那，这是多么写意、兴奋、惊奇呢。这真是艺术，我们看着报纸上所登载的，就如同坐在电影院里看电影一个样。因为人们喜爱这种艺术，所以才有天才的艺术家，造成这伟大的艺术。"

他们说了一会儿，雨是没有住的意思，这时候已经不早了，楚江秋站了起来，道一声晚安，便要往外走，回到他的屋里去。

索南枝忙道："不要走，你陪着我吧，我真怕。"

楚江秋道："你这样胆怯吗?"

索南枝道："是，我怕。"

楚江秋遂又坐下道："好吧，我等你睡着了再走，我拍着你，唱着催眠曲好不好？"

索南枝道："那我更睡不着了。"

楚江秋道："那我们坐谈一夜吧。"

索南枝道好："你不困吗？"

楚江秋道："为了陪你，困也能挣扎。"

索南枝道："我们倒着说话儿吧。"

这时，外边一声震天震地的霹雳，吓得索南枝倒在楚江秋的怀里。

雨渐渐止了，雷声渐渐远了，屋里的灯也熄了，只有一亮一亮的电闪，照耀屋里的人儿，全都倒着了。

第二天，太阳都上来很高了，他们才起来，互相见了面，相视而笑。楚江秋回到自己屋里，忽然发觉自己的衣服丢了，自己带来两套富余西服，昨夜自己没有回屋，大概是被贼人偷去了。无法，只有认作倒霉。

他对索南枝说："我的衣服昨天夜里丢了，今天我得进一趟城，去取衣服去。"

大家一听，都跑了过来，见他丢了衣服，也无办法，一方面安慰他，一方面朋友借给他衣服穿。

楚江秋说："非得回去一趟不可，外衣可以不拿，而衬衫非有富余不可，这样热的天气，得一天一换。"

朋友道："我今天正打算进城，我给你带来吧。"

索南枝也愿意叫朋友给带，楚江秋遂写了要带的东西。到了晚上，朋友将衣服带回来，说道："这回你可得留点神了，要是不回屋里时，就得锁上点儿门。"说得楚江秋不好意思了。

他道："今天我要等这个贼。"

索南枝道："他不会来了。"

楚江秋道："不一定，他偷出甜头来，一定还来的，今天晚上我等他一夜。"

索南枝道："得啦，丢了就丢了，不必理他了。再来的时候，惊走了他，他知道有防备，也就不再来了。不必捉住他，打他一顿，东西仍然要不回来，得罪了他，也不大好。"

楚江秋道："我是最恨贼人，我非得捉住他，交到官里不可，做贼的不会是老头子，都是年轻小伙子，以这种年轻小伙子，不知干点儿正经事，专门偷东西，我最恨这种人。"

他决心今天晚上等一夜。他们今天没有上山，只在门外看了看游山的人。午间，楚江秋又睡了一觉，准备夜里捉贼。吃过晚饭，说了一会儿话，便各自回到屋里睡觉。索南枝劝楚江秋不必捉贼了，如果他一夜没来，自己岂不白耗精神吗？并且他若一抵抗，手里不拿着家伙，自己更要吃亏。楚江秋答应了她的话，叫她安心睡去。

到了夜里，楚江秋倒在床上，也不睡觉，静静地听着，直到后半夜。果然门外似乎有声音，他潜下了床，蹲在地上，就听门一响，声音很大，那是小偷试探人的，楚江秋并不言语。那贼停了一会儿，一听没有声音，知道屋里没人，即或有人，也是睡熟了，便把门一点点推开，爬将进来。

楚江秋在暗处看得清楚，他见贼人来回摸索着，知道他没有拿着什么家伙，他放了心，站了起来，猛地向前一扑，那贼也大吃一惊，转身便跑，叫楚江秋拉着了大腿，那贼使劲一蹬，把楚江秋踢了一个跟头，那贼才跑了。

楚江秋爬起来便追，一直跑到门外，那贼到底没有楚江秋跑得快，一下就叫他追上，过去一把揪住。他以为那贼一定反抗，谁知那贼却给他跪下了，央求说道："老爷饶命，我不是干这个的，我是饿得没有法子了。"说着连叩头。

楚江秋一看，不是年轻小伙子，而是一个老头子，他的气消了一半儿，便道："你是干什么的？"

那老头子道："我是给人家种地的，我有个儿子给人家卖点苦力，凑合能买点豆腐渣吃。前几天我的儿子进城，叫人拉去做工了，我一个老头子，虽然也能卖点力气做活儿，可是人家不肯用我，我实在饿得难受，我想上您这儿找点吃的来，您饶了我吧？"

楚江秋道："昨天的衣服是你拿去了吧？"

老头子道："是啊。"

楚江秋道："那么你还不知足，今天又来干吗？"

老头子道："昨天拿的衣服，我想里头一定有钱，拿钱买点东西吃，谁知里面并没有钱，衣裳我又不能拿出来卖，所以今天我又来找点东西吃，我不是为偷东西的呀。"

楚江秋道："其实你跟我们要钱要吃，我们也会给你，何必做这种偷盗的行为？"

老头子道："我也知道这样不好，可是没人给我呀。今天在山上只捡了人家一点儿吃剩的，现在肚子还饿着呢。要是到了秋天，还能割点枯草去卖，现在一点儿东西捡不着，要着吃人家不给，卖力气人家不要，说我干不了多少事。"

楚江秋道："那么我的衣服还有吗？"

老头子道："还有。"

这时候，索南枝和朋友也都惊醒了，急忙穿了衣服，跑到楚江秋屋里一看，一个人没有，不由大惊，他们急忙追出门外，就听楚江秋和一个人正在说话，他们放了心，忙追赶过来。

朋友道："是偷儿吗？把他捆上，交到官里。"

那老头儿叩头道："诸位老爷，您心好了，可怜可怜我吧，我不是干这个的。"

楚江秋道："你起来，跟我们到家里来，我们绝不打你，也不会把你交官，不要怕。"

老头子叩个头，抖颤地发怵地用疑虑的眼光看着他们，向索南枝作揖道：“这位太太，您慈悲慈悲吧，别打我，我两天没吃饭了。”

索南枝道：“你不跑就不打你，随我来，有吃的还许给你。”

那老头子道：“您放了我吧，我绝不再偷东西了。”

楚江秋道：“你不要怕，跟我们回家，倒没有事，在这里若是叫警察看见，你倒要吃苦了。”

老头子听了，遂同他们走过来。他们也不睡了，把老头儿围在当中，搬了椅子凳子，全都坐下，也叫老头子坐下。老头子直不坐，后来他们再三叫他坐，他才坐下。

索南枝叫老妈子给他找了些吃的，给他吃了，老头子非常感激，自己做贼叫人家捉住，不但不打，反而给他吃。他道：“哎呀，诸位真是活菩萨。”

楚江秋道：“我跟你商量一点儿事。”

老头子道：“什么事您说吧。”

楚江秋道：“我的衣服既然没卖，那你可不可以再还给我，我给你钱。”

老头子道：“哎呀，您的衣服当然给您，您不打我不把我交官，我就念佛了，您干吗还给我钱?”

楚江秋道：“你听着，本来这衣服我就认为丢了，我若现做或是买，也得用钱，现在我拿这买的钱给你，你还给我的衣服，你看好不好?”

老头子叩头又道：“我可不能要钱，衣服我给您拿回来。”

楚江秋道：“天亮你把衣服送来，我一定给你钱，你若是卖给别人，还许没有我给的钱多呢。”

老头子答应着。

楚江秋又道：“你去吧，明天早晨给我送来吧。”

老头子一听，这简直是新鲜事，他真怕他们把衣服要回来，再交到官里。楚江秋知道他的意思，遂道："你不必疑虑，我不是把衣服要回来再把你交官，要是交官何不现在就交官，一样能把东西追回来，是不是？你要怕我不给你钱，我现在就给你一些钱。"说着，便掏出钱来，有一百多块钱，给他道："你先拿着，明天我再给你，好不好？"

老头子简直莫名其妙，觉得他们不像现代的人，他道："我不要钱，我给您拿衣服去。"说着，便站了起来，又再三叩谢去了。

老头子走了之后，大众说："他一定不会再来了。"

楚江秋道："不会，他一定能回来，咱们这样待他，他不会不念我们的好处。"

朋友道："他虽然念我们的好处，但是他总不相信现在会有这样的好人。"

索南枝道："这时忘了要他的居住证。"

朋友道："他既做贼，就不会带居住证了。"

楚江秋道："他一定会回来的。"说罢，他们又各回到屋里睡觉。

第二天起来，没有多久，老妈子说："夜里那个贼真来送衣服来了。"

大家一听，很觉奇怪，同时又非常高兴，把老头子叫进来，楚江秋接过衣服一看，并没损毁，也没有污秽，十分欢喜，问道："给你多少钱哪？"

老头子道："哎呀，我哪还敢要钱？您逮住我，没有交官，又把我放了，我就感激不尽。"

楚江秋道："你感激另说，我也不能说买西服，一套西服现在若是做，总得两千多块钱，现在我给你二百块钱，算是我送你的，拿这钱做点儿小买卖。你若不要，算我借给你的，将来你发财再还我。"

老头子叩头道："唉，这年月还有您这样的活菩萨，您贵姓，住在哪儿，不管我发财不发财，我也得找您去，您的好处我三世忘不了。”

楚江秋道：“咱们交个朋友。”于是把姓名住址告诉了他。又向他道：“你叫什么呀？”

那老头子道：“我叫朱妓儿。”说着，接了楚江秋的钱，又再三叩谢才出去了。

大家叹息了一阵，楚江秋见衣服竟失而复得，欢喜极了。

朋友道：“将来不知还能见到他不能？”

楚江秋道：“可以吧。”

他们在这儿一直住了二十天的样子，这二十多天，使他们的身体都很健康，尤其索南枝的精神，都非常好。他们进到城里，便筹划结婚的事。他们在山里已经计划好了，对于婚后的生活，一一都付诸研究，所以进到城里，马上便组织起家庭。他们为避免那些无聊的不速之客，所以另外找了房，两个人带了老妈子居住，报了户口，择了一个日子，他们请了一回客，举行了结婚仪式，他们从此便过着婚后的生活。

这时索南枝一些以前的朋友，从索南枝同楚江秋到香山住，大家都不高兴，一来失去了一个消遣的地方，二来对于楚江秋总有些嫉妒，大家商议如何破坏他们的爱情。尤其是刘经理，他认为他对于索南枝下了这么大的心，卖了多少力气，他到手里的人，竟被楚江秋夺了去，他十分气恨。他一边用智来想法子打退索南枝对于楚江秋的爱情，一边利用这一群小伙子的体力，来专门对付楚江秋。他极力煽惑这些人武力对待楚江秋。这些人有的觉得只有用武对楚江秋之一法，有的便以为这样做是最愚笨而下作的办法。越用武力，越能加强他们坚固的爱情。

双方为这事还激辩得很厉害，主张用智的甲派说：“我们要知道，用武力破坏，不但不能影响爱情，反而更能增加其坚固，这是最不聪明的办法。”

主张用武的乙派说：“用智是最迟缓而且容易防备的，如果他们知道咱们要破坏他们的爱情，他们预先加以防备，那你便白费心机。”

甲派说：“用智当然不能叫他们有防备，如果叫他们知道，那不叫用智了。所以我们应当攻其弱点，无攻不破的。”

乙派道：“光是那样说，办起来不易收效，并且多年多月才告成功？空耗时日，若是讲痛快见效最快，还是武力。我们破坏他们，不是为出气吗？唯有武力才能出气，而且当时见效。”

甲派说：“所谓出气，只是表面上叫他们受一些痛苦，对于事实，一点裨益没有，最好还是想法叫他们精神上受打击，这是永久的。比方叫索南枝不爱那楚江秋，那楚江秋要受多大痛苦，不比打他一顿强吗？”

乙派道：“武力也可以使他们受精神痛苦，我们来个电击式的作战，楚江秋害怕，不敢再恋索南枝，不是也可以叫索南枝痛苦吗？”

甲派道：“那样容易引起法律的纠纷，构成刑事罪名，反而咱们倒吃亏了。”

乙派道：“咱们不会不直接冲突，或是来暗的，像无人飞机似的，叫他抓不着，不也成吗？”

最后刘经理讲和说：“我看双方都有理由，这样办吧，咱们是文武并用，双管齐下，我用文的对付索南枝，你们用武的对付楚江秋，准能叫他们马上破裂。专用智不易奏效，专用武力，自己也找麻烦。比方广宁伯街那案子，那主角叫什么李宜诚的，双双用枪打死，固然那个倒快了，可是自己也活不了。”

大家一听，觉得这个见解还好，全体赞成。可是怎样用智、怎样用武也得有个计划，光说用智，而想不出来也不成；光说用武，而打不出来也不成。

他们各想自己的办法，意见分歧，谁的法子都不好。这里有个叫胡捣练的，凡是出风头的事，他都参加，还爱出个主意。他道："你们的法子都不成，幼稚得厉害，你们光顾了自己的主意如何高，而不想想楚江秋和索南枝的情形，你们必须把他们的长处是什么、弱点是什么，都得明白才成。知道他们的弱点，然后乘虚而入，一攻自破。你们说的都不着实际，绝不成功。我有个主意，准保一下就能叫他们分离，不但分离，而且索南枝还能照旧投到咱们这营里。"

大家一听，觉得他的主意一定高，于是便问道："我们听听你的主意？"

胡捣练道："我是先从索南枝的性情弱点去想，这个主意一定成功。也不必费事，只需两三句话，就能叫索南枝放弃了楚江秋。"

大家一听，越发觉得神奇，更要听听他这两三句话是什么，连刘经理都想要知道知道。

胡捣练道："我暂不宣布。"

刘经理见他真有这种把握把索南枝弄到他的怀里去，遂道："你们别听胡捣练的，他根本就没有那几句话，他是说着好听，冤你们呢，你们也真信？"

胡捣练道："吃葱吃蒜不吃将（姜），你将我我也不说，反正我有我的主意。告诉你们，我只要有机会见着索南枝，我就能把她弄回来，不是吹。"

大家越发敬佩，也越发想知道他这几句话是什么。

胡捣练说："虽然话只是两三句，可是我已经想了好些天了。我用科学的方法，分析出他们的所以能结合的缘故，然后找出他们的弱点，只有两三句话，叫索南枝省悟，马上不爱楚江秋，还得恨他。"

大家道："你何妨说一说？"

胡搗练道：“我不能说。”

大家道：“你如果怕我们去说，我们不说就是。你说出来，我们只是想知道他们的弱点，倒不是去说。”

胡搗练道：“你们自己去想。我现在就是想着机会怎么样能够见着她，到时候我再告诉你们。”

刘经理沉不住气了，生怕他走在自己的前头。他想，无论如何，自己得赶快找到索南枝，趁着胡搗练没机会的时候先下手。

这时别人又说：“机会不是现成的吗？拿着片子登门拜访，又有什么呢？”

胡搗练道：“楚江秋若是在家呢？”

别人道：“他在家就说拜访楚兄，这也没有什么。就说给他们贺新婚，他们还更高兴呢。”

胡搗练道：“对。”他高兴极了，仿佛有了很大的希望似的。

刘经理一想，自己还是赶快进行。他这天去找索南枝，在未去之前，他再三想好了词句，楚江秋在家说什么话，不在家说什么话，不在家而后回去了说什么话，他都想了周到。唯独胡搗练那两三句话，就想不出来，不知他那两三句话是什么话。

来到楚江秋家，他早就打听好了的，知道他们搬到了这里。下了车一打门，老妈子走出来，一看认识。他也高兴了，便问道：“在家吗？”

老妈子道：“在家里。”

他也没说找谁，她也没问找谁，便把刘经理往里让。

刘经理一看，是一个大门里，又有个二层门，二门外有两个防空壕，防空壕用土用水，设备齐全。楚江秋是住在右边的二门里，进到二门，是所很精致的院子，有些山石树木，楚江秋又买了几盆花草，院子非常幽静。

老妈子叫道：“老爷，刘先生来了。”

刘经理一听老妈子叫老爷，心里就凉了。这老妈子真呆，她可不先说出老爷在家里。

这时楚江秋迎了出来。楚江秋一看是刘经理，心里就不高兴，但是人家既然找自己来，又不能不理，只得往里让。刘经理已经进来，又不好意思退出去，只得往里走。进到客厅，客厅并没有什么古玩陈设，但是很清洁幽静，玻璃上贴着纸条，窗帘全用黑色，家庭完全防空化，处处都表现着战时生活。

刘经理落座，见索南枝没有出来，不知在家没在家，他心里很不舒服，和楚江秋又没什么谈的。而楚江秋的神气，又使自己不安，虽然楚江秋未必生气，但自己究竟心愧，本来是惦记人家的太太来的，见着人家的先生，多不好意思。可是细一想，索南枝是早认识自己的，自己认识索南枝，还是在她的丈夫家里。刘经理和索南枝的丈夫是朋友，太太离了，人家和着是在婆家，自己来看她一样。现在人家又和别人结婚了，他还追求着往常一样，这未免太有点说不下去了。他抱着愧对的心情，不知说什么好了，尤其以前曾经和楚江秋闹过意见，虽然没吵起来，但是不投机是很显然的了。这时又来找人家，更觉得不好意思。

楚江秋道：“刘先生今天来得真不凑巧，内人出去买东西去了。”他好像知道刘经理纯是来找索南枝的。

他这一说，刘经理越发窘迫，他道：“没事，我是来看看，没事。”他也没表示是来看索南枝抑或是来看楚江秋，也无法表示。若是说来看索南枝，这话说不出来；若是来看楚江秋，这话未免滑稽，因为谁也知道这只是假话，说着反而不好，只有含糊其词地说了。

楚江秋也没得可说，努力想着说话，就是想不出什么话最得体。楚江秋谈了谈东线和西欧的事，刘经理对答不出，说得满不是那么一回事。刘经理说到倒把的事，金子都快到一万块钱了，而楚江秋也搭不上话。这别扭就别提了。

刘经理实在坐不住了，可是没说两句话就要走，透出来是为索南枝来的了，叫人看着不好看：太太在家，便坐得时间久；太太不在家，连坐都坐不住，未免叫人看不起。他无奈忍着也得坐一会儿。其实楚江秋的确是不愿意和他多谈，早走倒好。

正这时，索南枝回来了，她骑着车，车立在门外，跳到屋里，叫道："秋，我回来了。"

楚江秋连忙站起迎接，索南枝一眼看见刘经理，便行礼道："刘先生，什么时候来的？"

刘经理道："刚来。"他见索南枝一身防空服，精神健壮活泼，较以前大不相同。

楚江秋叫老妈子打洗脸水，然后又问索南枝累不累。

索南枝道："不累，你寂寞吗？"

楚江秋道："不，我看书来着。"

刘经理见他们态度非常甜蜜，想要破坏，是非常难的。他道："你怎么又换了这种装束？"

索南枝道："这不是防空服吗？"

刘经理道："干吗要换防空服？"

索南枝道："这不是正应当穿的吗？"

刘经理道："唉，瞎闹。"

索南枝道："怎么叫瞎闹？难道防空不是应该的吗？"

刘经理道："你这聪明不过的人，怎么还听他们这一套？"

索南枝道："真奇怪，他们是谁呀？这是你错误了吧？一般智识阶级差不多都陷于这种错误，以为防空是给人家防空，训练是给人家训练，难道我们为我们自己，不该训练吗？不该有战时的常识吗？一向疏忽懒惰的，现在借着别人的力量来训练，已经够惭愧的了，须知我们不论处在什么空间与什么时间，都应该训练。再进一步说，我们为了我们自己国家的与民族的，也应该这样训练。比方说，来袭的飞机我们不能就认为只有战机。换句话说，我们防空，也并不是仅防敌机一种，为了防美机防英机，以及其他敌机，我们都应当有这种训练。防空未必用在此一时，可是我们不能不有这基本的训练，你明白吗?”

这一套话，说得刘经理脸红脖子粗，楚江秋在旁边微微笑着。索南枝为打开僵局，遂又打趣道：“再者，我们努力防空也是为你们大资本家呀。你们都囤积着大量的物资，飞机来了，投下烧夷弹，全给烧毁了。有我们这样努力防空，你们大资本家岂不保住了物资了吗?”

刘经理哈哈笑道：“我哪里够得上资本家? 哈哈。”于是僵局算是过去了。

索南枝进到自己屋里，做自己的事情去了，也不陪他说话。他一看，觉得无聊，便告辞走去，他们都没有留他。

刘经理走了之后，楚江秋对索南枝道：“你方才说的话，恐怕要得罪他了吧?”

索南枝道：“那还怕得罪他吗? 这种人，得罪就得罪了，没关系。”

刘经理此行太无意味，他十分颓丧。刘经理在懊丧中，又找到胡搗练他们，一提到楚江秋与索南枝的情形，他说：“真没办法，我觉索南枝这样对楚江秋，这是咱们的耻辱。”

比这大的耻辱多得很，但他们并不理会，倒是把这么一点小事当作了耻辱。这些人一听，果然动气，刘经理又说：“我不用说了，拿诸位说，哪一个不比楚江秋有钱? 哪一个不比楚江秋漂亮? 哪一位不比楚江秋活跃? 像他那死板板的，会把索南枝夺了去，我真替诸位不平。”

大家也道：“这真叫作弄人。”

刘经理道：“话说回来，王八好当气难生。不跟他干，太窝心，这个跟头栽不起呀，须看看咱们都是什么样的人物。”

大家一听，又暴怒起来。刘经理见计得逞，又加以激将，于是大家怒不可抑，有的拟用武力，有的以为不如用智，于是又分了两派，大家又把那次所说的话，说了一遍。说完之后，仿佛大仇已报，分散回家，又把这事忘了，也不是忘，而是没有勇气干，遂把这事又放在脖子后边。

刘经理一看，这些人好像自行车的内带，慢撒气，当时打硬了气，走了半天的路，又慢慢撒了下来，终致越来越软，一点骨气没有了。打一回气，支持了一会儿，又软了，以致泄气完事。打的次数越多，撒的气越快。

刘经理第一次看胡捣练他们，确是振奋异常，大有是可忍孰不可忍的气概，不扑灭此敌，誓不为人。第二次力量就小多了，虽然胡捣练仍然说着他有把握的那一套，但比第一次撒气撒得快了。刘经理一想：要想打了气而能“御用达”，那非得先填补填补不可了。填补之后，打足了气，还能支持些时候，只有在这些时候里，才能叫他们干出点儿什么来。填补的方法就是请客，一边请客一边从旁边打气，这些傻小子们，也许能干一气了。

他想好了主意，立刻便下帖请客，定在饭馆里吃饭。大家见刘经理请客，有的不知是为什么，有的就猜到为索南枝的事。可是刘经理却说：“随便联络联络，没什么事，哥儿几个老没聚会了。”大家虽然知道他这一席一定有作用，但先吃一顿也是乐得乎的。

到了这天，大家来到饭馆，有的都商量好了，非问他不可。没进饭馆，先开车饭钱。平时可以坐电车的，今天也坐漂亮洋车，反正不用自己花车钱，到饭馆给开。

进到饭馆，脱了外衣，先要汽水，把热气压下去。然后每人来一碗杏仁豆腐，吸着前门烟卷儿，说说笑笑。一会儿来齐了，大家入座，刘经理问喝什么酒，是白干是黄酒，大家说黄酒吧，白干力量太大。有的连黄酒都嫌力大，他要啤酒。有的要喝酒对汽水，有的问伙计威士忌卖多少钱一瓶。刘经理无法，只得要一瓶威士忌来。

大家开怀畅饮，杯酒之间，刘经理便渐渐谈到索南枝的事了。众人有的酒量并不小，现在得着便宜酒，焉能不喝？于是喝得红头涨脸，略带醉意，借着酒气儿，便把心里的话往外说。

先还说着倒把的事，胡捣练说："从前我就不懂得洋面多少钱一斤，香油多少钱一斤，现在一干倒把的事，什么物价都知道了，而且不由得就随时随地打听，你说倒把多么有好处。"

刘经理道："当然有好处，现在金子什么行市，哪儿有房要卖，消息灵通极了。你若是不干这生意，谁去打听哪里有闲房子去？一个道理。"

这个说："我家里存着几辆自行车，现在要卖，至少值四五万块钱。"

那个说："我家里存着不少电灯泡，现在先不出手，非等到一百块钱一个的时候才卖。"

有的说："现在自行车皮带缺少钢丝的，幸而我从前置了二十条，那时候是无心买，有人问我要不要，我不想要，别人倒直劝我，留下就留下吧。后来我听说我买得不算便宜，那时候钢丝带比压边带便宜，压边带很盛行，我后来买得了。谁知现在钢丝带倒比压边带贵起来，不仅是贵，简直货缺得厉害，各处都买不着。先我还想卖了它，拿钱买别的，现在不想卖了。将来还得贵，现在钢丝带不出货了。你看，就是因为钢条钢丝的缘故，以前谁想得到呢？你说买货也得看运气。"

刘经理道："胡兄这话非常对，可是我有一个办法，无论什么货，只要卖当的，你就买，不管它值钱不值钱。搁在手里，过些日子就能赚钱。现在就是存货不存钱，存钱顶上当了。比方今天存一百元钱，过一个礼拜，这一百块钱就许值八十元了，你想，有一百块钱一个礼拜出二十块钱的利钱的吗？所以说，有钱就买东西，不管有用没用，东西就是财产，它总是跟着洋面走。”

这是刘经理的哲学，不是哲学，是经济说。社会上像刘经理这样思想的，不知有多少人，试想物价被他们闹得怎么能不紊乱呢？

他们谈了许久，刘经理便谈到索南枝的身上，这时有带醉意的，而且感到刘经理这宴席实在不轻，对于刘经理不能不有所表示，于是拍桌子大骂楚江秋，并表示若是有手枪，非得把他们两个人毙了不可。

刘经理听了这话，固然欢喜，但他又怕真的出事，自己也受连累，他是大事化小，小事化无，无事又生非的。他道：“何必那样，一点小惩罚就得了。惩罚不惩罚，咱们目的只在于叫他们吵闹，达到这个目的，那就成功了，不必动枪，若想用武力的话，高兴打他一顿也就成了，最好别构成刑事。捣练兄不是说有两三句话，就能把他们给离散吗？那我认为这个法子最好了，请捣练兄发表出来大家一听。”大家也鼓掌赞成，为了胡捣练这几句话，闷了有许多天了。

而胡捣练仍然是不发表，他说：“不能预先发表，否则就没有效力了。”

大家起始怀疑他，是不是有这两句话还未可知，也许是他就这么一说，见以前做什么事，都是不过这么一说，说完了也未见他实行，那么他有这句话没有还是疑问。

刘经理又激将道：“别是捣练兄根本没有这两句话吧？”

胡捣练道：“反正我不说，你说我没有，我也不辩，反正咱们做着瞧，做出来才是真的，光说不成。”凡是光说不做的，总还爱说事实胜于雄辩，凡是说事实胜于雄辩的就是雄辩。胡捣练连雄辩都没有。

刘经理觉得有点失望，这客要白请了。不成，还得打气，已经填补好了，为什么不打气呢？他于是说：“我有个办法，不知能行不能？这事还得搗练兄去做，因为这里搗练兄最漂亮，这非得漂亮的人办不成，我不行了，我得倒退十几年。”

他拿漂亮来打动胡搗练，果然胡搗练动容了。胡搗练最喜欢人家说他漂亮，他自己也以为他很漂亮的，其实他长得最难看。最难看的人，你若说他漂亮，他也喜欢，他以为一定有可取之处。

刘经理一夸胡搗练漂亮，胡搗练立刻笑了，站起来，跑到玻璃窗往外看，其实不是往外看，而是照着玻璃窗的影子，照了照，仍旧坐下道：“我还就去进攻就是了，我若是向索南枝进攻，没有楚江秋的份儿。”

刘经理道：“现在也还不迟。”他老想看人家的喜剧或悲剧。

胡搗练沉思了一会儿，把嘴唇一抿，自己觉得一定露出两个酒窝儿来，然后一拍桌子道：“干！”

刘经理道：“还是得干，即或夺过来再放弃了她都没关系，这口气不能不出，别辜负了美男子的名儿，要不然太泄气了。干，你就硬找索南枝一趟去，准成！来，干杯，祝你成功！”说着便斟满了一杯酒，递给胡搗练。

胡搗练接过来，说道：“干杯！”他喝下去了，喝得红头涨脸的。

刘经理道：“胡兄一喝酒，越发显得红中透白，越发漂亮。”

胡搗练笑道：“别瞎说了。”

刘经理道：“我还是说我的办法，我以为要破坏楚江秋同索南枝的和美，最好别从正面进击，还是侧面入手，先给他们造误会。”

大家道：“误会怎样造呢？”

刘经理道：“就是使楚江秋和索南枝互相怀疑，互相猜忌。比方说，曹操不是使关公和刘备的夫人住在一屋里吗？别人说是曹操乱他君臣之礼，其实并不是，曹操也知道关羽同刘备的夫人没住在一起。他所以要这样做，不过是给关羽同刘备造误会，叫刘备误会了关羽而发生意见。不过刘备倒是相信关羽，张飞就不行了，他的脑筋差点事，所以误会到底发生。咱们若是破坏楚江秋和索南枝，就用这个方法准行，叫胡兄前去找索南枝，故意把态度做得暧昧些，叫楚江秋疑心。同时对索南枝说，曾经看见楚江秋同一个女人在街上走，以外再写一封信，寄给索南枝，而故意叫楚江秋看到。这里写得肉麻一点才好，这里的词句，回头咱们研究一下，不过这是第二步。第一步还是胡兄到索南枝家里去一趟，看看什么情形，然后咱们再定规这信是怎么写法。”大家赞成。

刘经理又说：“我所以推胡兄前去的原因，是因为胡兄第一漂亮，第二口才好，能够说得动人，同时表情也深刻，胡兄要是演话剧，一定成功，哈哈。”大家一阵鼓掌。

胡捣练平常自以为精明，现在被刘经理耍了。刘经理见这顿饭没有白费，心里这才踏实，他又劝胡捣练晚上就去，别等明天，吃完饭就去最合适。他老说天热撒气撒得快。

大家道：“今天去不如明天，今天晚一点儿了，况且他又喝了这么多酒，没说成，反而叫人嫌厌，那就完全失败了。”

刘经理一听，只得明天，明天更好，趁着楚江秋不在家，到索南枝家里去，等楚江秋回来，立刻匆匆走去，故意装着鬼鬼祟祟的神气，越发叫楚江秋疑心。刘经理一发表这意见，大家认为最对最有理了。大家都觉得这样做最妥当，一定能够破坏了楚江秋和索南枝的和美。事情商议好了，饭也吃完了，刘经理说明天听信，就看胡捣练兄的手腕如何了。

这时有人说：“明天在哪儿见，什么时候见面?”他还想吃一顿。

果然刘经理说：“明天还是这时候这个地方，仍是我请。”

大家道：“那不好意思的。”

刘经理道：“但愿咱们成功，这算什么。一两顿饭我刘某还请得起。明天还是这里，我可不再下帖了，大家都记住，这时候就请到这里来吧。”

大家见又要吃他一顿，心里欢喜。可是口里却说：“明天这样吧，聚餐免去，好不好?”

刘经理道：“不，如果这样办，那就太瞧不起我了。”

刘经理精明能干，平时最能算计用钱，可是一遇到女人的事，他就毫无预算了。他对于索南枝没短花钱，虽然曾和她谈开委托商店，而图她的财物，但还没成功，就被楚江秋得了去，心里总是不甘。

酒足饭饱，大家拿着牙签剔着牙，预料着明天的成绩一定不错，大家预祝成功，又说到楚江秋如何失恋，如何自杀，越说越痛快。刘经理又叫伙计给买个西瓜来，请大家吃西瓜。冲这西瓜，楚江秋不自杀也得大病一场，大家你一句我一句，仿佛如同亲见一般。

吃完了西瓜，这肚子似乎再不能容什么了，这才打着嗝儿走了出来。他们静待着明天的好音。而这里却急坏了一个人，他要把偷听来的惊人消息，报告索南枝去，叫楚江秋他们预防。

要知刘经理的计划成功没有，偷听的这个人是谁，下章再叙。

第六章　薄 幸 引

这一章的起始，我们得先提吴小四。

吴小四自他母亲吴老太太一个人投到亲戚家之后，他十分生气与难过，后来索南枝把他叫去说了一套话，他才幡然悔悟。他走了出来，一个人不知上哪里去，母亲是找不着了，他也想到是住在亲戚家里，而自己不能去找，见了母亲，不仍然是这样吗？那还有何脸见母亲呢？这时若仍然寄靠母亲，也叫亲戚笑话自己。为了脸面，一定也得先去奔饭吃去，不发财不见亲友，倒叫他们看看自己有没有这样的勇气。他不能这样见别人，况且母亲这时住亲戚家，已经够着急的，自己找了去，一点好处得不着，反叫母亲更着急。

他想卖点力气也能挣钱，一个年轻小伙子，再弄不出饭吃来，岂不枉废一生吗？人不能老享福，该吃苦的时候，也得吃苦。若是一辈子不吃苦，活着也没劲。吃了苦才能知道甜的好处。可是现在想吃苦也很困难，拉洋车都得打铺保。吴小四晚饭还没有吃，幸而今天刚卖了一个铁锅，手里还有几块钱，先在饭摊上吃饭，吃完饭到小店去住，明天一清早就找工作。

在饭摊上一吃，竟吃了十块多钱，他想，一顿十几块，两顿二十几块，十天二百块，一个月光吃就得六百块钱，如果卖力气，一个月不挣五六百块钱，不够一个人的粮食。那些带家眷的呢？那些一个月才挣二百块钱的小职员呢？他这时才理会到日子之难处，不怨母亲这样着急。

饭摊掌柜的说："您就说一天吃一两顿窝头，不必说面，光说用碱，一锅窝头就得用两块钱的碱。一天四块钱，一个月就一百二十块钱，您就知道小家门户儿这日子怎么过了。"

吴小四一听，真要给自己一个嘴巴，活了这么大，竟会连这件事都不理会。谁不嚷这日子艰难可怕呀，自己怎么就这么糊涂，要不是自己到了绝路，还不知道生活是这样难哪。

自己就剩了十几块钱，吃了一顿饭，就剩下几块钱了，在小店住了一夜，第二天早晨起来就饿，越穷越吃得多，越吃得多还越消化得快。他走在街上，看着卖豆浆的，口角涎滴，肚子直叫唤，一摸兜儿，还有两三块钱。虽然他明知花了就没有了，但禁不住当前的饥饿。

他喝了一碗豆浆，吃了一套烧饼，钱没有了。他忽然想到李掌柜还欠十块钱的会钱，虽知未必要得过来，但是要着试试，能要过来更好，要不过来，白喝他一壶茶。

他慢慢走着，走到李记茶馆已快晌午。

李掌柜道："嗬，吴爷，今天来得早班儿。"

吴小四道："可、可不是。"

李掌柜道："我算吴爷今天一定吃芝麻酱面，又凉爽，又省事，又快。"

吴小四道："可、可不是。"

李掌柜的道："就沏吗？还是等一会儿？"

吴小四道："沏吧。"

李掌柜的道："来一块钱一包的两块钱一包的？"

吴小四迟疑了一会儿，说道："一、一块钱的吧，两、两块钱、钱的也成。两、两块钱的吧，干、干脆、脆。"他想到了，反正得算掌柜的钱，没吃饭光喝好茶，喝了好茶，肚子更饿起来。直叫唤。

这时，票友们陆续来到，个个都面有菜色，全仗着白粉遮饰着。现在这年头儿，菜色也颇不容易了，大多比土豆还难看。脸上别看有笑容，而心里的难受，不在吴小四之下。

大家还叫吴小四消遣，吴小四哪里消遣得下去，他作了几个揖，表示敬谢不敏。

李掌柜道："看这样子，大概吴爷心里不大高兴，和谁吵嘴了吧？"

吴小四道："刘、刘备的夫、夫人糜、糜氏、氏。"

唱青衣的梅效月说道："莫非有什么心事吗？"

吴小四道："本宫没有什么心事，即或有什么心事，也难以猜透哇。"

大家笑着，把吴小四的心事揭过去了。吴小四老想同李掌柜要会钱，只是不好意思张嘴。李掌柜也看出他的神色来，就是不给他机会说。

这时天热如蒸，挥汗成雨，大家没有不嚷的，而大家仍然挤在屋里喝。吴小四不能坐下去了，他要晕了，热还在其次，饿是不能忍的，他知道即或坐到晚上，仍然是这样。可是茶钱不能给，他这是头一回赊账，真怪不好意思的。他又怕李掌柜瞧不起，他假装大大方方地说道："掌、掌柜的，这、这茶钱，明、明天一、一块儿说吧。"

李掌柜一见，早就料到他窘起来，可是并未想到他今天竟欠账，他怕这样长久下去，殊不得了，而拦住吴小四不叫走，亦属说不下去。他道："吴爷请吧，这茶钱算我的了，没关系，一回两回的我还垫得起。"他声明能垫一回两回，长了就不成了。

吴小四走了出来，心想：以后是不能再来了，我现在还没吃饭，怎么办呢？把大褂儿脱下来吧，到宣武门外小市儿一卖，居然卖了七十多块钱。有了这七十多块钱，精神又振作起来，在饭摊上吃了一顿饱饭，两顿合并为一顿，吃饱了。看着西瓜摊的西瓜挺眼馋的，又吃了两块西瓜。到了晚上，又去住小店。他想第二天非得找事做不可，这钱也不禁花了。

但到了次日，他仍旧想到李记茶馆去不可，昨天不给钱一走，叫别人看着不好看，今天得把这个面子圆上。

早晨吃了一顿饭，下午又到茶馆儿去了。

李掌柜一见吴小四又来了，心里不高兴也不那么爱理他。

吴小四道："掌、掌柜的，拿包两、两块钱的。"

掌柜的向伙计说道："看有两块钱一包的没有了？若没有现买去吧。"他是要吴小四的现钱。

吴小四真不含糊，说道："这、这里有钱。"说着，拿出张十块钱的票子来，给了伙计一张道："连昨、昨天的。"

李掌柜一看，连忙过来道："你到我屋里去看看，把顶好的给吴爷拿一包来，真笨蛋，快去。"伙计答应着去了。

李掌柜对吴小四道："吴爷真可以，昨天的不必算了，我说算我的了。"

吴小四道："那、那不成，做买卖不能这、这样，日子长、长了。"他坚持把昨天的茶钱给了。

李掌柜道："吴爷今天消遣什么？昨天走那么早，后来有几位直问，问吴老爷怎么没露，大家都要听听呢。"

吴小四暂时又忘了生活的艰难，笑道："今、今天唱两、两段儿，昨、昨天的嗓子不大、大好。"一会儿，锣鼓锵然，大家又唱起来。

唱完了天也黑了，大家一散，吴小四才觉得面子圆过来，非常高兴，可是想到以后，前途又那样渺茫，他又恐惧起来。

回到小店，这时他听到有人去做工，他便和人家打听，才知道是到西郊去做工。吴小四也愿意去做工，跟人家一提，人家说，去了就有活儿做。吴小四一听，十分高兴，第二天便跟着人一起做工去了。

西郊正在建设的时候，吴小四到那里便有了工作，修路抬土，工作非常的机械，当然没有唱戏有兴趣。而且这工作还得用力气。吴小四虽然年轻力壮，但究属没有吃过这种苦，于是他感觉受不了。在炽烈的阳光下，晒得人都冒油儿，一个个漆黑的皮肤，他们一筐一筐地抬着土，一镐一镐地掘着路，一尺一尺地前进着，铲除前面的荆棘，垫平一条坦途。

吴小四抬着土，肩膀上压得真疼，一筐两筐不理会，十几筐之后，肩上竟会磨了泡，脚底下也起了泡。头晒得发晕，脊梁晒得发热，眼睛困得老睁不开，口里热得老想喝凉水。到晚上睡觉，睡到席做的窝棚里，上头晒得热气闷蒸，地下湿潮腥臭。白天苍蝇打成了蛋，晚上蚊子扑脸地飞，跳蚤也满腿地咬，咬得大腿成了老玉米似的。

第二天曚昽的阳光，大家便起来，那席窝棚一个挨着一个，成了几条不整齐的街，也有带着家眷的，支上柴锅，熬着高粱米粥，有的炸着油条来卖，这工作都是妇人和小孩子干。

茅房也是席棚的，就在窝棚的旁边，这是妇女专用的，男人都是到四围野地去大小便，小孩子就在窝棚外边，下过雨之后，冲得屎尿遍地。太阳出来一照，整个儿就在腥臭的空气里。

吴小四起来，打个哈欠走着，时常踏着一堆屎或是一块西瓜皮，立刻像爆弹似的苍蝇飞舞起来，落在那油条上面。有的老人和小孩还没有起来，赤着身体，被苍蝇吮着，口角眼边，都挤满了苍蝇，可见什么地方都是生活争逐之场。人们寄生于别人的眼边口角者，同苍蝇有什么两样呢？

吴小四看着，真肮脏，自己何曾受过这样的罪？他惊叹着中国人的忍辱吃苦的力量，真是比任何民族都强大。工人们陆续都进到工厂，吴小四照旧做他们工作。早晨的精神略为振作，他以为今天一定能够胜任他的工作了。谁知只抬了一回土，臂肩上就疼得要命。他问别的工人，别人说："都是这样，乍一干的时候，都要这样，非得把皮肤磨成了硬的，成了岗子，才不知道疼呢。"

吴小四道："得多、多少天才、才有岗、岗子？"

别人说："有几天就成了。"

吴小四一边咬着牙忍着痛，一边工作，抬起土来，大半的力量是用手支持着，不敢放在肩上。可是工夫大了，手也支持不了，他想到卖力气挣饭是这样不容易。

到了晌午太阳一晒，又疼又热，两只眼睛发辣，老想闭一会儿才合适。可是一闭眼睛，脚要踏在石头上，更是难受。抬着土直打晃。

工头连骂带喝地走过来，吓得他抬着土就跑，这时的疼似乎忘了似的。工头骂道："他妈的天生的懒货，不打不动弹。"

吴小四走得老远，工头还在骂，他心里不知怎样难过呢。天下除了母亲，谁能把自己当作人看呢？眼看工头的打骂，同伙的讥讽欺骗，世界上简直没有同情，不仅别人不同情自己，就是站在同线上的朋友，也不会同情。

吴小四受到各方面的冷嘲，十分难过，但也没有办法，他只有想念他的慈母，世界上只有他的母亲是同情于他的，他可以把自己的委屈倾述给他的母亲，而得到母亲的极大安慰。这时如果把自己的难过倾述于别人，不但得不到安慰，反而更加受到嘲笑。他含着眼泪，用自己的血与汗来工作着，他已经尽到自己所能尽的力量，他仔细看别人，也是萎靡不振地慢慢做活儿。

两顿饭是吃着窝头，喝着凉水，量虽不小，但质方面却不容易恢复自己这一天所消耗的热力。一天天就这样亏下来，身体便越来越坏。于是吴小四渐渐变成一个锈了的机器，一点一点地活动着，他的理性、他的热情、他的智慧，甚至他的灵魂，都渐渐消失了。工作完毕时，就像一摊泥一般，拖着两条笨重的腿，慢慢地走到窝棚里，倒下便睡着了。他没有洗濯的工具，没有娱乐的空间，没有思索的余力，倒下便睡着，而夜间的蚊蚤，又不断地来袭，接续着白天消耗自己的血。他也不知道自己已经成了什么样子。

这天早晨，他觉得腰间仍在咬得疼，他脱了裤子一看，才看见裤子里已经生了很多的虱子，他只有这一条裤子，不能够洗，跑到河里整个泡一下，却都很难。他一一把虱子捉住弄死了，仍旧去做活。他想到这不是办法了，无论如何，也得想主意，眼看着一天比一天冷起来，而自己的衣服还没有，他想不能受这个罪了，还是回到母亲的身旁去吧。只有母亲的身旁是温暖的。

这天做完工，他到窝棚里简直睡不着了。半夜起来，走出棚外，大地寂寞，只听到一些眠息的声音从各窝棚里传出来。风吹得很凉，四周没有一些光，只有许多星在天上闪着，他轻轻地迈着他那沉重的脚步，一步一步地走出窝棚的街。回首看着，很像沙漠时行军。

他本来没有动弹的能力，不过一种求生的新精神鼓舞着他，他竟走出很远。天上有几块云浮动，看山的那边，打着露水闪，回头已望见窝棚，可是他知道还没走出多远呢，他仍旧走，落荒而走。村里的狗吠着，使得他不能不多绕着弯儿。

东方渐渐现出白色，他一步一步向着光明走着。不一会儿，太阳出来，阳光耀着他的眼睛，他爬上来，倒在地上睡了，一直到下午，饥饿把他叫醒，他爬起来，向村庄的人家要了一点剩饭吃。他知道村民的穷困，是没有富余给人的。他们连自己也不够吃，焉能有余力给别人？不过他饿得实在难受，只得抱着一线希望去要。结果他得了高粱面饼子，这真是一种美味。他才感到农村的人，实在比都市的人强。

他吃了饼子，喝了点凉水，照旧走路。他恨不能一步就飞进北京城里，他看着那列车，一条飞龙似的，载着许多人奔驰，一会儿不见了。等到他看着那火车该已到达西直门的时候，他才走了半里路。等到他看见这火车头又带着一列车，载着许多人回来，天又黑下来了。他仍旧走着，累了休憩了再走。

第二天下午，他看见北京城的城墙，他看见车站上的火车冒着烟，他看见城里人到郊外来了，好像哥伦布在大洋里看见了飞鸟，他想着马上就见着他的母亲了，他落了泪，他后悔那时不该不听母亲的话，即或是卖冰棍，也比受这个罪强。

他来到城里，不愿进城，因为他怕警察把自己当作乞丐拉了去。仍然见不着母亲，他只有装着卖苦力，给人家搬运行李，混到城里来。他一直往他的亲戚家里来，他欢喜得忘了他是什么样子了。

他看他的母亲吴老太太，在亲戚家的山坡上，开了一个洞，在洞口做着买卖，洞口贴着：李记小铺。旁边还有一个纸条，上写南路烧饼、出卖孝衣等等，里面摆着花生米、沙果、海米、瓜子纸烟……非常齐全。

他从洞口往里望，他的母亲正在做卖活，他叫道："妈!"

吴老太太抬头一看，洞外站着一个人，简直和鬼一个样，她都不认识了。

吴小四道："妈，我、我回、回来了。"

吴老太太一听是儿子的声音，连忙把活儿放下，望着洞口仔细一看，可不是吴小四，她又惊又喜，说道："哟，孩子，你怎么混得这样了？快进来吧，从那边儿进来，别在那洞口堵着。"

吴小四道："叫、叫人、人家看、看着，多、多……"

吴老太太道："你这时又嫌寒碜了，早做什么来着？进来吧。"

吴小四走了进来，他的亲戚等见了他，都带出不满的神气。他惭愧得给人家请安，大家说了他一顿，怎么不要强，不好好干，混得这样回来，你有脸来找妈？他只有低头听着，大家也不往屋里让，怕招虱子。吴老太太当然心痛儿子，只得叫进自己屋里。

这一间屋，又是卧室，又是商店，又是厨房。老太太租了这间屋子，拿着索南枝给的几百块钱，买了些东西，开个小买卖，每天还给人家做点卖活儿，合起一天也能赚二十几块钱，还够买棒子面吃的。

她一问吴小四怎么混得这个样子，吴小四遂把做工的情形一说，吴老太太道：“孩子，这个你怎么干得了呢？你早就应当找我来。”她这是实在心痛儿子，觉得儿子没有受过这样的苦，她说到这里，老泪纵横。吴小四看着也说不出什么来了，说难过也哭不出来，说快乐又浮着一种惭愧。

最后，吴老太太想起来，光哭也不是事，拿出十几块钱来，又拿出一身衣服，叫他到澡堂子去洗澡，把衣服换换。

吴小四出去，连大澡堂子都不敢进去，找个小澡堂子，洗了澡，剃了头，他照镜子一看，才看出自己简直不是原来的样儿了。皮肤又黑又干，一点油性都没有。洗了澡剃了头，在澡堂子里睡个觉，一挨枕头，就觉自己仍在窝棚里似的，做梦都是抬着土，肩膀儿发沉，两条腿疲软，工头大声一喝，才把自己喝醒。醒来一看，才知道澡堂伙计在喊“塾底儿”。起来后，觉得浑身松动了，而筋骨还有点乏似的，穿了衣服，给了钱，走回家来。

吴老太太已经做好了饭，吃窝头，特意给他烙了饼，吴小四吃着这种饭，他以为世间的美味，也没有这饭好吃，他吃了很多。吴老太太见儿子吃得这样多，又喜欢又难过，喜欢的是儿子能这样吃，可以把身体强起来，难过的是儿子这些日子一定没有吃过这样的饭食。

吴老太太不叫他走了，让他好好在城里找个事做吧。她说到她做这买卖，多亏了人家索小姐，给了自己好几百块钱，人家可真没短帮助自己，人家才是活菩萨，才是我们的大恩人呢。我老说到人家那里谢谢人家去，老是分不开身，这种恩人，我们可不能忘了人家呀。这一席话说得吴小四十分感激，在以前他并不理会，现在看了亲戚间的冷酷，觉得索南枝这种慈悲，实在太大了。不然的话，自己的母亲不也得饿死了吗，有谁来管呢？

母子谈了一些话，吴老太太便叫他休息，给他盖上被子，吴小四倒下，更觉舒服了。他都不知道老太太是什么时候睡的。

到了夜里，他又做起梦来，仍梦见抬土的事。一直过了三天，只要一闭眼睛，便是做工的情形，老是工头骂着自己，好几天，才渐渐恢复常态。不过有时想起来，如同隔世一样。

有时，他除了得着母亲一点东西之外，老想干点儿什么。他不好意思闲着，他的亲戚也以为这么大小伙子，也不能闲着，不然把老太太吃躺下，又是麻烦。所以给吴小四找了一个事，在饭馆子里当伙计，除却一天两顿饭，每月还给点儿零花钱。

本来吴小四没有学过徒，人家不能叫他干，不过看着面子，不好意思推，只得先叫他做着。好在“三天没劣把”，只要把菜名背熟点儿就成。至于价钱，现在都由柜上算，不用伙计站在桌子旁随算随报数，能够把饭座儿应酬得高兴了就算尽到了责任。

做商店的伙计，也真得有点本事，那种忍耐随和，真得训练有素，没点涵养的，真办不到。可是现在又另一说。而吴小四总算赶上好机会，现在商店的伙计，比主顾还横，那种不客气的劲儿，真仿佛人家向他求舍。而主顾们也贱骨头，伙计那样横，买东西还觉抱歉。年头赶得调了个儿，还没地方说理去。所以吴小四虽然有点愣，而主顾们也觉不出来。有时都觉得他很老实的。说实在的，别的伙计都比吴小四横得多，看着穿着阔绰，或是要的菜很丰富的主顾，总是他爱招待，给小费连谢都不谢。若是给小费给少了，就能骂出口来，脸上的神气，比工头还难看。

吴小四看着都奇怪，城里和乡间差得就这么远。他就不好意思对客人那样不客气，他老以为人家是花钱的，他不知道现在花钱的不如赚钱的高了。所以他做了几天的事，倒还没出什么错儿。

这天他正在忙着，忽然掌柜的派他跟着张伙计伺候五号的客人。五号的订座是刘经理，他一见这刘经理认识，是常到索南枝家里去的，他以为索南枝今天一定也来，他要当面给她道谢。谁知索南枝并没有来，接二连三的差不多他全见过，都是索南枝的座上客，他还奇怪索南枝为什么不来。后来他听刘经理谈到索南枝，他便留心听着，越听越不对茬儿，后来才晓得索南枝已经结了婚，这些人打算对索南枝不利，对索南枝加以引诱。

他想索南枝是母亲的恩人，不能不报。楚江秋虽然没什么关系，但是索南枝认识了楚江秋，才努力行善，若是跟刘经理交朋友，那她也不会对别人周济的了。刘经理这些狐朋狗友真是可恶，自己没有势力，对他们毫无办法，但是索南枝那方面，不能袖手旁观，他得赶快去报告他们，免得楚江秋和索南枝被他们引诱挑拨，发生误会，引起不幸，那实在可惨。他非常着急，把饭座应酬走了之后，他也顾不得吃晚饭，跟掌柜的告了一会儿假，他匆匆到索南枝家里来。

他认识这个门，因为他也住过这里。来到之后，黑乎乎看不见户口牌，不过门他是熟悉的，闭着眼睛都能摸得回来。谁知他叫开门之后，见开门的并不认识，这一说找索家，那人说："索家搬走了。"说着就要关门。他又找街坊，那人说："都搬了。"

他一听，怔了，人去楼空了，转住了别人，问搬到哪里，回答说不知道。他想他母亲一定知道搬到哪里去了，于是跑回家来，把在饭馆听到刘经理等的话一说。

吴老太太道："那你可不能不去报告索小姐去，人家对咱们这样好，咱们正无法可报，借这机会，正好报答人家。"

吴小四遂又说到索南枝搬家的话，吴老太太道："搬家啦，咳，这怎么说的？我应当时常去才对，那么一个月的工夫，她搬走了，报答都无处去报，这可怎么好？你没问她搬到什么地方去了吗？”

吴小四道：“他也说不知、知道。”

吴老太太越发着急，她道：“那你忘了问问街坊。”

吴小四道：“街、街坊也、也全搬、搬走了。”

吴老太太道：“你应当问问隔壁的街坊，同院的街坊当然得给人家腾房，隔壁的街坊，我想不能不知道，只要知道家搬到哪里，就好打听索小姐搬到哪里去了。这事还不能耽误，耽误容易生祸了。”

吴小四道：“那么我再去一趟。”

吴老太太道：“现在都半夜了，人家都睡觉了，明天再说吧，这么老远，由东城跑到西城回来也没电车了，明儿再说吧。”

吴小四遂住在家里，第二天一清早，又跑到从前自己住的地方，跟老街坊旧邻一打听，都说不甚清，只对门一家，知道得多一些，说他们到香山住着去了。

吴小四得了这个消息，还算满意，跑到家来，跟吴老太太一说，吴老太太道：“人家搬到哪儿，也得给人家送个信。再者说，就是不送信，咱们也得打听人家住在哪儿，将来也好给人家道谢呀。”

吴小四一听，决定到香山去一趟，好在那里可住的地方并不多，挨着一问，就可以问出来，并且他们那样打扮，跟本地人一打听，他们都能知道。他打定主意，非到香山去不可。他又到柜上，告了一天假，一点不耽误，到东华门汽车站。吴小四心里有事，不免着急，所以汽车等得无耐心烦的。站上有汽车，而并不用，人家有一定的时刻，似乎非等人挤满了而剩下几个才开。幸而有一列励行的办法，太好了，不然哪一次都有出人命的危险。

吴小四总算挤上去了，挤上去一看，已毫无隙地，有心脏病的当时就能晕过去。可是跟着吴小四后面，又上来几个，吴小四纳闷，不知怎么塞的，可是卖票的还喊：“诸位往里点儿，这儿还有十几位没上去呢。”

吴小四一听，吓得把舌头吐出来，他是头一次坐公共汽车，他老以为汽车比电车强，看这情形，汽车比电车还厉害，也不知怎么这十几位又上来一半。这一上来，立刻觉得连手脚都挤得不能动弹。

大家又喊往里挤，吴小四整着身往里走，因为伸不开腿。等站里的人全上来，这才开车。人的身体是上身宽两腿细，坐车的空间，不以人身为标准，而以腿为标准，乘车人的腿都挤满了，不能动弹，这才算满员呢。可是腿一挤起来，上身就不能不求往外展开，于是腿在这里，而上半身却挤到别处去，虽不平衡，但也倒不下，何况还有两只手呢？支持身体的不是腿，而是手了。

吴小四一伏，胸脯子伏在人家的鼻梁子上，两只手扶在车窗上边，出着汗都没法儿擦。等了半天，车开了，大家还觉高兴，把受罪这个茬儿忘了——不是忘了，是原谅了。

到了西直门，检查居住证，大家下来。有的人不愿意下，倒不是怕检查，而是怕上去没地方，可是无论如何也得下来，非得呵斥才动弹，这些人脑子糊涂如此。

下来之后，这些人站了一大片，这种车绝装不下。检查完了，一声令下“上车”，这回和东华门不同了，这里没有一列励行，中国人不能举一反三就是这样，贴着一列励行的就一列励行，不贴着一列励行的，仍然是乱挤，好像一列励行得分地方。这样乱挤不要紧，是力少身单的都落在后面，不甘落后面的，多半被踏掉，或是衣服被扯破。挤到上面，仍然是没有座位，委委屈屈站在车上。

车走得还不快，一点风都不带，有的说：“这车还没牛车快。”这是气话，大家也都明白，不知道这车总比牛车快一点儿。车还没到颐和园，已经正午了。

吴小四心里着急，因为今天晚上还得返回来，偏巧这车又坏了，停住不能动，车夫喊：“请大家下来。”大家于是又下来。这回下来得都很快，因为借这机会可以伸伸腿，直直腰，活动活动筋骨。

车夫摇了半天，大家在旁边看着，仍是不能走。司机说：“请诸位推一推，车要不走，大家都走不了。”

大家为了赶路，只得推车，有人抱怨说：“花钱买票推车，这都出在中国。”

吴小四也跟着推，推了一会儿，车动了，司机喊：“大家快上。”于是大家拼命乱上，唯恐落后。

上来之后，车又不动了，司机又喊：“诸位还得下来，推一推。”

大家又下来了，说道：“这回索性多推一推吧。”

果然这回推得远些，有的仍旧站在旁边看着，以为推车的都是坏蛋，一些人之没有群性，没有公德，处处都能表现。

又推了很远，果然走动，凡是推车离得近的，都上来坐下，司机怕又不走，所以先开驰几步，那立在旁边看着的，立刻慌得赶众人下来，一边跑一边喘气，一边喊着，跑的这路程，比推车力气还费得多。追了老远，算是追上，又拼命挤着上了车，这才又开了下来。

到颐和园下来四个人，又上来六个人。这车不能走了，说等着北京来车吧，这要半途坏了，上不着村，下不着店，更难受。

吴小四心里着了急，他一个人竟走下来。一直走到香山，到旅馆一问没有，好在旅馆不多，又问住家户儿，问了几家都不知道。他有点渴，见有个老头儿摆摊贩卖西瓜，过去吃两块西瓜又问道：“老、老头儿，我跟你打、打、打听两、两个人，一个男、男的，一、一个女、女的，城、城里人，住、住在哪、哪家儿？”

老头儿道：“一男一女，可太多了。”

吴小四又把楚江秋和索南枝的模样说了一说，老头儿道：“姓什么呀？”

吴小四道：“姓、姓索。”

老头儿道：“姓索，我不知道，你说的这两个人的模样，我倒觉得像，姓可不对，那就不是了。”

吴小四道：“那男、男的姓楚。”

老头子道：“噢，楚大爷，你不早说，单说姓索，差点儿耽误事。我告诉你吧，现在不在这里住了，搬回城里住去了。”

吴小四道：“你、你认、认识他们吗?”

老头儿道：“怎么不认识？那是我的大恩人。”

吴小四道：“那他、他们住在什、什么地方?”

老头儿道：“住在凤凰阁胡同内马蹄胡同，三号。”

吴小四道：“我、我知道，我从、从前也住、住过那里，现、现在他们又、又搬了。”

老头儿道：“哟，又搬了，我可不知道了，我要进城去看望他们去呢。”

吴小四一听，白来了，只得往回返，老头儿又把他叫住，他才想起还没有给西瓜钱。刚要掏钱给，老头儿道：“我可不是要钱，连我也把这个茬儿忘了。我叫回您来为是问您在哪儿住，将来进城找大恩人找不着，可以到您那儿打听。”

吴小四一听，遂把自己的信息告诉了他。这才又赶回来。进到城里，已经天黑，他想还是到饭馆去吧，告了一天假，晚上正是忙的时候。

他回到饭馆，果然陆续上着客人。而刘经理、胡捣练这一群今天又来了，仍是刘经理请客。

先由胡捣练报告到索南枝家的经过，他绘声绘色地说：“我到她家，她说她刚回来，因为自行车坏了链子，在街上修理了半天，不然就早回来了。她见了我，就和平常的日子一样，我想，假如我即时由正面攻击，说楚江秋怎么不好，她一定不喜欢，那我是自讨无趣，所以我先得到她的喜欢，然后再从侧面下手，那就容易多了。

我说：‘听说你婚后很得意的。’她笑道：‘没有什么不美满的吧，吃烟。’她把烟卷儿递给我。我又说：‘楚先生有为青年，郎才女貌，你们多么幸福呀。’她笑道：‘你真会说话，喝茶吧。’她又给我倒茶。我知道她果然喜欢听这种话，我又说：‘像你们这样美满的还真少，尤其你这样相信他，打破你以往的态度。楚先生这前生修来的福气，真叫人羡慕。因为这样，所以你们才对朋友疏远了，老朋友都不理了。’她一听立刻说道：‘没有的话，我们都很想念你们，你们总是不肯来，倒是你们疏远我们了。天气很热，我给你切西瓜吃吧。’”

大家一听，全哈哈笑起来道：“胡兄真是擅长辞令，佩服佩服。”

胡捣练道：“其实这没有什么秘诀，连说相声的都会这一套，不过你得说的是地方，态度得从容才成。”

刘经理道：“到底是胡兄，我昨天就没说错，此行非胡兄不可，说得实在得体，以后怎么样？”

胡捣练得意地说道：“我不能一味地说楚江秋好，那样反促进他们的爱情，所以这时还得趁机说坏话，要不怎么说进谗也是一种不容易的事，净能说不成，还得机警。”

刘经理道：“当然，还是胡兄老练，怎么样后来？”他直想听后来的。

胡捣练道：“我这时就说：‘楚兄为人很好，可是人不能尽美，只有一样缺憾，就是太沉默，不好朋友，我看他的脾气不小，你觉得怎样？’索南枝道：‘他很温柔。’我说：‘那你所见的恐怕不是真的吧，你所见的是表面，实际上他或者很孤僻的。就拿我们来说，他一向总不很热心，其实我们是你的朋友，他应当对于你的朋友尊敬和气才对，如果光对你一个人好，而对你的朋友不好，把你的朋友都得罪了，把你陷于孤立，使你只有他一个人，这种手腕很辣呀。也许楚兄根本没有这个心，他很爱你，不愿意你再交朋友，这是男人的自私，我不免替他遗憾。’”

刘经理拍掌道：“好极了，胡兄说得真得体，先喝一杯！”于是跟他对了一杯，他又问后来索南枝怎么说。

胡捣练道：“索南枝说：‘不会，这是你们误会了他，他对你们不会有这种心理的。’我说道：‘你过于偏向他了，事实可以给我们证明，回头他回来，你看他的颜色，一定可以看出来。’她说：‘你不要有主观的见解，他对朋友是一律相待的。’说到这里，楚江秋回来了。”

大家一听楚江秋这时候回来，更想知道他们的以后情形，但胡捣练这时却不说了，他还要卖个关子，他道：“我先喝点凉的。”

刘经理一听，这是紧要关头的时候，遂忙叫伙计道：“快拿汽水来，要凉的。”他这时极力奉迎着胡捣练。

胡捣练先喝汽水，这时伙计吴小四听到胡捣练的话，心里十分着急，他真怕楚江秋和索南枝因此而发生误会，自己满心想报告他们去，就是不知道他们住在哪儿，还真叫人急死。眼看着他们引诱索南枝，破坏他们的感情，自己却没有法见着他们。跟他们问，也没法儿问。

胡捣练喝了汽水，又慢慢喝酒吃菜，一边吃一边说：“楚江秋进来，一看我坐在屋里，立刻就露出不乐意的神气，我就向索南枝使眼色，那意思是说怎么样，他不愿意理我吧。索南枝明白我的意思，忙道：‘江秋，捣练来看你来了，他是为联络我们的感情。’谁知楚江秋反而倒误会，以为索南枝欺骗他而偏向我了，所以他更不乐意，哼了一声，进到里屋去了。索南枝脸上越发显得僵，她怕得罪了我，遂一边更殷勤地待我，一边叫楚江秋出来跟我说话。楚江秋见此情状，更不高兴。我便趁此机会，破坏他们的感情，我冷笑着向索南枝望着，索南枝又叫他。楚江秋说：‘我有点头晕，我需要睡眠。’我遂低声对索南枝说：‘叫他睡下吧，我们谈我们的，不要吵他了。’

我们这样一低声说话，仿佛嘀咕似的，楚江秋越发疑心了，他又走了出来，我一见他出来，故意离索南枝远些，反正时时处处都给他一种疑窦，我明白他走出来是为监视我们的谈话，其实我们并没有谈什么情话呀。我故意做得那么鬼鬼祟祟的神气，别了索南枝出来。我觉得我这次实在不白去，成绩相当圆满，我想我走了以后，他们非吵不可。”

大家一听，立刻鼓掌，庆祝成功。刘经理乐得又要汽水，他道：“咱们再接再厉，叫他们没有幡悟的时间，就大功告功。明天我想得用信了，再写封假信，准保成功。”

大家道：“对，写封假情书，这情书还得捣练兄大笔一挥。”

胡捣练道：“这我可敬谢不敏。”他故意推诿。

刘经理道：“胡兄当然义不容辞，不要紧，多偏劳，我一定特别请请胡兄。”

胡捣练要的就是这一句，他笑道：“请不请没关系，我是说我的手笔差一点儿，我就是能说，写上不灵。”

刘经理道：“就把你说的写出来就成。”

胡捣练道：“况且我的字也不成，蜘蛛爬似的。”

刘经理道：“你起稿子，我再叫人家誊写一遍。”

胡捣练道：“好吧，我回去先打个稿子，打完稿子再交给你。”

刘经理道：“越快越好，一迟就失效了。”

胡捣练道：“当然，明天交卷，明天送到府上去?”

刘经理道：“明天我到您那儿去取吧。”

胡捣练道：“要不然咱们咖啡馆里见吧。”他还想敲他一顿冰激凌。

刘经理道：“好，明天下午两点钟，见早一点儿我好叫人家抄去。”

他们商议好，大家开怀畅饮，吃饱喝足后各自散去。

胡搗练回到家里，翻开了书，整段地往下录，先抄的是《情书汇选》，恨不能把各篇的优点全都抄上，再往一块儿连接。中间又抄上几段《描写词典》里的句子，现在读书太方便了，什么都有现成的。于是有情有景，情景俱在，顺便把小说里对于人生批评的话也抄下来，作为发挥。

这封情书，洋洋数千字。第二天交给刘经理，刘经理找了一位书记，用毛笔字写在八行纸上，非常工整，足抄了好几十篇，这位书记都抄得不耐烦了。抄完交给刘经理一看，这么多，一个信封装不下，不但一个信封，即或装四五个都得过量而被罚欠资。拿八行书写新体诗的情书，这简直不伦不类。但想着好不容易抄完的，也就只好勉强用。他找了一个大信皮，有一尺多长，真是颇合古色。封在里，不能邮寄，只有找人送去，最好得等楚江秋在家，送去之后，自己再去他家，装着不知道的神气，暗中查看他们的动静。

他计划好了，便找人送信，找谁送呢？这也是问题，没关系的不能说得恳切，这里还得教他一套话。叫自己当差的去，又怕叫太太知道，这事到底还是一件秘密工作。他有些为难。

他为难先不提，这时却急坏了吴小四。吴小四昨天晚上听他们的话，觉得今天这封信再递到楚江秋手里，非得中了他们的计不可。他想到今天到段上去调查索南枝的户口，一定可以查出他们搬到哪里去了，于是又和掌柜的告了一天假。

掌柜的说：“你有什么事，左告一天，右告一天的？”

吴小四越发结巴起来，他不能把实情说出，可是他又说不出一个道理来。

掌柜的道：“你有兼差怎么着？”

吴小四道：“没、没、没有。”

掌柜的道：“那你有什么嗜好？”

吴小四道：“更、更没有了，家、家里有、有点事。”

掌柜的道："早点回来吧，这日子口儿最忙，你还不知道吗？"

吴小四答应着是，穿好大褂，走出饭馆，直奔派出所。到了派出所一问，户籍警说不知道，吴小四说了许多好话，请给查一查，回说没法查，户口注销，只有到局子去问。

吴小四碰了钉子，又白跑了一趟，告了半天假，掌柜的还直不乐意。

他回到家里跟吴老太太一商量，吴老太太也没主意，后来说："明儿你别告假了，咱们这个买卖先关两天，我出去打听打听去，你这结结巴巴的，人家一听就不爱告诉你。"

吴小四道："对、对啦，您、您、您跑两、两天吧。"

吴老太太道："这还得早点儿办，现在还不知道这两口子怎么样呢。这年头儿，还是坏人多，好人少。"

吴小四道："今天跟、跟掌柜的告、告假，掌、掌柜的都、都不乐意了。晚、晚上我得早、早点回去。"

吴老太太道："你走你的吧，也别告假了，我一个人去打听吧。"

吴小四遂出了家门，回到柜上。正走在沟沿地方，遇见了鲍老傕，鲍老傕正摆车摊给人家修理自行车呢。

吴小四走过去道："嗬，老、老没见、见哪。"

鲍老傕抬头一看，是吴小四，遂道："嘿，你在哪儿哪？"

吴小四道："我在一、一个饭、饭馆子里，一、一天赚两顿饭，你、你瘦啦？"

鲍老傕道："你也瘦啦。"

吴小四道："你、你才野兽哪。"

鲍老傕道："你还是那么不吃亏。怎么样了？哪天咱们得杀盘儿。"

吴小四道："还、还杀盘儿哪？没、没这心、心情。"说着，便结结巴巴地把他做工的情形一说。

鲍老倠道："你算开了眼了。"

吴小四道："这个眼开、开不开，都、都不吃、吃紧，你、你的买、买卖怎、怎么样？"

鲍老倠道："这就凑合着，反正每天的嚼裹儿得由这里出来。你还在那儿住着哪吗？"

吴小四道："搬啦，早、早搬啦。"

鲍老倠道："你们那里的小堂客也搬了吧？"

吴小四道："你、你怎么知道？"

鲍老倠道："我常看见她从这儿过，不像住在凤凰阁那儿似的。那天骑着自行车，还在我这儿配了一个螺丝。"

吴小四一听，没想到会在这儿得到索南枝的消息，遂忙问道："她天天什么时、时候由、由这儿过？"

鲍老倠道："没准儿，反正跟这时候差不多，有时比这时早，有时比这时晚。我看她一定住在附近，即或不住在附近，这条路也是必经之路。"

吴小四道："今、今天过、过来没、没有？"

鲍老倠道："过去啦，今天早，今天比哪天都早似的，不知她在哪儿做了事，要不然又像学什么功课。"

吴小四一听，心里有了计划，明天到这里来等，准能等上。他道："明、明天再见，明天我还、还来呢。"

鲍老倠道："明儿见。"

吴小四满意地回到柜上，今天晚上刘经理他们没有去，他不知道那封离间信发了没有，他恨不能到了明天，见了索南枝和楚江秋，把他们的计划完全托出。

次日又跟掌柜的告假，连他自己都不好意思了。可是又不能不告，虽然这时候柜上不忙，但是天天老出来，究属不是规矩。掌柜的问他，到底有什么活动，这么天天出去。吴小四这时无法，只得撒谎道："一、一个朋友该、该我几个钱，我、我得跟、跟他要、要过来，我老找、找不着他，今、今天一、一定我找着了，昨、昨天我、我已打、打听好了。"

掌柜的一听他是要账去，还欢喜点儿，便道："早点回来吧。"吴小四赶紧去了。

先找鲍老催，到鲍老催那一边和他聊天，一边等着索南枝。他一直在鲍老催的那条破板凳上坐了好几个钟头，坐到比昨天还晚的时候，也没见索南枝由这里过。他不由纳闷，便问道："我、我说，那、那个小堂客怎、怎么没、没过来?"

鲍老催道："嗬，我当是你没有事，怨不得在我这儿坐半天，原来你是等那小堂客？怪不得呢。"

吴小四道："我这、这么打、打听。"

鲍老催道："你别蒙我啦，你以为我还那么迟钝哪，你是不是等那个小堂客？你说，你不说你不是人。"他替吴小四起誓。

吴小四道："不，我、我是有点、点事。"

鲍老催道："你又来这套，什么事?"

吴小四道："也没有什么事。"

鲍老催道："是不是，你是惦记那小堂客呢，你以为我不知道。哼，那小堂客可真漂亮，现在一骑车，更透着帅。我跟你说，我不是打你兴头，你呀，趁早别什么啦，咱们这个打扮，不成了，你虽然年轻，可是看你这瘦劲儿，不成。"

吴小四道："什么跟、跟什么呀!"

鲍老催道："不成，那叫白搭，人家叫我修理车，我连头也不敢抬，真漂亮，你可不那么容易了。"

吴小四道："不是那么一回事。"

鲍老催道："是不容易呀，头一样咱们没有经济，你说是不是?我劝你别碰这钉子。"

吴小四道："咳，满、满砸，我、我等她有、有点事。"

鲍老催道："你别瞎说了。"

吴小四也不辩了，说道："我、我问你，她今天、天怎、怎没过来?"

鲍老催道："今天大概是礼拜，礼拜日就不从这里过了。"

吴小四道："今、今天不、不是礼拜日，今、今天礼拜三、三哪。"

鲍老催道："那可就不知道了，反正她每天从这儿过，今天没过来，也许晚点儿，可是每天没有这么晚过，也许她今天有事，要不然就是有病。"

吴小四一听，心里又着了慌，别是楚江秋和索南枝真的发生了什么变故？如果真是发生了什么变故，则自己这几天的急算是白着了。他又想到掌柜的叫自己早回去，就别在这里等了。

忽然他又想，万一今天她过来得晚呢。他多了一个心，遂对鲍老催道："跟、跟你说实、实话，你、你可别对别、别人说去。"于是他把这两天刘经理想破坏人家家庭幸福的话，说了一遍。他又说："我托、托你一点事，如、如果索小、小姐从这、这儿过，你、你拦住问问她的住、住处，没、没关系，你、你就说我、我找她。"

鲍老催道："没错儿，我一定照说，你这是好事，当然我不拦着，我一定帮你忙。我宁肯车摊买卖不做，我也得给你留心等着她。"

吴小四放了心，这才安心回柜上。晚上，刘经理和胡捣练又来饭馆吃饭，这回就是他们两个人，因为没有订座，所以楼上没地方了，他们只得在楼下吃。

吴小四在端菜的时候看见了，他这机会不能放弃，遂跟楼底下的伙计商量，两个人对换，楼底下的伙计不干，吴小四答应请他两盒烟卷儿，这才换过来。可是掌柜的看见了，一见吴小四跑到楼下来伺候客人，生起气来，把他叫去问他：“你这是怎么一回事，从你来，柜上的规矩都叫你破坏了，你在楼上，跑到楼下来干吗？”

吴小四赔笑道：“因、因为楼、楼下来两、两个熟客、客人，楼、楼上没、没地方了，这、这俩财、财神爷，我、我怕他、他们伺候不好，我、我是给、给柜、柜上卖、卖力气。”

掌柜的道：“那你得跟我说一声，以后可不准这样。”

吴小四答应着，伺候刘经理与胡捣练。他就伺候这一个屋子，不叫的时候，站在他们这间的布帘外听着，别的屋里喊，恨不得把碟子敲破，他都没听见。

他就听刘经理说：“昨天把那封信叫别人送去了，我叫他拍拍门环就走，别叫他们看见。今天下午，我装作没事的样子，带了一些果品去看他们，到他家一看，他们都在家，对于我勉强应酬。看那样子两个人是吵了架。索南枝连门都没出，楚江秋也没上班，两个人大概由昨夜里就没消停，索南枝似乎眼泡有些红，一定是哭来了。楚江秋连头发也没梳，我用话探听了一下，他们都没表示，都不愿意谈的神气。我看这样子，知道咱们计划已经成功了一半儿，那信总算发生效力，我就别待着了，时间一长反而露出马脚，叫他们看出来，前功尽弃。所以我急忙走出来，他们也没送。索南枝说了一声不送，楚江秋送到二门就回去了，老妈子把我一直送出大门。到了大门外，我想起来，何不问问老妈子呢，老妈子一定知道得清楚，我便把老妈子叫住给了她十块钱，问她：‘你们老爷和你们太太，今天怎么那样不欢喜？’你猜老妈子说什么？”

吴小四正想听下文，这是要紧的时候，猛然掌柜的过来给了他一个嘴巴。原来各屋里喊伙计不来，大家都骂上了。有的把掌柜的找去好骂一顿，掌柜的怎么不生气？出来见吴小四站着发怔，过去就是一个嘴巴，打得吴小四怔了半天，一看是掌柜的，自己这才醒过来，忙着要去端菜。

掌柜的把他叫去道：“你别管了，再管我看非要出娄子不可了，你是干吗呢？”

吴小四结结巴巴地说不上来，掌柜的道：“你回去吧，我这儿用不了，我花钱请老爷子，我挨客人的骂，我何必呢，趁早儿回去。”

吴小四当时也说不出什么来，掌柜的叫账房算账，当时散伙。吴小四自知理亏，也不言语，接了工钱，走出饭馆。失业还在其次，索南枝这档子听得半截儿，人家这幕悲剧，比自己损失大得多，比自己惨得多。

他想到索南枝小姐的脾气很大，他们非得决裂不可。他回到家里，吴老太太正在做饭，一见他无精打采地回来，便问他是不舒服吗？吴小四遂把掌柜的散他伙的事一说。

吴老太太叹了一口气道：“这就得说是咱们的运气，为了别人的事，散伙就散伙，明儿咱们再打主意，咱们找着恩人比什么都强。”

吴小四又把在饭馆听到刘经理他们的话说了一遍，吴老太太道：“叫他们造孽去吧，反正他们没有好报。”

吴小四又问他母亲打听出来没有，吴老太太道：“没打听出来，就是有个卖水果的，他说搬到什么胡同去了，到那里一打听，没有这么一户。”说着，做完了饭，母子两个人吃了。

第二天，吴小四说：“反正我也没事了，今天跟鲍老催泡一天，看我能等上不能，也许昨天鲍老催已经等上了。”

他找到鲍老催，鲍老催正在做活儿。旁边站着一个杂货铺学徒的，平常打打闹闹，见了他的掌柜的如同老鼠见了猫似的，时常挨掌柜的打骂，现在穿起一身防空服，戴上战斗帽，咗，掌柜的立刻不敢打了，连街坊旧邻的都恭敬他起来。学徒的一个人拜把子——自己不知是老几了，也威风凛凛地不可一世，他时常叫鲍老催修理车，而且是时常无料修理，鲍老催因为他爸爸常叫他联络官面儿，他把学徒的也当官面儿了。

今天学徒又要白配零件，鲍老催可不干了，他道：“辛焦地没有，我的一天地干活儿，米西米西地还不够本，你的六毛钱地给，大大地亚司易了。”

他们正叨麻烦，吴小四走过来，见鲍老催居然一口流利的外国语，觉得干什么都不容易。他过来道：“昨、昨天你、你等着了没、没有？”

鲍老催道：“没有，昨天就没过来。”

吴小四听到刘经理的话，说索南枝没有出门，大概是真的了，他遂把在饭馆听刘经理等说的情形说给鲍老催，鲍老催一听，攥拳头说道：“咱们不会揍他？他妈那小子吃人饭不行人事，引诱人家妇女，破坏人家家庭幸福。”

鲍老催到底年轻，正有火气，这话若是叫他爸爸听见，非得骂他一顿不可。他爸爸的哲学是凡不侵害到自己身上，就莫要管它。鲍老催到底沉不住气。

吴小四对于打刘经理并不表示反对，不过他怕倒给索南枝招了是非，所以仍以为等索南枝为上。可是等了一天，仍然是没等上，他只得回家吃饭，另打主意。

鲍老催做了几个活儿，看看天黑了，他刚要收摊，忽然楚江秋走了过来，他急忙跑过去拦住道：“您是楚先生不是？”

楚江秋道：“是呀。”

鲍老催道：“有人找您呢。”

楚江秋道：“谁找我呀？”

鲍老催道：“吴小四。”

楚江秋道：“吴小四是谁呀？”

鲍老催道：“就是跟那小堂客，不，跟索小姐住一院的那个吴小四。”

楚江秋道：“噢，噢，他找我有什么事？”

鲍老催道："他找您有点儿事，为您的事。"

楚江秋道："为我什么事？"

鲍老催道："那什么，我也说不上来，反正为您好的事。"

楚江秋道："为我什么好事呢？"

鲍老催道："他说要找您去呢。"

楚江秋道："好好，他要去就去吧，最好在晚上。"说着转身走去。

鲍老催认为很满意，虽然没等上索南枝，但是等上楚江秋了，也不白等，这时猛然想起还没有问楚江秋的住处，而楚江秋已走了老远，他急忙在后边追，一边追一边喊，总算是把楚江秋喊住，他跑了过去，问道："真格的您住在哪儿来着？他等您有好几天了。"

楚江秋道："我住在四边静胡同一号。"

鲍老催道："噢，四眼井。"

楚江秋道："不是四眼井，是四边静。"

说着又走下去，一边走一边想，这真是怪事，吴小四找我什么事呀？并且又等了我好几天？大概又是借钱。可是说对我有好处，对我有什么好处呢？回到家里，还想着这件事，他料到这一点与索南枝有关，他或者是报告自己索南枝仍旧和刘经理、胡捣练他们照旧来往。他不言语。

索南枝今天仍未出门，自结婚以后，本来他们的生活很甜蜜，上次刘经理拜访他们以后，楚江秋觉得他是来找索南枝的，因为自己和他并没有来往，更无感情。可是他来找索南枝干吗呢？在这里，即或多么笨的人，也会想到刘经理仍然有着野心，至少他还是贪恋索南枝的美。因为刘经理来的目的不正，所以他不希望索南枝和他交往下去。他并不是嫉妒，而是自尊心的驱使，他希望别人尊敬索南枝，而不带轻薄地爱索南枝，不过他怕伤了索南枝的心，所以他并没把这意思说出来。

后来他见胡捣练也去了，心里越发不高兴，他并不是疑心索南枝对他有什么不忠，他觉得胡捣练这种人，根本不值一理，跟他们交往，简直是自己的耻辱。假如不理他们，叫他们知道警悟，倒是对双方都有利的事，假若一接近他们，倒叫他们轻视自己，那真是太不合算的事。固然，只要自己心里纯洁，不必管别人心里对我怎么样。但是这心里究属缺憾。

楚江秋以为自己心地纯洁，而要人家对自己的心也纯洁，如若招来的是一个卑鄙的心，于自己仍然是侮辱。他存着这个意思，他不好对索南枝说出来，而希望索南枝自己拒绝与胡捣练等的来往。一样的时间与精神，何不利用它来交往高明一点的朋友呢？一来自己也可得许多利益，二来还不致叫别人说闲话。倘跟胡捣练一流交往，不管自己心地多么纯洁，也禁不住别人的冷嘲。

索南枝知道楚江秋不喜欢胡捣练，自己也不一定非交这种朋友不可，她只要有楚江秋，任何人都可牺牲。不过胡捣练来了，自己为叫楚江秋知道自己和胡捣练并无深的感情，所以她希望楚江秋知道胡捣练来不是看她而是看他。同时还可以不得罪胡捣练。不过她这一来却弄巧成拙了，反而更引起楚江秋的误会。他明知胡捣练不是来看自己，而她还这样说，不是欺骗自己吗？所以他更不高兴。后来他见胡捣练对于索南枝的态度，不大庄重，他以为这是索南枝的错误，像这样的态度，应该马上给他耳刮子，不应该再向他敷衍。他又不好当面同索南枝说，于是索南枝觉得楚江秋不给她面子，叫她僵住了，所以也不高兴。

胡捣练走了之后，两个人谁也没说什么，都憋着一肚子话。夫妻应当有话就说才好，一拘着面子，反而容易误会。索南枝希望楚江秋对自己说明了，自己便可表明自己的心迹与态度。楚江秋不说，她无机会表示。楚江秋又不好说明了，以为说明了不但要伤她的心，而且也损失自己的尊严。

他们默默地过了一晚，越是这样沉默，互相猜疑的心越重。他们两人之间，无形地放了一层云雾。这事如果过了几天，也就过去，偏偏刘经理的八行情书送去了，送到楚江秋的手中。楚江秋看这种不伦不类的情书，心里好生不高兴，他把信交给索南枝。他们两个人曾经互约过，无论谁的信，他们都可以互相拆看，以表示他们两人之间并无私事，同时也可见他们两个人就是一个人，所以对方的信，也就是自己的信。

楚江秋看了这信之后，递给索南枝。索南枝看了这信，气得直哆嗦，同时她觉得楚江秋的态度太冷酷，在这个时候，他应当慰问自己，这是谁来的信？怎么这样无礼？那么她也可以把写信的人骂一顿，出出气。不料楚江秋只是冷冷的，倒仿佛对自己有什么怀疑，她哼了一声，把信丢在一旁。楚江秋也不言语，在地上来回走。他脑子里在想用什么话来说这件事，而免去双方的不幸。索南枝也不言语，她觉得自己心里是坦白的，没有多说话的必要。楚江秋鉴于她以往的浪漫，虽然知道她现在对自己是忠实的，但是若不防微杜渐，将来难免悲剧。

他终于说话："南枝，你看这封信写得多么无聊，可惜这么多的八行纸，这种人，真是莫名其妙，他到底是什么意思呢？"

索南枝道："我哪里知道他是什么意思？你问他去！"

楚江秋道："我不是问你，我是纳闷他干吗写这信，写这信又有什么用处？南枝，我希望你最好不再理他们……"

索南枝道："根本也不是我找他们去的，你不叫我理，我就不理，他们要来，又有什么办法？"

楚江秋道："他们来也不理他们，他们以后也就不再来了。"

索南枝道："你这话好像我愿意他们来，你这不是还不相信我吗？"

楚江秋道："我不是不相信你，南枝，我觉得他们不相信你。我固然相信你对我忠实，但他们却不相信你能对我忠实，所以他们才写这样的信来。”

索南枝道：“他们不相信有什么关系？只要你相信我不就得了吗？管他们相信不相信呢？他们不相信就不相信，我们难道永远受人家支配我们的幸福吗？”

楚江秋道：“当然我们不能受别人的支配，但别人不相信你对我忠实，至少要损失我们的尊严。”

索南枝道：“我不要这种尊严，难道我要这种尊严就能吃饱饭吗？”

楚江秋道：“不是这样说法，我们固然不能为他们而影响我们的一切，但是我的意思是能够不招他们丝毫非善意的行为，我们的生活便是舒坦的。”

索南枝道：“你这话我很不爱听，难道是我招来的吗？并且他们有这种非善意的行动，我们就不舒坦吗？”

楚江秋道：“你还是没有明白我的意思……”

索南枝道：“你的什么意思？分明是你不相信我，你轻视我，你以为我和他们还有来往，你限制了我的自由，这是你的自私啊！”

这两个人越说越远，各人有各人的意思，谁都要把自己的意见说明白了，叫对方完全了解了，这才高兴，以为这样才可免去误会。其实不知夫妻或情人，在闹着意见的时候，最好先不要发挥自己的意见。因为双方都有一种主见，各人总按自己的主见固执地去说，越说越冲突的。本来一点小事，竟能因为说得不当，把事态扩大。最好的办法，是先把自己的意见收起，不但把自己的意见收起，而且还要不存一点这样的思想，这时光听取对方的意见，虽然对方的意见和自己不见得相和，但先抛开自己的成见而对对方加以反复的思量，对于对方的意见完全了解之后，自己的气先消了一半，然后再慢慢把自己的意思说出，这事就容易解决了。本来吵架，双方目的都是为好，只要目的相同，那解决更容易。就怕互相说着自己的意见，不顾对方的话，即或意思相近，但也能说远了。

楚江秋和索南枝本来互相知道对方的意趣，而两个人都想把自己的意思先说出来，而且想叫对方先给自己一个表白的机会，然后说出之后，对方再加以谅解。所以谁也没给谁表白的机会，反而沉默起来。沉默也有好也有坏，好的沉默能缓冲反省，坏的沉默却是冷酷的威胁。在一套诉苦之后沉默，那是好的；在分辩未开交时沉默，却更引起反感。因为表面虽然沉默，而内心全在想着自己的委屈。

楚江秋和索南枝两个人虽沉默着，而楚江秋却想着索南枝太不谅解自己的心，她太倔强了。索南枝想着楚江秋对自己未免过于冷酷，一点温存也没有。楚江秋越想越生气，索南枝越想越伤心。沉默久了，更不容易谈话，他们竟谁也不理谁，一夜无话。

第二天，楚江秋一清早起来走了，索南枝感觉没有精神，她也不出门了，一个人在家里睡觉，睡也睡不着，起来又没得可干。坐在屋里往外望，秋云遮住了天空，阴沉得往下滴着细雨，树叶随风飘落。站在山石上，秋意最易使人伤感。又加着索南枝满怀心事，孤独地坐在幽室里，越加感到凄凉。她想到自己抛了一切享受，来随从楚江秋，结果他却这样对待自己。自己哪里受过这样的凄凉况味？不都是为了爱他的缘故吗？但他竟一早就走了，把自己抛在家里，他一点安慰都不给自己，他这样狠心！想到这里，不由更委屈起来，她的眼里含着泪珠。老妈子做得了饭，她也不想吃。她真想出家，一个人跑到深山里，即或叫狼吃了也不愿再在这人间活着。这一些人，没有一个可以使自己留恋的，男人都是薄幸，哪有一个对女人真正同情的？像刘经理、胡捣练这一群无聊的人们，活在世上，究竟算是怎么一回事呢？楚江秋倒可爱，但他竟这么无情，假如自己不是爱他，真想当时就自杀了。

到了晚上，楚江秋回来了。她以为他回来，一定想到自己的孤独，来安慰自己，自己也就抱了他，泣诉自己的情怀。谁知楚江秋真倔强，他仍是那么冷冷的，她更难受，一声不语。楚江秋以为自己累了一天，回来时，索南枝一定给自己安慰，谁知她竟不理自己，也十分生气。

偏偏这时刘经理来了，这两个人谁也没有理他。楚江秋只勉强敷衍几句，他并不是因为怕刘经理而敷衍他，他是怕刘经理看出他与索南枝的决裂而快意。他为表示他并没有烦恼而强对刘经理微笑，这是人间最大的痛苦，他不愿意叫刘经理看出他与索南枝反目，而宣传出去，叫大家快意。他愿意叫人家看着他跟索南枝老是和美亲爱，别人无法破坏。可是索南枝那种不高兴的样子，分明给刘经理一个吵架的证明。刘经理达到目的，便告辞而去。

楚江秋等刘经理出去，心里说不出来的一种愤怒，一是刘经理此来不怀好意，把自己几乎看成一个乌龟样的人，而自己还要勉强敷衍他，这真是自己的痛苦。一是索南枝这时候完全不给自己设想，叫人看着笑话，她太不体念自己的意思了。他实在忍不住了，他叫道："南枝，你这是什么意思？"

这话闹得索南枝莫名其妙，她见他生气的样子，她遂冷然道："什么意思？你说什么意思？"

楚江秋道："我问你呢。"

索南枝道："我不知道。"

楚江秋道："这是什么话呀？"

索南枝道："本来我不知道。"

楚江秋道："你干吗这么不高兴的样子？"

索南枝道："我不高兴吗？这有什么法子？"

楚江秋道："你为什么不高兴？"

索南枝道："不为什么，我就这么不高兴。"说得楚江秋一点主意没有。

他急不得恼不得，他再三忍住生气，又道：“天天若是这样生活，谁忍受得了？”

索南枝道：“我也没叫你忍受呀！”

楚江秋大声道：“南枝，你这是什么意思？”

索南枝道：“我没什么意思。”

楚江秋道：“你是不是要离开我？”

索南枝道：“随便你说，你要离开我，自管离开我，不要把这个罪名放在我的身上。”

楚江秋急得没办法，问又问不出主意，打又下不去手，女人真是叫人没办法的。“好！”楚江秋跺脚心说：“咱们就这么耗吧。”

索南枝想到自己饿了一天没有吃饭，回来他又发脾气，不觉悲从中来，她竟跑进屋里，伏在床上哭了。楚江秋也不理她，他想：问你什么也不说，你倒哭了，仿佛我怎么虐待了你。他越想越生气，气到极点，也就是沉默。

到了夜里，他自己躺下睡了，睡了一觉，醒来看时，索南枝还没有睡，还在悲泣，他又可怜她，想叫她睡下，给她盖上被子。但那样做太失去男人的气质，为了自己尊严，只有继续不理她，不理她到底。

到了第二天，他仍自一早就走了，并且午饭也没回来吃，晚上到很晚才回来。走到半路，遇见鲍老傕，告诉他说吴小四找他，要告诉他什么事，他想吴小四和索南枝住同院，一定知道索南枝一切的事情，他或者又得到她什么瞒着自己的事，想要告诉自己。他想到这里，几乎气炸了。进到家门，便觉愁云惨雾所笼罩，若想打开这愁云惨雾，唯有和索南枝离开。

索南枝今天的精神越发颓靡，若不是老妈子再三劝她，她还是不吃饭。老妈子说：“太太，您老不吃饭可不成。您看您今天瘦得两眼都成坑儿了，夜里不睡，白天再不吃东西，谁能受得了呢？不管大爷对您怎样，您的身体也是要紧。”

索南枝道：“唉，死了倒好。”

老妈子道：“您不能这样说，大爷也是一时的脾气，犯过去就好。谁家两口子也拌嘴，都是一拌就过去。您把您的身体磋磨个好歹，大爷还没事似的，您多冤哪？有什么主意您慢慢想着，不能不吃饭，我今天给您做点儿有味的，您吃一点儿。”

索南枝听了老妈子说的话，这才吃了一点饭，可是越想这事越别扭，心里总不舒服，假如楚江秋回来是高兴的样子，自己还能高兴，但楚江秋也是不高兴的神气。

楚江秋本想如果索南枝高兴，自己也可以高兴，若是她仍是愁容满面，更给自己不快之感。两个人互为因果，于是越发不快起来了。

索南枝无聊地拿着报看，看见司大岭殉情的新闻，不禁悲从中来。她想到自己将来恐怕要走着司大岭的路子。但是司大岭是为了情，她还有一个钟情的侯孝武，即或死了，他还能跑到一处。自己是一个孤单单的，没有一个知己。只遇到一个楚江秋，而他又这般的寡情。即或自己死了，也是一个孤魂单鬼。唉，自己的命运是这般坏，或者也是造孽太多了吧。

他们又这样沉默地过了一夜。次日索南枝实在不能再在这个环境里了，她决心离开楚江秋，等他觉悟之后，再谈相聚。她给楚江秋写了一个条儿，她写的是：“江秋，我暂时离开你，你不必找我。如果我知道你还爱我的时候，我自会回到你的身边。不然，这个别离，也许是永久的。我仍爱你，我永远不能忘记你。但我不能忍受你对我这冷酷的颜色，我想你……”

“唉，我不说了。”她掉了泪，拿着笔还要往下写，可是写不下去了。她收拾了东西，只带一点儿钱和一点儿值钱的东西，衣服带了几件，装在一个小皮箱里。装好了，她又想：上哪里去呢？娘家人不知道哪里去了，亲戚更不用说。朋友倒是也有，但人家也全有丈夫，我到人家那里，也不合适。刘经理、胡搗练这般朋友只能共快乐，不能共患难，而且他们简直失去了灵魂，绝不能和他们在一起。可是自己究竟上哪里去呢？这一来，自己反倒没了家了。

她坐在椅子上发怔，忽然想到和楚江秋住在香山的情形，她又要落泪，她急忙拿起皮箱来，看着桌上楚江秋的相片，说道："这样端正清秀的男人，也会有这么狠的心肠！"她把箱子放下，看了看桌上的字条，又毅然地把箱子提起，走了出来。

老妈子一看，便问道："太太，您上哪儿去呀？"

索南枝道："我出去一会儿就回来，老爷回来我已经给他留了个字条，他一看就知道的。"

老妈道："您出去干吗拿着皮箱子呀？"

索南枝道："赵太太跟我借这皮箱子，我给她送去。"

老妈子道："您什么时候回来呀？叫老爷等您一块儿吃饭哪？"

索南枝道："不必等我吃饭，我也许在赵太太家里吃。"说着，她走了出来。

老妈子看这神气不对，又追问道："您是上赵太太那儿去呀？回头我往那儿挂电话。"

索南枝道："我一定去，你好好看家吧。"她连头也不敢回，因为她觉着自己的眼圈儿红了。

老妈子也不知怎好，拦也不是，不拦又怪别扭的，万一太太走了就不回来呢？平常也不会疑心到这儿，皆因这几天两口子吵嘴，情形很恶劣。这两口子也不知为了什么，谁也不言语。老妈子纳着闷，关门进来，看了屋里东西都没动，不像不回来的样子，她还有点放心。这时外边叫门，老妈子忙跑出去看。

要知来者是谁，且看下章。

第七章　意 不 尽

世事差不多都是果甚大而因甚小，而世人又多忽略其因，所以渐渐把事态越弄越大，甚至不可收拾。楚江秋和索南枝，本来仅仅为了一点小问题，而闹得这样决裂，他们这时光感到事态的大，光觉得自己的委屈如何深，越想越厉害，而并不追寻其因。一般争斗吵嚷，多是越吵越深，有的互相争辩而讲理的，也多是另生枝节，皆因不追寻其最初之因的缘故。

索南枝离开了，她也过惯了这流浪的生活。她走了不久，老妈子想着这个茬儿不对，看看屋子里并没有什么变动，遂又放了心。屋上放着索南枝留的字条，她也不认识字，看里面似乎没有赵太太字样。正这时有人叫门，她开门一看，认得是吴小四，那个不争气不顾妈的小伙子，便道："你又干吗来？"她以为他又是来要钱。

吴小四道："我、我有要、要紧的事。"

老妈子道："要紧的事，什么事呢？"

吴小四道："不、不能跟、跟你说。"

老妈子道："不跟我说跟谁说？老爷没回来呢，太太刚出门。"

吴小四一听，这真不凑巧，他道："那那么我晚、晚上再来吧。"

老妈子道："晚上再来也成。"

他走了。他原来找到鲍老催，鲍老催告诉他楚江秋住在四边静胡同，可是门牌他忘了，记得仿佛有个五字，也不是十五呀，也不是二十五，又仿佛是五十二，他说：“反正没关系，现在门口都有牌子，不知门牌也没什么。”

吴小四遂到四边静胡同来了。到这里一找，才知道鲍老催所说的三个门牌的号数全不对，根本没有五字，四边静没有忘，就不容易。吴小四找着一问都没在家，他只得先回家去。

他刚走了不久，楚江秋回来了。楚江秋今天回来得早些，他在外边总觉不安宁，心里很乱。为了家庭问题，闹得精神不专一，他感到女人是这么难办。近了不好，远了不好，而女人又那么好活动，内不和，外就不顺，家庭影响于做事很大，他想今天无论如何，回家有和索南枝表明态度的必要。

回到家里，老妈说：“太太出门了，说到赵老太太那里去了。”

楚江秋以为索南枝又打牌去了，他没有言语，觉得这个家庭，这样处下去实在太没劲了，她净顾了她的享受。

进到居室，一看桌上有张字条，过去一看，才知道索南枝走了，他不觉怔了，当时一种感情冲动，几乎要晕倒，他说不出是酸辣苦咸来，怔了半天。

老妈子道：“太太说赵太太要借个皮箱子，太太给送去了。”

楚江秋道：“皮箱子？”

老妈子道：“那个小黄皮箱子。”

楚江秋便坐在沙发上长长出了一口气，老妈子看着神气不对，也不敢问，她说：“我看太太的神气不大好，我还说请太太回来吃饭，太太说不必等了，这两天太太都没正经吃饭……”

楚江秋摆手道：“出去吧，不要说了。”

老妈子出去了，一会儿打了一盆脸水进来，说道：“您擦脸。”

楚江秋坐在那里光是静想，没有听见老妈子的话，他想索南枝是上哪儿去了，是找她不找？她虽然说不叫自己找她，但真的不找，也不是一个了局。虽然她走了，但许多东西还是她的，这里还有好多她的财产。

他查看了一下，她只把存款的折子拿去了，其余好多衣服首饰等，都还放在柜子里。他想：也许她是暂时离开，不过自己若不找她，这离开也就成了永久的。并且不找她也不像话，难道她是叫我离开她的意思吗？如果是这意思，我倒要离开她了。他也想把自己的东西收拾起来，把索南枝的东西放在这里，然后一登报，叫她收拾她的东西。这个主意也好，不过还是先找她，找不着她，再做这个主意也好。

想好了，叫老妈子打脸水，老妈子说："我这不是给您打来了吗？跟您说，您没听见呀，这水许是凉了。"

楚江秋道："凉了没关系。"他擦了脸说道："晚饭你吃你的，不必管我，我出去一趟。"说完，他又走了。老妈子简直不明白他们两口子犯什么毛病。

他走不大会儿，吴小四又来了，老妈子道："这巧，老爷倒是回来了，又走啦，你晚上再来吧。"吴小四无法，只得又回家去，回头再来。

这时楚江秋到各朋友家，凡是和索南枝相好的，他都走到，都说没有见着。同时，人家又不知他到底怎么一回事，楚江秋又不愿意说。他道："过几天再说，现在没有工夫谈这些。"

他走了几个地方，都没找到索南枝，他想索南枝不会在朋友家的了，同时自己又不愿叫许多人知道他们闹了意见，所以他又跑回家来，随便吃了点东西，心里非常别扭。

这时外边有人叫门，老妈出去一看，是刘经理，忙道："您先等一等，我给您看看去。"

她跑进来，告诉楚江秋，说刘经理来了，楚江秋本来心里不痛快，刘经理一来，越发引起他的不高兴，假如不是他们，夫妻两个人何致反目？他对老妈子道："你就说我们都不在家，看电影去了，以后不管有谁来，都说我不在家。”

老妈子答应出去，告诉刘经理说不在家。刘经理猜到是他们不见，遂问道：“是都没在家吗?”

老妈子道：“不知道。”

刘经理拿十块钱来递给老妈子道：“给你零花的。”

老妈子立刻欢喜，请安说道：“谢谢您，您干吗老花钱?”

刘经理道：“他们两口子怎么样了?”

老妈子道：“太太走啦。”

说着便低声把他们夫妻的情形一说，刘经理满意了，到底十块钱不白花。他遂走去，想法找索南枝，他连胡捣练都不告诉，一个人去找索南枝。这时如果找着她，一给她安慰，她非得投到自己的怀里不可，到底刘经理是好人，是她的知己。他高兴地走去，以前的目的已经达到，再进行的就是以后的目的了。以后的目的就是想法找到索南枝。

他走了不久，吴小四又来了。楚江秋一听又有人叫门，遂对老妈子说道：“无论谁不见。”

老妈子答应着，开门一看见吴小四，说道：“没回来呢。”

吴小四皱眉道：“怎、怎么还没、没回来？都没在、在家吗?”

老妈子道：“都没在家。”

吴小四道：“他、他们什么时候回、回来?”

老妈子道：“那怎么知道？你有什么事吧，要是借钱的话，这几天就先别来呢。老爷这两天不高兴哪。”

吴小四道：“不、不是借、借钱，有要、要紧的事。”

老妈子道：“老爷倒是在家呢，睡觉了，他说谁也不见，你要有事，过几天来吧。”

吴小四一想，自己费了多少劲，事情也散了，地址也打听出来了，结果仍然见不着，则前功岂不白费了吗？他央求道：“劳、劳驾你、你给言语一声，就说我、我是为、为他们两口子的事来、来、来的，他、他就见、见我了。”

老妈子道：“那你等一等。”老妈子进去了。

楚江秋正在烦恼，他觉得索南枝太不对了，给自己这样打击，她不定到哪里去了。也许被刘经理他们诱惑走了，刘经理又故意来试探自己的动静。她这时候说不定和人家快慰地谈着，把我看成了傻子，甚至看成了乌龟。想到这里，立刻愤火中烧，几乎把全身烧化，红头涨脸，怒不可遏，拿起桌上的索南枝相片镜框，用力往地上一摔，啪的一声，立刻摔得粉碎。

老妈子刚进来，吓了一跳，怔在那里，也不敢言语了。

吴小四在外边等着，等了半天，没有消息。走吧，白来一趟；不走吧，老站在这里算干吗的？时已深夜，站在人家门口，叫巡警看见，说不定要疑惑自己是小偷儿。而叫门又不好意思。后来一想，为了他们的事，叫他们的门，他们也不会不愿意的。想着，便又叫起门来。

楚江秋道：“真混账，这又是谁？都快半夜还叫门？”

老妈子道：“大概是那个吴小四。”

楚江秋道：“谁？”

老妈子道：“吴家那小四，我去告诉他，别叫他打门了。”

楚江秋思想起来，他有事要找自己的，便道：“你怎么知道是他？”

老妈子道：“方才叫门就是他，他今天来了好几趟了，他说有要紧事告诉您。”

楚江秋道：“你把他让进来。”

老妈子出来了，吴小四还在打门，老妈子道：“来了来了。”开了门，说道：“请你进去呢。”

吴小四便走进来道：“我的腿都、都麻了。”

老妈子道："站会站麻了？"

吴小四道："蹲、蹲着半、半天呢。"

走进里面，见了楚江秋，结结巴巴地不知说什么好了。

楚江秋倒先问他："你有什么事呢？"

吴小四遂把怎么做工，怎么回来，怎么有朋友给介绍到饭馆做事，楚江秋听了半天也没有听见和自己有什么关系的事，又加着他结结巴巴的，说得又慢，楚江秋有点不耐烦了，说道："你先别说，我问，你说你关于我的事是什么吧？"

吴小四道："这、这就说、说了。"说着，又把在饭馆遇到刘经理他们吃饭，他们怎样计划破坏楚江秋夫妻的感情，怎么写信。他的话还没说完，楚江秋道："你怎么不早告诉我？"

吴小四道："我、我找不着您呀，我上、上凤凰阁、香山，都找到、到了，也没、没见着，幸、幸亏鲍、鲍、鲍……"

楚江秋道："唉，谢谢你。"于是叫老妈子给吴小四倒茶。

老妈子听吴小四的话也怔了，都忘了倒茶，她急忙去倒茶，觉得吴小四可爱了，这时叫自己给吴小四做饭她都愿意，早知刘经理这么狗屎，那就不接他的钱了。

吴小四道："我不喝、喝茶，我回、回去了，家、家里也、也不放心，等、等着听、听回话呢，楚太、太太呢？"

楚江秋道："唉，你晚来了一会儿，她走了。"

吴小四跺脚道："唉，这怎、怎么说、说的？咱还、还得找！我……"

楚江秋道："这事还得拜托你，帮助我给找找，如见着她，就把刘经理他们的情形都告诉她，叫她回来，你先拿着点车钱。"说着，便由兜里掏出几十块钱，全都交给他。

吴小四道："这我、我可不敢、敢要，这、这点事……"

楚江秋道："你拿着吧，太少了，过几天再说，你有工夫就到我这里来一趟，你回去吧，省得老伯母挂念。”吴小四遂接了钱出来，他正没钱呢。

楚江秋送到门口，说道：“以后上哪儿做去，跟我这儿要车钱，我不在家，跟老妈子要，不能叫你垫钱。”

吴小四道：“那、那有什、什么的呢？”他回家了。

楚江秋把索南枝的相片拾起，吻了一下，不由眼泪落下来。他拿着她的相片，跪在床前，向天祈祷，祝福她平安快乐，把一切苦恼都放在自己身上。现在自己不苦恼了，反使她痛苦，实在对不住她，明天要尽一天的工夫去找她，把她找回来，跪在她的面前，求她饶恕。

他一夜也没睡好，第二天便告了一天假，出各处去找索南枝，凡是他们所认识的朋友，全都问了，结果均不见索南枝踪影。楚江秋十分着急，她如果离开北京，可就糟了，自己废寝忘餐地去找她，结果如石沉大海，一点消息没有。最后他想只有登报了，可是一登报，便叫许多人都知道，也觉不好。可是除了这个法子，也没有好法子。次日他又告假，仍到各处去找，连电影院、戏院子都找到了，全都没有。

他这样地找，刘经理也这样地找。他想只要先于楚江秋找到，自己便可以胜利。

他们二人之外，吴小四也在找。吴小四找索南枝，更是瞎扑，一点准谱儿没有，光在街上等着，那怎么等得着呢？他跟鲍老催一说，鲍老催给他出主意，叫他算卦，算卦的说在哪方，就去哪方找，那就省事多了。吴小四觉得很对，于是跑到大街，找到卜算子。

卜算子这些日子买卖很见好转，这年月算卜的非常多，又差不多都是同样的事情。卜算子以这些日子的经验，把这算卦的分成三大类：一种是问事的，一种是问官司的，一种是问人的。那穿得很艰苦的男人，头发挺长，失业多少天的样子——一定是问事的。问事的差不多都附带着问财，专门问财的不算多。那些穿得挺阔的大腹贾，或是烟土客、暴发户，他们正在得意，绝不算卦，凡是算卦的，都是不得意的。凡是得意的都去问流年去了。那些老太太来算的，不是问病就是问人。问人的附带问信。

卜算子算得熟了，话来得真快，天天老是这一套。老太太问儿子，总是儿子在南方，老不来信，先说来信要回来，或是家里给他写信叫他回来，现在没有来信，是不是回来了，或是能不能回来？卜算子都算了，不是算好了，而是想好了。有的老太太说女儿和家里吵架，一赌气走了，问问有没有危险，现在何方。这种事大多皆是恋爱婚姻不遂，负气出走，卜算子看着老太太，如果实在疼爱女儿，那么一定是老头子太顽固的缘故。他算这种卦的时候，老带着笑道："看这卦里，还带着疾病。"他想不是老头子气病了，就是姑娘在外精神不好。假如都没有，老太太也会说："可不是，我这两天着急得老不舒服。"于是盛传卜先生真灵。他算卦总是两面占着，他总先说好，使人家欢喜，然后再拉出一个"小人"来一破，这卦便成了反面。好了呢，是算得真灵；不好呢，是小人作怪。姑娘出走，当然有人引诱，说有小人，老太太便说："可不是吗，先生算得真对。"

那问事的呢，卜算子也是这么说法："您的事目下有贵人，您的事还错不了，三五天之内必有好消息。"人家听了，先自欢喜。然后他说："可是这里有小人给破坏，这破坏也不是故意破坏，是无形中破坏的，虽然是无意中破坏，但总是小人了。这卦里怎还得破点财。"

这人说："可不是？已请一回客，送了一回礼了。"

卜算子道："是不是，还得破点财。"人家的事成功了，便说先生算的卦真灵，如果没有成功，那就是钱花得不到家。

此外还有一种算卦的，是问有官司的事。现在打官司的特别多，不是租房的纠纷，就是买卖房产，出倒铺底这些事。卜算子一律给他们加以破财的话，打官司的没有不破财的。卜算子得了个诀窍，所以一说一个准儿，于是买卖便好起来。现在卦桌上也不铺那个褥单子了，卦盘也是新做的，文王八卦四个字也换了，桌前立着几个牌子，上写：上海新到京神课专家卜算子，古代秘传科学算卦。每天都围了好多人。

吴小四走上前来，今天卜算子又改了牌子，不说上海新到了，干脆说“神仙下界”“指示迷路”。您要是不知道迷路在哪儿，叫他一指示，就入了迷路了。

吴小四见算卦的人很多，不好先算，便站在一旁，听着卜算子给人家批算。卜算子大概也是福至心灵，算什么都非常流利，不像从前说得满不靠谱儿了。

这时正有个老太太，说丢了一样东西，问丢了没有。卜算子算了算道：“没有丢。”

老太太道：“是算卦的我都问了，都说丢了，怎么先生说没丢呢？”

卜算子道：“我是按卦来说，卦说您的东西没丢，我就说没丢。”

老太太道：“可是我找遍了也找不着，拐角儿桌凳儿都找了，都没有。”

卜算子道：“丢是没丢，不过暂时隐藏起来了，卦上说是这东西被什么遮住，隐藏在别的东西里了。”

老太太道：“全都翻到了，都没有。”

卜算子道：“丢了几天了？”

老太太道：“有五六天了。”

卜算子道：“卦上说这东西在别的东西里，丢是没丢，这东西怎会没有了？”

老太太道：“它就没有了嘛。”

卜算子道：“那不能说没有，这个东西不能自己化了，我说这东西在别的东西里，一定在别的东西里。不是没有了，是隐蔽起来了。”他这话八面等着，如果永远找不着了，那么这东西还在隐蔽；如果找着了，那么他说是没有丢的；如果珍宝被人偷去，那他说被隐蔽起来，装在别的东西里。反正怎么说怎么有理，算卦的怎么想都合他的话，要不怎么说灵呢？别人听卦的，也就一个人一个思想，想着东西丢了的，也合先生的话；想着没丢的，先生的话也对。他们都往一面儿上想，所以觉得先生的卦真有门儿。

吴小四听着，一直天快黑了，算卦的人还是那么拥挤，吴小四给他大略一估计，每人三元，十人三十元，就他来这么一会儿，足有四五十人了，看着卜算子往小箱里装钱，也足有百元左右，这样看起来，一个算卦的每月都能挣一千多块钱。北京这地方，真叫有钱，什么人都能养活，只要你有一把刷子。

吴小四等到人快散尽了，卜算子一边给人算着卦一边收拾东西，吴小四这才说道：“卜、卜爷，老、老没见，买、买卖挺、挺好呀。”

卜算子没看出是吴小四，可是他听说话听出来，便作揖道：“吴爷？老没见，怎么？这些日子忙什么呢？”

吴小四道：“瞎、瞎忙，今、今天有、有点事求、求卜爷给、给算一算。”

卜算子道：“咱们家里算去吧，在街上算回头又围上了。”说着收拾起用具，把桌子寄存在一个铺子里，卜算子提着提箱，两个人一边谈着一边往家里走着。

吴小四道：“你还在、在那儿住、住着呢吗？”

卜算子道：“可不是，这年头儿搬家真不容易。”

吴小四道：“你一、一天进、进不少、少钱，可、可以租、租大一、一点儿的。”

卜算子道：“谁说不是哪，这两个月买卖一好，我也想把家具齐整齐整，租两间好一点儿的，我打算做着做着搬到家里来算，那就好多了，又可以多要钱，又可以唬人。”

吴小四道：“那、那怎不在家、家算？”

卜算子道：“咱们不是还没名儿呢吗？非得渐渐把名儿做出去了，自然就有人来。况且我现在没房，家里还是一间狗窝似的，人家一来就腻了。”

吴小四道：“赶、赶快租、租房吧。”

卜算子道：“我倒张罗租房，找了几处，都不停当，路太远，住在东城跑到西城来摆卦摊儿，遇着刮风下雨，太不顺脚。”

吴小四道：“不、不会在东、东城摆、摆吗？”

卜算子道：“摆卦摊也得看风水，这个地方起来的，就不能动窝儿，一动窝儿就没风水了。在这边倒是有两间房，还挺是样儿，一月跟我要二百块钱，先交三份儿，连搬家费，就得一千块钱。”

吴小四咋舌头道：“一、一千？我的老爷！”

卜算子道：“我现在这间狗窝，凑合住着，现在也涨了两次房钱，也合四十块钱，四十块钱，究属比一百便宜六十呢，我们这是三房东，据说他给房东才三十块钱，合着他还赚我十元钱，这年头没法子，大鱼吃小鱼，小鱼吃虾米，虾米就得吃河泥。”

吴小四听到河泥，才注意到路上有个泥坑儿，他道：“泥……”话还未说完，卜算子已经踏到泥坑里。

吴小四笑道：“你、你的眼还那、那么近视……”

卜算子道：“你怎么往坑里带我？”

吴小四道：“我、我不、不是说、说泥坑、坑来吗？我、我没说、说完呢，你……”

卜算子道：“回家刷刷去吧。”

来到家里，吴小四一看，他还是住在那间耳房。卜算子的孩子青哥儿在院子里跟别的小孩玩。

卜算子道："给吴大叔鞠躬呀。"青哥儿给吴小四行礼。

吴小四道："青、青哥儿吗？都这、这么大了，几、几岁啦？"

青哥儿道："六岁啦。"

吴小四道："六岁，好、好孩子。真机、机灵，该念、念书啦。"

卜算子道："现在认着字号儿呢，先打算叫他考学校。敢则这年头儿上学也得送礼，不给老师送礼，学校不要。我一赌气，不叫他念了，先认字号，等到大了，我叫他看《奇门遁甲》《卜筮正宗》什么的，现在看《易经》还看不懂，怎么也得十五岁才能看。回头拿出字号念给大叔听听，现在甲乙丙丁、子丑寅卯，差不多认识好多了。"

说着来到屋里，和卜太太见了。卜太太正在做饭，说道："四兄弟可老没来了，这程子好呀？"

吴小四道："唉，糟透了。"

卜太太一听糟透了，立刻就收了笑容，不言语了。以前上他们家来的朋友还就是吴小四环境好，现在卜算子一天能挣百儿八十的，卜太太眼皮子高多了。一听吴小四说糟，就以为他是借钱来了。现在卜太太看着谁来都像借钱的，她每天把卜算子挣来的钱把了过来，放在箱子里锁上，又不放心，拿出来放在炕席底下；炕席底下也不放心，把被子拆开一角，塞进被子里。一部分想埋在地下，又怕化成水。墙上弄夹匣，又怕人家看出来，天天带在自己的身上。出门买菜的时候，叫青哥儿看家也不放心，仍旧把门锁上。又怕人家偷开了锁，所以竟把青哥儿锁在屋里。这样她还老不放心，买趟东西，心里老不踏实，时常把钱弄错了，或是忘了拿东西。那天为了短了一张五元钱的票子，跟煤铺打起来，她硬说多给了煤铺五块钱，她恨不能跟煤铺拚命。后来回到家里，才看见这五块钱在青哥儿手里拿着呢。

吴小四今天一来，卜太太心里就不高兴，她埋怨干吗把吴小四叫来，偏偏今天又吃白面和小米面掺和的馒头，这时再改吃高粱米饭，又来不及了。

吴小四自有了这个经验，对于人情世故，看得很清楚了。他看卜太太那种神色，便向卜算子道：“卜爷，先给、给我算、算算，算、算完了我、我还得赶紧走。”

卜算子道：“忙什么？吃完饭再走。”

吴小四道：“不，我、我还有事，再、再者这年、年月，不、不是那年、年月，等、等大哥发、发了财的，我、我再来、来吃。”

卜算子道：“你别客气了，一顿饭我总还请得起。”他表示他近来发了财。

卜太太见吴小四不是成心来吃饭的，心里还欢喜点儿，她道：“吃了饭再走吧，别瞎客气了。”她老以为人家的客气都是瞎客气。

吴小四结结巴巴的，也说不上是吃是不吃。卜算子上了炕，盘腿一坐，炕上有个小桌，他们每天吃饭都在炕上，这间屋子又是卧室，又是客厅，又是厨房，又是浴室，又是厕所。

卜算子道：“我知道你不大喝酒，我也不打酒了。”

吴小四道：“还打、打酒呢，这年、年头儿。”他近来熏染得也这年头儿这年头儿的，仿佛“这年头儿”四个字，包含着许多意思，凡是话说不下去的，全以“这年头儿”了之。

卜太太说：“您猜怎么着？这年头儿真怕人，煤球儿五十多元了，昨天跟煤铺打了架，今天再叫送多少不送了，您说怎么好，我们这一家子，一月过一千块钱的日子，您说怎么好？”

吴小四道：“可、可不是得这样嘛。”

卜算子道：“吴爷，你说算卦，问什么事呀？”

吴小四道：“我、我是替、替人家算。”

卜算子道：“你说个时辰吧。”

吴小四道：“子、子时吧。”

卜算子拿卦子摆了摆，刚要说，就听院里有人打起架来。

吴小四道：“怎、怎么一回事？”

卜太太道：“咦，住大杂院就免不了这种事，天天鸡吵鹅闹，没有一天不吵，今天要是没人吵架，那真是太阳从西边出来了。”

吴小四扒着窗户往外一看，原来是东屋的一个妇人和西屋里一个妇人互相争吵，对骂不休。别人也不管，原因听出来是为孩子，那个孩子把这个孩子推了一个跟头，这孩子哭起来，于是这个孩子的母亲便把自己的孩子拉进来，指槐说柳地骂道：“你这个小杂种，不叫你出去你偏出去，没管教的孩子，你爹娘哪儿去了？怎么养活你来着？”

那个孩子的母亲一听，这不是骂她的孩子，而是骂到自己的孩子身上来了，不过自己的孩子推了人家，也就不便言语。

谁知这孩子的母亲见那孩子的母亲不言语，不教训他的孩子，越发生气，继续骂道：“这么点儿孩子不懂事，难道大人还不懂事吗？就这么阴坏，好不了。”

那妇人一听，骂到自己身上来，焉得不急，遂跑出来一还骂，这妇人气得更大骂起来，颇有扩大桥头堡的趋势。双方一对骂，吵得满院都震耳朵，说话都听不见。

骂了半天，似入于长期战争，而两个孩子却又跑到一块儿，在门外玩去了。这是很平常的事，剧烈一点的，往往加上男人，一加上男人，战争可就剧烈多了。木杠通条，都可做武器，砖头瓦块，都是空输部队。

而西屋妇人，还有一个病根，一生气便晕死过去，必须拿草纸熏。现在草纸这么贵的时候，熏一熏都得块儿八角的。至于头破血出，物资损失，人力消耗，日积月累起来，也颇不轻。

大家明知道打回架就损失不轻，有的也极力回避战争。但是到底还免不了。男人眼光大些，时常嘱咐女人，遇事不必太争，能够避免战事，总还是避免的好，所以男人们有时就不太热心战争的，不过却禁不住妇人的嘀咕。男人本来不愿意打，而妇人总在后边怂恿，不出来打，真叫丢人。为了不能叫女人看轻，也得干一下。况且女人逼着真叫人气不出，非得挺身而斗不可。

住大杂院如果光是男人，还好些，一加上女人，就绝无太平之日。而考究他们吵架的原因，又多是极微小不值一吵的事。住大杂院这是没法子的，谁都想单住一所房，不过谁也没这力量。本来住三间的，现在都住一间，房子一多，邻居也多起来，往往为街门开关的问题，都要吵得天翻地覆。

住街坊太多心是不成，而没心也不成。卜太太就太多心，时常疑心她的煤球少了十个二十个的，做梦都梦见劈柴少了几根而惊醒。妥当的办法是把所有的东西，都塞进屋里来。于是炕洞里头，桌子底下，窗台上面，无一不是煤球、劈柴。她总看人家都像偷她东西的人。但是不留神的也真丢东西，院子里晾着衣服，都得有缝在绳上的必要，不然不知什么时候就会不翼而飞。自行车放在屋里还得加锁，晚上睡觉还得用铁筒顶门，这还是很浅显的事。至于其中那些微妙的情境，又是大杂院的特别风光。

女人都爱打牌，在互相约着打牌的当儿，就发生微妙的情感，于是谁厚谁薄，合纵连横地说，便起于是非口舌之间。同时男女杂处，又有意想不到之便宜，事故遂也日多。人们常叹息人心不古，在这乱时代里，如何能古？叔嫂伯母、公媳叔父，同居一垒，同睡一炕上者，太多太多了，而两家街坊，或同室而居，或隔一纸壁者，尤不可胜数。在这种情境下，而能维持一心不乱，这是多么难呢。不要说人心不古了，还是先把民生安定起来吧！

吴小四看了半天吵架的，见双方光是骂而不打，真没劲，假如这里头有个动刀的，才觉有意思呢。

卜算子问道：“你问什么事呀？”

吴小四道："有个、个街坊，两、两口子闹、闹意见，太太出、出门了，老没、没音信，家、家里托我算、算个卦，他、他们知道卜、卜爷的卦挺灵，知、知道我认、认识你，所、所以叫、叫我来问、问一问，卜、卜、卜、卜……"

卜算子道："别卜啦，成了放屁啦。我给算算，看这卦，此人并未远离。"

吴小四道："在、在哪一方？"

卜算子道："在东方，要是我，就在隆福寺庙会去找，能碰上。"

吴小四道："人、人家可、可不上隆、隆福寺，人、人家有钱、钱哪。"

卜算子道："那么就到东冷市场去找，准能找到。"

吴小四道："我、我们去了好、好几天，也、也没碰上。"

卜算子道："反正这个人在东方，你们就上东方去找吧。"

吴小四道："可真、真不好找。"

卜算子道："你们哪个街坊？这人多大了？平常是不是有什么嫌疑，或是有什么人引诱？"

吴小四遂把索南枝出走的事一说，卜算子道："她呀，嘿，我告诉你吧，上香山找去，准能找到。"

吴小四道："你刚、刚不是说在、在东方吗？"

卜算子道："卦、卦不、不一样。"他也结巴起来。

吴小四道："你怎、怎么知道她、她上香山去、去了？"

卜算子道："那天我碰见她了，提着一个黄色皮包，雇一辆三轮车，雇到香山。我本来没注意，我这眼也看不很清，这时有人拍我肩膀一下，说干吗直目瞪眼的？还要瞧到肉里去吗？我吓了一跳，回头一看，才知道是柳摇锦。他说这个小堂客可漂亮了，我问他这是谁，你怎么认得？柳爷说，这不是索南枝那小堂客吗？跟小四住街坊那个，我这才想起来。"

吴小四一听索南枝有了下落，心里欢喜，他真想即刻就去报告楚江秋，他恨不能卜太太把菜马上做好。

卜太太今天做面条儿，白面和小米面，她见吴小四在这里吃，遂又添上一斤小米面，结果面虽和上，锅却使不开，只得先用刀切成细条儿，往锅里煮，煮到锅开那汤立刻就成了粥一般。煮熟了先盛出来，叫吴小四和卜算子就芝麻酱，反正省事。芝麻酱别看颜色黄，由水和得了没有油性，挺稀，原来所谓芝麻酱，却放了一半黄土。这年头儿就是土不值钱，杂粮里添沙土，油里掺米汤，芝麻酱里也有掺沙土，肥皂里也有沙土，煤球儿也是沙土，无往而不是沙土。卜太太买了一块钱的芝麻酱，油盐店伙计还不喜欢卖的样子，在碗底抹了一下子。卜太太知道不妙，所以买了许多盐，成了盐水儿。酱油也是盐水儿。

盐水拌着小米面的面条儿，吴小四吃着直后悔，后悔还不如回到家里吃去。卜太太还直嚷："吃好吃歹吃个热乎劲儿，可千万别客气。"

吴小四道："绝、绝不客气。"心说："这一不客气倒坏了。"

吃到半碗，吃出小米面有生味，大概没有白面熟得快，拿煮白面的工夫煮小米面，那焉能熟得了呢？

卜太太一边做一边说："听说八月节一人还有二十斤粮食，这眼看快到了，这回官家真算积德了，穷人还少着些急。"

吴小四道："可、可不是，我、我想吃、吃瓣蒜。"

他那半碗简直咽不下去了，只有求救于蒜，借着蒜味，还能把这半碗吃下去。他拿了一瓣蒜，勉勉强强把这半碗面吃了。他要是在做工之后吃这面，一定能吃，但在饭铺当了几天伙计，肚子里有了油性，这面便吃不下去了。

卜太太还直让，吴小四如何还肯吃，他道："哎呀，今、今天、天吃、吃得太多、多了，大、大嫂做、做的面条真、真好吃。"这时不能不屈心说话。

卜太太道："怎么才吃一碗?"

吴小四道："我本、本来一、一点不饿，刚吃、吃过午、午饭没有多、多大工夫，其、其实不吃、吃也成了，要、要不是吃着香，一、一碗都、都吃不了。"撒谎就得撒到底。

卜太太觉得今天请了客，人家就得搭她多大情分似的。吴小四虽然吃得不舒服，但到底算是吃了人家，不能不表示感谢。卜太太还怕人家搭的情太小，遂又再三说："现在白面都七块多钱一斤了，一个人要是光吃面，连酱带作料，还不算煤火，就是十块钱。"

吴小四道："敢、敢则，十、十块打、打不住，要、要是饭量、量大的主儿，就、就得按照二十、十块钱说、说话。"他更夸张来说。

卜太太听了，相当满意，知道吴小四一定搭不少情，她不知吴小四心里直埋怨呢。

吴小四向卜算子道："柳、柳爷怎么样、样了，有、有一次我、我在天桥碰、碰见他了，一、一天也能赚不少钱。"

卜算子道："敢则，他近来走点时运，我给他算了一卦，大概八月节前他还能进一笔小财。我在八月节前也能进点儿。"这并不是他算出来的，而是猜出来的，他猜到八月节前要账的一多，着急的也不少，着急一上火，就能害眼，所以柳摇锦的眼药一定大发利市。他又猜到他也能多进，因为到中秋节，问财问人的一定多，这是科学的，不是算出来的。

吴小四道："说、说了半天，我还、还没算一卦，你给、给我再来来一卦，不忙、忙呢，等等大、大嫂吃完、完了的。"

卜算子道："来马前课吧，你说个时辰。"

吴小四道："寅时。"

卜算子用手指一掐算说道："空亡，按说空亡不是吉卦，不过也分看什么事。”

吴小四道：“你看我什么时候才有事、事，哪、哪一界好？”

卜算子道：“要是问事，稍微迟缓一点，怎么也得在八月节之后，才能有消息。要是问哪一界，还是商界成分多，贵人是有，别着急，按这时干上说，还能得阴人之助。”

吴小四道：“大概能、能挣多、多少钱？”

卜算子道：“钱数不多，不过慢慢可以增加。过九月就好些，一进十月，渐渐抬头，冬子月腊月都好，腊月最好，你这个年关不必着急了。到时候能分一笔花红，静候喜信。”说着一抱拳，来那套江湖生意口。

吴小四相当满意，虽然暂时没有机会，但终究是有事的，在商界里，倒是来财。现在就是干商界来财，这回有了事，不管好坏，真是好好干了。一想到做工的情景，真是不该像从前那样浪费光阴。假如不从小游手好闲，何致到现在干什么都不成？别看卜算子这点本事，究属一技之长，现在也能养家糊口。

卜算子道：“你的二黄怎么样了？”

吴小四道：“吹、吹了，没、没用，我、我算看透、透了，唱戏没、没什么出息，不干、干那个了。”

卜算子道：“真的，干那个没什么起色，人一唱戏就算完了。唱戏的有几个起来的？就是起来，也没什么劲，还是个戏子。”

吴小四道：“我打、打算跟你学学算卦、卦怎么样？”

卜算子道：“这行儿你吃不了。”

吴小四道：“怎、怎么？”

卜算子道：“这行儿完全仗着口齿，你这结结巴巴的，绝对不成。”

吴小四道：“妈的我说、说话怎、怎么老结、结巴、巴？老、老想改，就、就是改、改不了。”

卜算子道：“我回头给你写一个咒，你随时老念这个咒，念得一点结巴没有就成了，老念，念熟了之后，就不结巴了。”

吴小四道：“那敢、敢则好，卜、卜爷真的，给、给我写、写出来?”

卜算子遂拿了一张纸，在上面写了几个字典里查不出来的字，递给吴小四，吴小四看不懂，说道：“我、我不认、认识怎、怎么办?”

卜算子道：“你别忙，我教给你。”其实连他自己还不会念，他是临时现编的。他一边教给他，一边现想，他道：“头个念都，第二个念勒，第三个念摩，第四个念赫，第五个念吃……”

吴小四跟着说了一遍，卜算子道：“你自己连着念去，无论什么时候，你老念，念熟了，自然就不结巴。”

吴小四念道：“都、都、都……”

卜算子道：“你别老都都，那就成都都车了，就准念一遍，跟着就念底下那个字，如果念这也结巴，仍然结巴，那说话仍然改不了。”

吴小四道：“我不结、结巴、巴不成、成嘛。”

卜算子道：“你先别求快，念完一字，再念一字，这字念不上来，就停一会儿没关系，别老念上面那个字，渐渐由慢再快，大概念十天半月的就成了。”

吴小四道：“这第、第二字念、念什么来着?”

卜算子这时也忘了，一时答不上来，说道：“我给你注上音，你照着我这音一念就成。”他遂又用汉字注上音。

吴小四道：“我想、想起来了，这第二、二字念勒，你怎么又注上脱字?”

卜算子道：“这有两个念法，念哪个全成，就念脱吧，我还得再写一个。”他又抄下一张来，他怕明天吴小四问他，他连吃都写不上来了。

吴小四道：“你这、这些日子，到茶馆儿去、去了没有？”

卜算子道：“不去了，早不去了，现在没这闲心去了。就拿我说，在茶馆待一天，我这儿就少进好几十块钱，那儿得多花，里外里一百块钱没有了。这年月去不成了，这年月，咱们实在闲不起。”

吴小四道：“真、真的，我再、再也不去了，当、当初要、要是学、学点什么手、手艺，这时、时候也不致闹、闹得这般地、地步。”

卜算子道：“谁说不是？我早学干这行儿，一处小房儿能置下了，你信不信？”

吴小四道：“怎么不信、信了，咱们真后、后悔了，柳、柳爷怎么样、样了？”

卜算子道：“柳爷还不错，一天也能挣个百八十块的。说句笑话，他都比当处长强。那天我问他，他说，现在真给他处长干他也不干了。”

吴小四道：“可、可是他那、那眼药，人、人家都知、知道假的了，也就完、完了。”

卜算子道：“这个倒无须忧虑，天桥那么些假玩意儿，哪个不是十几年二三十年地摆着？并且越摆越充实。北京人有多少？那就叫人人都上了当。你自管使假的，而上当的老是有。就拿算卦的说，即或算得不灵，而每天总还有人来算卦，天下没有不开张的买卖。”

吴小四道：“究、究属良心上过、过不去。”

卜算子道：“什么叫良心？谁又跟你有良心？这年头儿还不是你骗我我骗你吗？他上当，那算他该破财。”

吴小四道：“你比柳、柳爷强、强，柳、柳爷得拿、拿本钱，你连、连本钱都、都不用。”

卜算子道：“我虽然不拿什么本钱，可是花销也不少，地面儿上、都得联络，没法子。”

吴小四道：“胡、胡爷怎么样了？”

卜算子道：“不知道，听说在乡间教书呢。他的生日也快到了，十月初八，还有两个月。他的生日我记得清楚，胡十八就是十月初八，我还给他批过八字呢。你的生日我也记得。”

吴小四道：“我的生、生日是几儿？”

卜算子道：“快到了，还有四五天。”

吴小四道：“你别、别挨骂了，你才、才是兔、兔儿爷呢。”他们全笑起来，连青哥儿都笑了。

卜算子说他的孩子错不了，别看六岁，不像野孩子那么淘气。卜算子把人家的孩子统叫作野孩子。他觉得自己儿子很有大人气派，所以有时带他出门，便给他穿上长袍马褂，真像个小人国里的老学究。卜算子夫妇又爱又管得严，由六岁就往大人里排练，把孩子的活泼完全管没有了。他跟西屋的孩子差太远了。西屋的孩子是太放纵，孩子要放火，大人能够给他取灯。那种讨人嫌，在这条胡同里都著名的。这种不同的家庭教育，这种不同的个性儿童，跑到一块儿，没有不吵的。

吴小四听着院里吵的声音已经移到屋里去了，双方缩短战线。吴小四道：“天、天不早了，我、我该走、走了，要赶、赶上灭灯，真、真麻烦。”

卜算子道：“可不是？你的视力还好，我的视力可真糟，一灭灯什么也看不见。”

吴小四走了出来，卜太太道：“有工夫就来。”

吴小四道：“叫、叫您受累。”

卜太太道：“这有什么累呀？你有工夫就来，赶上什么吃什么。”

吴小四又客气了几句，这才走了。走到大街上，买了五个烧饼，一边走一边吃。卜太太那碗面，吃得真不舒服。他想：是先回家呢，还是先给楚江秋送信去呢？还是明天自己先到香山找索南枝去呢？想了想，还是先给楚江秋送信去，叫他先别着急，人总算有了下落，明天一早到香山，把索南枝请回来，自己在里头给证明，他们的误会，自然就解除了。

想着，便到四边静胡同，找楚江秋。谁知到了他家一问，老妈子说上天津了，他不觉一愣，说道："干吗、吗上天、天津呀？"

老妈子道："老爷听说太太在天津呢，所以上天津找去了。"

吴小四跺脚道："咳，这怎、怎么说、说的。"

他一跺脚，烧饼掉地下一个，连忙拾起来，老妈子道："你还带着烧饼呀？"

吴小四道："饭、饭没吃、吃饱，怎、怎么知、知道在天、天津呢？"

老妈子道："老爷也不知听谁说的，说太太在天津呢，有人看见了。"

吴小四道："不、不对吧，怎、怎么有、有人看见上、上香山了呢？"他说到这里，想到卜算子的眼视不佳，也许看错。但柳摇锦的眼睛并不坏，卖眼药的眼睛再坏了那还成吗？也许由香山又上天津了？他怔了一会儿，没有主意，只有明天自己到香山碰碰再说。

原来楚江秋听索南枝在天津的话，是刘经理的反宣传。他故意造出索南枝在天津的消息，并且说有人曾经看见她，为是把楚江秋调到天津，他好单独进行，此所谓调虎离山之计。

楚江秋找索南枝心切，不假思考，立刻就上天津去了，也就刚走不多一会儿。如果吴小四不在卜算子家吃那碗面，楚江秋还没走呢。现在已经开车，也无法追去。

吴小四也不知道索南枝究竟在天津还是在香山，明天先碰碰去再说。好在楚江秋给了自己几十块钱，足够去几趟的。他拿着烧饼回家了，准备明天一清早把索南枝请回来。

这时的索南枝，的确在香山呢。她那天出来，一时拿不定主意到哪里去，她想起夏天在香山住着挺舒服的，那里挺清静，在饭店里一住，每天到山上去坐，也等于修行。

她来到香山，下了三轮车，提着黄皮箱，要上山到饭店去。可是自己又怕路走远了提不动，想叫车夫提着皮箱，而车又没有人看着。她站在那里，往四外望，想花几个钱雇人给她提箱子。这时她看见一个老头儿走来，她连忙叫道："喂，老头儿，给我提提箱子，我给你钱。"

那老头儿跑过来一看，忙道："你是楚太太不是？"

索南枝道："噢，你是谁呀？看着挺眼熟的。"

老头道："我叫朱妓儿，上回您住在那边……"

索南枝道："噢，我想起来了，你倒好啊？"

老朱头道："我卖了一夏天的西瓜，后来又趸了些果子卖，赚了几个钱，我都存起来，今天打算进城看看您去呢。楚先生怎么没有来呀？就您一个人吗？"

索南枝一听，心里一阵发酸，她勉强说道："对了，他没有工夫。"

朱老头儿把箱子扛起，问道："您上哪儿呀？"

索南枝道："扛到饭店去吧。"

朱老头儿精神真康健，扛着箱子，走山路如履平地，索南枝跟着他在后面走。这些日子一来她曾在山上住过些日子，二来又骑惯了车，所以还不觉得累，要不然她还赶不上朱老头儿的。

来到饭店，自有伙计迎接，索南枝还要给朱老头儿钱，朱老头儿不要，说道："这点事还值得要钱？白伺候您都报答不过来呢。"说着，急忙走开，说道："今天我想进城，您有什么话没有，给楚先生带去？真格的，听说您又搬了家，搬到哪儿去了？"

索南枝想了想道："没什么事，你不必去了。"

朱老头儿道："我想给楚先生道谢去。"

索南枝道："你要是见了他，就说我暂不回……不，你根本不必去好了，如果见了他，也不必说我在这里。"

朱老头儿一听，不明白是怎么一回事，他怔了一会儿道："前几天还有一个人找您，说话有点结巴，他说叫吴小四。"

索南枝道："噢，我知道，他大概是跟我要钱吧。"说着，还要给朱老头儿钱。朱老头儿不要，忙着走了。索南枝只得进到饭店。饭店里客全住满了，幸而还有一间在一个角落里，那里倒还清静，索南枝搬到里面去。据茶房说，要前些日子来，这里还有空房数间，再过些日子，红叶一下来，房间又没有富余了。

索南枝登了店簿子，她用的是假名。她一个人住在这里，虽然有点寂寞，但可以一个人慢慢整理思绪，一丝一丝地清理着，也还能使心底平静下来，不然暴躁得一刻不会安宁。

早晨起来，吃些茶点，那些旅客们便一对一对地到山上泉林之间去散步。那一对对的外国人尤其活泼甜蜜，令人羡慕。索南枝看了，不免有影孤身单之感。她不经意地走着，走到一个转弯处，有点累，便坐在那大石头上。她想起来，这石头就是和楚江秋订婚的地方，不禁想到那时和楚江秋的甜蜜，悲从中来。蝉鸣着"无忧哇"，仍然是那声蝉鸣，但听着的只是自己一个人了。远望着北京，想着那狠心的人，不知做着什么，如果他痛苦着急的话，那正是自己痛苦的报酬。

她想到这里，又想着回去和楚江秋见面。她虽然离开了他，但心里却没有一时一刻一秒离开了他，又恨他又想他，她宁肯忍受想的痛苦，也不愿自动地回到他的身边。

坐了一会儿，秋风袭来，便觉有些凉，她又站起来走，想着自己住在这里多咱算是一站呢？倘若楚江秋真的一狠心不理自己了，自己能老在山上住着吗？自己到底怎么办呢？

回到饭店，吃过晚饭，人家都在屋里谈谈笑笑，只有她自己一个人待着，临来的时候，忘了带几本小说。跟茶房要过报来，无聊地看着，她恨不能把这一张报都登了小说才合适。

她忽然想起来，看看小广告吧，也许楚江秋登着寻人的广告，但是一看，没有，她想到今天的报上是不会有的，明后天的报才会有。谁知到了明后天再看报，仍然没有。她想楚江秋真的狠心呀，自己何必还这样痴情地相信他呢，自己不会仍然像以前那样过着生活吗？不认识楚江秋的时候，又怎么过来着？她虽然这样想，但到底楚江秋的影子总在自己的心头。

这时她发现今天下山进城的人很多，她非常奇怪。一问茶房，才知道今天是中秋节。每逢佳节倍思亲，她想到这时如果在城里，和楚江秋早晨起来，因为放假不上班，自己做几个菜，两个人吃了，然后一同到北海去划船，晚上在北海吃饭赏月，回来在街上买些水果到家里，在院中坐着谈天，这是多么快乐！可恨这狠心的，不知他干什么呢。

她想到这里，眼泪便流了出来。她一天也不出屋门，闷在屋里。晚间月亮上来，她推开窗子一望，天空是那么美丽，月色照在松间，晶莹皎洁，大地是寂寞的，她想到城里的繁华，戏园子里挤满了人，东安市场和西单商场的游人亦络绎不绝。那狠心的，他竟不想我吗？

这一夜，她也没有睡好，心里苦极了，说不出是怎么难过。她现在就感到寂寞，她需要楚江秋的安慰，她要楚江秋走到她的身边来，可是这希望成了泡影，她的心像窗外那样空虚。

第二天，她的精神不大好，她想这个环境不能再待下去，而且自己也没有多带衣服，晚间是非常的凉，又不能回去取衣服。吃过了饭，也不愿到山上去，她想了一天，也没想出什么好主意来。

吃过晚饭，她走出来，走了不远，觉得很凉，便又转身回来，却见一个人仿佛赶了自己来，她看着那走着的神态像鸭步一般，就知道是刘经理。走得切近，借着月亮一看，果然是他。于是她在这寂寞环境里，多少感到一种亲切。

刘经理喘息着："我是特意来找你，我找了你许多日子，后来想到你一定到这里来。我到饭店一问茶房，没有你的名字。我一问他们说倒是有一女客，一个人在这里住了几天，我一算计这天数，一定是你，可是又不是你的名字。我说先在这里住一天，看看是不是你，谁知你一天也没出门，刚才我看见你出来，才知道果然是你。你怎么又回来？"

索南枝道："身上很凉。"

刘经理道："你先穿我这上衣，我刚跑得出汗呢。"说着，就脱下来，往索南枝身上披。

索南枝道："你也不要着凉，我回去穿件毛衣就可以。"

刘经理道："我还热呢，正好给你穿穿。"说着，便披在她的身上。

索南枝道："你找我什么事？"

刘经理道："你为什么走出来？"

索南枝道："不为什么，我想到山上住些日子。"

刘经理道："你不必瞒我了，我都非常清楚。跟你说，我知道得比你还清楚呢。"

索南枝道："你知道了什么？"

刘经理道："你们是不是为了胡捣练那封信？"

索南枝道："我也说不清。"

刘经理道："胡捣练那家伙，真是胡捣练，一点学问没有，那封信写得什么跟什么？"

索南枝道："你怎么知道？"

刘经理结结巴巴地道："他、他还叫我看呢，我劝他别写这信，多么无聊，可是他说写着好玩，根本是想玩弄的意思。"

索南枝道："哼，他想玩弄我吗？"

刘经理道："以后趁早不必理他了，咱们回去说话去吧。"

他们回到饭店，进到索南枝的屋里。索南枝道："你住在多少号？"

刘经理道："我住在把门的地方，不好，我明天就想搬到我园子里住去，我来是为接你来的，明天住我园子里去吧，这里太不舒服。"

索南枝道："不，谢谢你的好意，我愿意一个人住在这里。"她明知自己住在这里不可耐，住在刘经理的别墅舒服，可是她不能去，她为了保持对楚江秋的纯洁，她不能住刘经理的别墅去。

刘经理道："你以前很活动的，现在怎么这样固执起来？你以为你这样对楚江秋忠实，你知道楚江秋这时干什么呢？"

索南枝道："他干什么呢？"

刘经理道："他在天津呢，有人看见他在天津同一个舞女在一起住，你这样出来受罪，他连问都不问你，只有我跑到这里来看你。"

索南枝一听，立刻气得发抖，她道："他真的在天津吗？"

刘经理道："你不信你回去问。"

索南枝一听，立刻失声哭起来，刘经理又连忙安慰她道："青年人，没有可靠的，我希望你不要太固执了，明天还是先住到我的园子里去，慢慢想法子，和他绝交了完事。"

索南枝这时心里难过，刘经理说什么她也听不下去。哭了会子，刘经理给她打了一个手巾把儿，叫她擦眼泪，她才止住了哭。刘经理又道："我早就说过你这是瞎闹，根本年轻人没有可靠的，我那时若是死乞白赖地叫你别同他结婚，你或者要误会我的意思，现在——阿嚏——现在你总算明白了吧。"

刘经理刚才一脱衣服，着了凉，打起喷嚏来，他接着说："我起誓说我对你始终——阿嚏——始终是爱护的，我觉得你的境遇太可怜了，对于你那第一个丈夫，我就——阿嚏——嗬，是谁讲叨我呢？我就不以为然，我很不赞成。不过过去已经过去，不必管了，我希望你将来要得到一个好结果，这时候——阿嚏——现打主意也并不晚。”

索南枝道：“我现在什么主意也不打了，我只有一死完了。”

刘经理道：“你是明白人，怎么净干这个傻事？自杀是弱者——阿嚏——弱者的行为，要是有志气的话，可以报复，他怎么对你，你也怎么对他。阿、阿、阿……”这个喷嚏没有打出来，又回去了。鼻子一酸，更难受。

他又接着说：“你时常自以为是时代的宠儿，时代的女性，结果你却这样不开通。交朋友是交朋友，结婚是结婚，结婚不妨碍交朋友，这才是摩登呢。”刘经理也讲起摩登来。摩登这个字，被这些人得用着无恶不作，他们把摩登给误解了。

他又接着说：“明天先搬到我的园子里去住，我进城给你打听消息去。一个人住在饭店里，究属不便……”

索南枝听他说个没完，心里更乱，她道：“现在什么时候？”

刘经理看了看表道：“快十一点了。”

索南枝道：“那么祝你晚安。”

刘经理一听，无法再说下去，只得向她道晚安，拿起衣服来，说道：“好好睡一夜，明天搬园子里去住吧，我明天再来看你。”他回到自己屋里去了。

索南枝思前想后，觉得刘经理的话固然是为自己好，同时住他的园子里也的确便利，但自己如何就这样听他的话呢？楚江秋虽然无情，但也未必有刘经理所说的行为，他不会的，他不会抛弃自己。不过他也许因为自己走出来而这样报复也未可知。她一阵阵伤心，又一阵阵替楚江秋辩释，也就是替自己解脱，一夜没有睡好。

第二天早晨，她听见有人敲门，她知道是刘经理，但是自己很困，所以没有言语。到傍午才起来，据刘经理说已经敲过三次门了。他生怕她服毒自杀，所以老不放心。

索南枝道："我不会自杀了，即或自杀，也还没有到自杀的时候。"

刘经理道："我看你先脱离这个环境怎么样？我不是非得叫你到我园子里去住不可，我以为你一个人住在这里，我不放心。"

索南枝道："哪有什么不放心的，我自己会有把握的。"

刘经理道："不是那样，我觉得你在这里住，太寂寞了，精神上实在受不了，我又不能老在这里陪着你，假如到我园子里住，有下人伺候着，我总安心。"

索南枝道："你的好意，我非常感谢。可是你要明白，我是一个人出来的，而且又没有叫楚江秋知道。"

刘经理道："咳，你怎么这样傻起来？管他知道不知道呢。即或不知道，住在一个朋友园子里，也没有什么呀！"

索南枝道："固然这样说，可是在他没有对我表明态度以前，我不能这样做。现在我觉得这样走出来，已经对不住他。我并不恨他，我爱他，我始终爱他。"

刘经理道："他骗了你呢？"

索南枝道："他骗了我，是他的薄情，我对他是不变的。"

刘经理见百般诱导，总拢不住她的心，他真纳闷楚江秋怎么会有这个魔力。他在一种扫兴、失望与嫉妒之下，他竟加以讽刺的话说道："哼，原来你是这样一个弱女人，以前我总看得起你，以为你是怎样了不起的女人，现在一看，仍然是一个平凡又平凡的女人了。"

索南枝道："怎样才叫了不起呢？"

刘经理道："一个女人，不能叫一个男人支配着，自己有自己的性灵，自己有自己的人格，为什么叫人家玩弄着呢？你从前是多么骄傲，多么受人的崇拜，多么有志气，有果敢，现在被这么一个小子弄得自己没有主意，岂不是倒失去你的个性了吗?”

索南枝想了想道：“明天再说吧，我还得考虑一天，你先去布置你的去。”

刘经理道：“已经布置好了，你还考虑什么？今天就搬过去得了。”

索南枝道：“我有我的主意，我说今天不搬，我一定不搬。”

刘经理道：“你真固执。”

索南枝道：“这不是固执，这是你所谓之个性强，你不是说我现在失去个性了吗？我现在并没有失去。”刘经理也说不上什么来了。

吃完了饭，索南枝又要到山上去，刘经理要陪着她去，索南枝道：“不用陪着我，我一个人玩得好，我希望你先搬回你的园子去吧。”

刘经理道：“我倒不忙，明天一块儿搬去吧。”

索南枝一个人上山了。走着她熟悉的路，一石一树，无不给她一种回忆。她坐在石头上，石头仍然是那样伏着，泉仍然是那样流着。她坐在那里，一种寂寞的心情袭来，觉得泉石树木都成了自己的伴侣，以为它们是活的似的。她心里对它们说：“泉水呀，你老是这么不断地流着，爱情为什么不能像你这样长流不断呢？四时常翠的松柏呀，你老是这么绿着，爱情为什么不能像你这样永远茂盛呢?石头呀，你老是这样屹然不动，爱情为什么不像你这样坚固呢？你们当然不会忘记吧，只是很近的事，我同着他在这里甜言蜜语，蜜意幽情，现在我却单独地跑到这儿来了。明年呢，唉，恐怕一个人也不会来了。就像那飘零的树叶，随着流水，不知漂泊到什么地方呢？哪里是归宿呢?”她越想越悲哀，真的想大哭一场。她走了回来，懒洋洋地躺在床上。

吃过午饭，刘经理又走过来，仍旧劝她搬走，他道：“人家姓楚的都在这温柔乡中，你却孤单单地一个人受这清罪，多么不值！你住在这里，多咱是一站呢？你能老住在这里吗？楚江秋绝不会找你来，他若找你，他就登报找你了，可见他正愿意你不回来呢，他好要你的财产。他所以爱你，爱你什么呢？就是爱你的财产，你别这样对他痴信了，多么冤呢。”

索南枝这时心乱得很，真想不出什么主意来。听刘经理说的这些话，虽然知道是他对自己的诱导，但对于楚江秋不无怀疑。真的，楚江秋为什么上天津去呢？他真的天津有情人吗？他真的爱自己的财产吗？她默默地想着。

刘经理又进一步劝她赶快决定，现在刘经理有些焦躁了，因为他知道把楚江秋调到天津，一找不着索南枝，仍旧跑回来。他在天津至多住上一个礼拜，至少也得待上三天，他如三天回来，自己还没成功，不但前功尽弃，将来也就没了希望。只要把索南枝弄到手里，人财两得，楚江秋再回来，也是没用了。他想到这里，不能不焦躁。

他正劝得起劲，索南枝真的有些活动。这时茶房走进来，说外边有两个人来找，索南枝一听，不由一怔，连刘经理都一怔，他们都想到是楚江秋，但是怎么会是两个人呢？

索南枝立刻很欢喜，而刘经理立刻很烦躁，他道：“你先别出去，我去看看是谁，若是楚江秋来固然很好，若不是他，你就不必见了，我去见他问是什么事，你别上人家的当。”

索南枝道：“我也去，要不然把他叫进来吧。”

刘经理道：“不，你知道是谁呀，万一是绑票匪呢？”

索南枝便问茶房道：“来的人是什么样儿？”

茶房道：“一个乡下老头儿带着一个年轻的，那老头儿就是那天给您搬行李那个。”

索南枝一听，心里又凉了，遂道：“好吧，你出去问问他是什么事，如果要钱，就给他点儿吧。”

刘经理一听不是楚江秋，放下心来。他走了出来，到客厅一看，果然是一个老头儿、一个青年。

来者是谁呢？一个是朱老头儿，一个是吴小四。他们两个人怎么跑到一块儿来了呢？皆因吴小四昨天就来了，他到香山找索南枝，他就知道索南枝到香山来了，而不知到底住在哪里。他想她一定会住饭店的，谁知到饭店一问，没有索南枝其人。这天索南枝在屋里，一天也未出门，他只得到山下人家去找，找遍了也没有，碰了多少钉子，都没找着。他直埋怨卜算子，可是他想到也许索南枝上天津了，他只得又返回城里。

到家里同母亲一说，吴老太太道：“那也许到天津去了，这一说，楚大爷还许把索小姐找回来了呢。你还得到楚家去看看，他们若是在家，你跟他们说我明天给他们压惊去，我明儿买点礼物再去。”

吴小四吃完了晚饭，便又到楚江秋家，到那里一问，老妈子说：“全没回来呢，今天早晨大爷由天津打来一个电话，说还没找着太太，还问太太回家来没有，大爷这两天就回来。”

吴小四遂又把到香山没找着的经过，说了一遍。然后回到家里来。感到这事真麻烦，连吴老太太也直着急，他们把这事当作了自己家的事一般看待。

第二天早晨，吴小四要出来找卜算子，想起卜算子，便想起了卜算子写的条来，他从兜里掏出那张纸来，照着上面的字念：“都，都脱，都脱了干吗呀？还、还是都、都勒吧。都，勒，摩，赫，吃，这一、一吃大、大概不、不、不口吃了。”他一边念一边走，大家都看他有点半疯儿。他还真念得起劲，他净顾了念，一直碰到墙，才知道走进死胡同里去。要不是人家的门关着，真能走进人家的院里去。

他由死胡同出来，却碰上了朱老头儿，他若不是进死胡同，两个人倒许碰不上了。朱老头儿认识他，因为朱老头儿是找他来的。

朱老头儿进来，想看楚先生，那天问索南枝，索南枝并没告诉他的住址。他进城来办了事，到饭馆子找吴小四。饭馆子里伙计以为是吃饭的，把他让到里边去，他才问吴小四，伙计说："他不在柜上了，回家去了。"他遂又走出来，他问吴小四的家在什么地方，伙计告诉了他，他遂来找吴小四，可巧走在胡同里和吴小四碰了头。

他先还不注意，后来看见行人都注意着那死胡同里，他一看时，见由死胡同走出一个人，手里拿着纸念，念的话也不懂，细一看，正是吴小四，连忙过去招呼。

吴小四可蒙住了，他倒是看着朱老头儿眼熟，想不起来是谁，他道："都、都，不，您、您是谁呀?"

朱老头儿遂把在香山碰见他的话一说，他又说："进城来打算看楚先生，可是不知住在哪里。那天不是您说也找他来，所以我来找您，一来为跟您打听楚先生住在哪儿，二来告诉你楚太太现在在香山。"

吴小四一听，忙道："昨、昨天我、我到香、香山去啦，没、没见着她。"

朱老头儿道："她就住在饭店里。"

吴小四道："那你、你再跟、跟我去、去一趟吧，楚、楚先生你、你不用找了，他、他不在家。"说着，便把楚江秋和索南枝因被别人用计挑拨而致反目的话说了一遍。

朱老头儿一听，立刻说道："这咱们得管一下，要不然这两口子分散了，真可惜，走，我跟你去，到那里就找到。你早说呀，上回你要跟我说明白了，我见了楚太太就告诉她了。"说着两个人便又到香山来了。

到了饭店，吴小四便又找索南枝，茶房说："没有叫索南枝的。"

朱老头儿遂告诉茶房说：“那位太太来的时候，是我送的行李。”

茶房一听，遂道：“你等一等吧。”茶房进去了。吴小四知道在这里，他放了心。谁知等了一会儿，刘经理却含着吕宋烟走出来。他一见，就起心里冒火，他知道楚江秋夫妇闹别扭，都是他给拆散的，现在他又追到这里来，真他妈可气。

刘经理见老头儿不认识，看吴小四仿佛在哪儿见过，等吴小四一说话，他想起来，是饭馆子的伙计，可是饭馆子的伙计找南枝什么事呢？八月节已经过了，还来要账吗？他问道：“你们找谁呀？”

吴小四道：“找、找楚太太。”

刘经理道：“找她什么事呀？”

吴小四道：“我有话、话对、对她说。”

刘经理道：“你跟我说吧，她睡觉呢。”

吴小四道：“她睡、睡觉，我、我等她一会儿。”

刘经理道：“跟我说了不就完了吗？”

吴小四道：“不、不能跟你、你说。”

刘经理道：“你不跟我说，你就回去吧，反正你见不着她，你要跟我说了，我或者还能替你说几句，你想见她，见不着。”

吴小四道：“怎么见、见不着？我偏、偏要见。”

刘经理道：“你到底是什么事呀？”

吴小四道：“非、非得见她、她的本人才、才说呢。”

刘经理道：“你姓什么？”

吴小四道：“我姓、姓吴。”

刘经理道：“你等着吧，今天见不着，你就等到明天。”说着，转身走进去。

吴小四拉朱老头儿道：“走，咱、咱们到里、里边去。”他们跟在后面。

刘经理回头一看，他们跟着自己，不由生气道：“你们跟着我干什么?”

吴小四道:“我、我们找、找人。”

刘经理瞪眼道:“你们找谁?”

吴小四也瞪眼道:“你、你管不着。”

刘经理一听，饭铺伙计居然这么横，十分生气，便拦阻他们道:“不准你们进去，茶房，把他们扯出去。”

吴小四想茶房一过来，把自己推出门外，刘经理趁机再变了诡计，把索南枝诳走，则前功尽弃了。曹操不是说过吗?先下手的为强，后下手的遭殃吗?

吴小四过去一推刘经理，他心里正恨他，这一推，把刘经理推了一跤，嘴里叼着的吕宋烟掉在脖子里，烫得直翻滚。好在肉大身沉，一压便灭了。但已烫了好些泡。他不由大怒，一边喊茶房一边爬起来就要打吴小四。吴小四自经做工之后，身体强健多了，刘经理那烟身子，如何打得了他?被吴小四压住一阵好打，一边打着一边骂着:“他、他妈的，吃人、人饭，不拉、拉人屎，拆、拆散了人、人家夫、夫妻，引、引诱良善，你、你他妈的，不是人、人透、透了。”

吴小四打得刘经理直叫唤，茶房也全跑来，全饭店的住客，都出来瞧热闹。茶房忙过来拉劝，吴小四越打越有气，刘经理直喊救命，他叫茶房帮助他打吴小四，茶房如何能管这种事?人家只能管拉劝，拉开了，把吴小四推到门外。

刘经理还说:“别叫他跑了，我跟他打官司。”

茶房又再三劝解:何必跟他一般见识?跟他打官司?您也得跟着去。刘经理跺脚道:“不成，你们把他放走了，你们得给我逮去，不然我跟你们要人。你们知道他是干吗的?他是土匪，你们放走了不成。”刘经理倒横了起来。

茶房再三赔小心，劝他息怒。他骂道:“那混账小子，他妈的土匪，非枪毙了他不可。”

这时吴小四还在外边，他听着呢，他听刘经理骂他，又气得跑到里去骂道：“他、他妈的你骂、骂谁土匪?”过去就要揍。刘经理一看，转身便往里跑，叫茶房救命，茶房都笑起来。

刘经理道：“你们还不拦住了他?”

茶房这才把吴小四拦住，刘经理道：“你叫什么?”

吴小四道：“太、太爷叫吴、吴小四。”

刘经理道：“你敢等着我不敢?”

吴小四道：“那怎、怎么不敢?”

刘经理道：“你等我回头咱们再说。”

吴小四道：“哪、哪儿也、也不怕你。”

刘经理道：“你等着吧，我换换衣服。”刘经理进去了。

茶房把吴小四又推出门外，怕他们回头又在里边打起来，他们担责任。

刘经理浑身是土，衣服也撕了，狼狈不堪。进到屋里，一脱衣服，觉得从脊梁上掉下一个东西，他低头一看，原来是半截吕宋烟，都压扁了。他气得换了衣服，擦了把脸，便给警察分段打电话，说饭店前边有个土匪，想要绑他，请警察快来保护。警察接到电话，立刻全体出动，武装荷枪，到饭店而来。

吴小四和朱老头儿在饭店门外等着，准备和刘经理决一死斗。到底朱老头儿脑子比吴小四活动，他道：“咱们可别上了他的当，他要是打电话约了人来，咱们可就吃了亏了，好汉不吃眼前亏。咱们是干吗来的?咱们的事没干成，回头倒叫人家扣起来，那就更糟了。咱们先躲开吧，要不然咱们的事也办不了。”

他们正说着，果然看见老远警察来了，朱老头儿道：“你看怎么样?要是先挨一顿打，可真不上算，咱们快跑吧。”

吴小四果然慌了，他道：“咱们分开吧，你在山、山上等着，别、别叫那小、小子把楚、楚太太拐走，我进、进、进城去，过、过两天城、城里见。”说着，吴小四和朱老头儿分开了，两个人走两条路。

他们不敢走大道，穿着小径走，唯恐被警察赶上。朱老头儿山路很熟，跑得很快。吴小四乱钻，越钻越没路，其实是他胆虚，他老怕后边有人追下来。他离开了香山，也不敢走大路，竟落荒而走，他也不认识路，反正是向着城里这么走着。

走到一个村庄前面，那里有个庙，庙前有个摆小摊的，摆些花生、柿子之类的食品，还有几堆枣儿。吴小四有点累得慌了，而且有点饿。他过来买两堆花生，坐在一边儿吃着，就听庙里有许多学生念着书，他问摆摊的道：“这里是学校呀？”

摆摊的小贩道：“可不是？新开学的，也就一个多月。”

吴小四道：“你摆、摆摊儿，就仗、仗着卖、卖学生呀？”

小贩道：“光卖学生哪儿够嚼裹儿？这不过是搭着手做点买卖。在乡下做买卖，也就是卖给小孩子，现在小孩子都不买了，买卖不好做。你瞧这一堆花生，一块钱，乡下孩子谁能花一块钱买花生吃？大人也绝不会给孩子一块钱花。好年头儿花个几大枚都心疼得了不得。”

吴小四道：“那、那么何、何必还做、做买卖？”

小贩道：“这就是有一搭无一搭，再者说现在乡村也变化多了，这一打仗不是，乡下人存钱还真少了，也不置地，自己有多少就守着多少种，进多少钱花多少钱。现在年月变得差远了，年月就这样不好，学生也有好几毛好几毛花的。”

吴小四听了半天，便问小贩道：“这、这这里离北、北京还、还有多远？”

小贩道：“还有三十来里路。”

吴小四一想，三十里路，走也走到北京了，不过现在太阳都偏西了，走到西城门还不关城吗？他正想着，忽然听里面走出一队学生来，学堂都散学了，走不到城里就得天黑，可是天黑也得走，这里哪有地方住呢，还是赶路要紧。

他把未吃了的花生装在兜里，又买了两堆，还买了一个柿子，为是怕路上渴。他刚要走，就见庙里走出一位先生来，一看，不是别人，却是胡十八。他欢喜不尽，走过去叫道："胡、胡爷。"

胡十八一看是吴小四，以为他是特意来找自己的，他让道："吴爷，老没见老没见，老没见，这程子可好？走吧，家里说话。"说着把吴小四让进庙里。

走到后院，进了西配房，和胡太太见了。胡太太正在做饭，胡十八问道："吴爷从哪儿来？今天这么闲在？"

吴小四道："我上、上香山、山了，从这、这里路、路过，没想、想到这里碰、碰见你，胡爷可、可好？"

胡十八道："还好还好还好，这就是瞎凑合着吧，你怎么样？没吃晚饭呢吧？"

吴小四道："我、我不饿。"不说没吃，也不说吃，只说不饿，那么让吃的时候就吃，不让吃的时候，自己本来说不饿呀。吴小四近来被生活压迫得也会说这种世故的话。

胡十八道："没吃就一块儿吃吧，没什么好的，煮球儿，煮球儿。"

煮球儿是用棒子面切成像算子一般大的球，在锅里煮，熟了之后，连汤带水捞出来，一搁韭菜花儿。

吴小四道："我倒、倒什么全、全吃，现在吃煮、煮球儿，就、就不容易。"

胡十八遂叫胡太太多做一点儿。胡太太自搬到乡间来，越发透着吝啬。上回请柳处长吃饭，始终也没有事，她一直埋怨一个月。今天吴小四又来白吃，胡十八直怕她再叨唠。可是不让吴小四吃，也觉说不过去。

吴小四说："吃、吃倒在其次，我打、打算在、在这里住、住一宿，因、因为进、进城太、太晚了。"

胡十八一听他还要住下，其实他住下自己也没有什么关系，他是怕太太不满意。本来留他吃饭，太太就未必高兴，再留他住下，岂不更招她不满意吗？他道："住下倒没什么，没什么。不过，这儿我也是寄居，怕别人知道，倒好像我跑到这里开店似的。其实没什么，走不了就住在这里，这里倒是有地方，有地方，有地方，不过被子缺乏，在乡下不同城里头。"

吴小四知道他们有点儿为难，遂拿出二十块钱来说道："这、这里有地、地方赁、赁没有？胡爷拿、拿这钱赁一床。"

胡十八一见，心里痛快，说道："也用不了这些钱。"

胡太太也看见了，她也欢喜了。钱到底是好东西，能够维持人与人之间的感情，她道："用不了这么些钱。"

吴小四道："剩、剩下是您、您的。"说着把二十块钱交给胡十八。

胡十八想到这二十块钱不仅是为赁棉被，而且还带着饭钱呢。他接过来递给胡太太，说道："你看着赁去吧。"

胡太太接过钱来道："先吃饭呀，吃完饭再赁去。"说着，做得了饭。吴小四一看，比卜算子的面条热火些，就是白菜搁得太多，因为学校有园子，胡太太拔白菜来得容易，乡下都吃菜粥。

胡太太做的煮球，就和菜粥差不多。吴小四吃了两碗，肚子还不十分饱，再吃觉得胡太太不愿意，想到兜里还有花生，遂把花生掏出来道："我这里刚刚买的花生，吃吃吧。"

胡十八道："哎呀忘了打点酒，再喝点酒吧，喝点酒吧。"

吴小四道："我都、都吃饱了，别、别喝酒、酒了。"

胡太太道："哟，怎么吃这么点儿？没饱吧？这里有的是，别客气，我们向来不会客气。”

吴小四道：“今、今天可吃、吃得太饱了，两、两大碗。”其实两大碗至少有一半白菜。

吃完饭，沏了一壶茶，胡太太向校工刘泼借被子去了。

刘泼挑了一条干净的给了她，她拿过来。吴小四一看，跟自己做工时的被子褥子差不多，上边跳蚤屎非常多，得了，有了盖头就得。庙里板子倒是富余，用板凳搭了一个床，有被子没褥子，胡十八把他的褥子给吴小四铺上。

吴小四说：“不铺、铺褥子也成、成了，我、我总在地、地上睡、睡来着。”

胡十八道：“怎么会在地上头睡？”

吴小四道：“唉，这话、话可长、长了。”说着，他就将他做工的话说了一遍，然后又说到楚江秋夫妇的事，如何到卜算子那里去算卦，如何他和柳摇锦看见索南枝到香山来，人家若是说一刻钟就完了，他却说了半个钟头。胡十八这才明白吴小四怎么会跑到这儿来。

胡十八和胡太太立刻又害怕了，他们恨不能马上叫吴小四走才好，他们怕警察追到这里来，吴小四回头再当了路劫，要不然他哪里来的钱？这夫妇越想越害怕，有心叫吴小四到大殿里睡去，又怕吴小四把被子和褥子拐走。这两口子互相使眼色，心里都后悔不该留他，使他二十块钱倒没什么，明儿要是出了事，还得跟着打官司，伙犯受不了。

胡太太越想越害怕，怕得要哭出来，她想到吴小四都做过工，那什么事不能干呢？他这回就许到山上去绑票，被人追下来，连城也不敢进，说不定还许把胡十八也绑了去。最近的胡十八夫妇，为生活压迫得尽好疑心，弄得都神经过敏，并且还是越想越有理。胡太太问道：“你跟那姓刘的怎么打起来的？”

吴小四道："他妈、妈的，他骂我是土匪，我怎、怎不打他？"

胡太太一听可不是土匪，于是吓得哆嗦起来，又问道："警察没看见你呀？"

吴小四道："没、没有，警、警察都拿、拿着盒子枪，我从、从那边就溜、溜了出来。"

胡太太道："拿着盒子枪？妈呀，可不是玩的。他们不会追到这儿来呀？"

吴小四道："不、不会。"

胡太太心里不安宁了，有心叫吴小四走，又怕得罪吴小四而抢自己。若是叫他住在这里，若是叫人知道，自己跟着打官司。她想怎么这么倒霉，遇见这不省心的事。她急忙把二十块钱拿出来又交给吴小四道："这二十块钱没用，你拿回去吧，横竖我们没使你一个钱。"

吴小四道："笑、笑话，二十块、块钱当什么，明天我还、还上山，只、只要见、见着索南枝，跟、跟她要二、二百她也、也得给我。"

胡太太一听，吓得忙道："可别去了，警察还许安上桩子了呢。"

吴小四道："那、那不怕。"

胡十八道："明天你还上山吗？"

吴小四道："没准儿。"

胡十八道："你要是去，可别上这儿来了。"

吴小四道："你、你们太胆、胆小，这有、有什么的？"

胡太太道："好，人命关天的事，倘若要是进到衙门里，可千万别说出我们来呀。"

吴小四道："也说、说不到，咱、咱们不能拉、拉别人，是、是不是？"

胡十八道："听！"他不叫他们再说话。三个人都静静地听着，听了半天，也没听出什么来。

吴小四道："什、什么也没、没有。"

胡十八道："不是，我听见仿佛有人说话。"

吴小四道："那免不了，门外短不了走路的。"

胡太太道："哟，在乡下这么晚都睡了，平常这时候没有人走的，连我们都睡了，没有灯，耗时候干吗，可不是早睡嘛。"

吴小四道："那、那么现在就、就睡，我也乏、乏了。"于是便搭铺。

胡太太叫胡十八陪着吴小四在里屋睡，她一个人搭铺，她怕吴小四一个人在外屋拿什么东西，自己不知道。胡十八也明白胡太太的意思，吴小四却没往心里去，他是睡在什么地方都成。

为了省灯油，马上就睡。胡十八和胡太太哪里睡得着？翻来覆去的，一时听见外边有人走路，一时觉得吴小四要起来偷他们的东西。

吴小四睡得还真香，胡十八老疑惑他是假装睡觉。他简直睡不着了。

这时胡太太也睡不着了，她听见胡十八咳嗽，遂起来，叫胡十八道："我说，你出来会儿。"

胡十八以为胡太太听见有什么动静，他爬起来问道："什么事？"

胡太太低声道："他睡着了吗？"

胡十八道："睡着了，睡着了，睡着了。"到这时候还不省话。

胡太太道："你可得留点神哪。"

胡十八道："我知道，我知道，我知道。"

胡太太道："你净说你知道，你倒是留神哪。"

胡十八道："那我还怎么留神呢？给他捆上怎么着？"

胡太太没主意，既不满胡十八的说法，自己又没办法。她道："捆上他，那他要醒了呢？"

胡十八道："说的就是呢，这时捆上他，明天你放不放？你不放往哪儿送他？放了吧，你捆他干吗？说怕他撒癔症，不像话，不像话，不像话。"

胡太太道："可是你看他这来派可不善哪！我想他不是来躲官人，就是有意坑咱们。"

胡十八道："咱们有什么可坑的，他一定是躲官人来了，明天一清早，干脆叫他走，叫他走。这要是出了事，人家村长知道，说咱们窝藏匪人，咱们的事也吹了。"

他们正在说着，吴小四起来到外边解手，他们一看，吓得直哆嗦。胡十八撒腿就跑，胡太太跑都跑不动了，她喊叫起来。吴小四见跑出一个人去，胡太太一嚷，他以为闹贼了呢，这时也顾不得解手，即刻追了出去。

胡十八见吴小四追了来，吓得乱跑，胡太太怕吴小四对胡十八下毒手，在后边直叫："吴爷爷饶了他吧，吴爷爷饶了他吧。"

吴小四道："饶、饶不了他。"

胡十八吓得腿都软了，他哪里跑得过吴小四？吴小四过去一把扯住，按在地上，说道："拿、拿绳子来。"

胡太太道："饶了他得了，救命吧。"她直哭。

胡十八也道："吴、吴爷，饶、饶、饶命吧。"

吴小四一听是胡十八的声音，莫名其妙，说道："胡、胡爷吗？"

胡十八道："可、可不是我。"

吴小四连忙起来，又把胡十八扶起，说道："怎么一回、回事？"

胡十八道："我也不知道是怎么一回事。"

胡太太也过来了，她还怕吴小四打她，说道："有什么话，进到屋里去说吧。"

胡十八道："我脖子流血了，流了很多，你摸，湿得厉害。"

胡太太道："到屋里看看去吧。"说着，来到屋里。点上油灯，向脖子一照，哪里是血？却是水，而又臊哄哄的，原来吴小四忙着解手，这一追人，尿憋不住了，撒了胡十八一脖子。吴小四笑了起来，吴小四一笑，他们又觉得吴小四和蔼可亲了，于是也笑起来，虽然闹了一脖子尿，但总比要命强。

吴小四又问他们跑什么，胡十八这时也无法了，只得把怀疑他的情形说了一遍。吴小四一听，又笑了起来，说道："你、你们真、真是疑、疑心病，咱、咱们怎么能干、干那事？得、得啦，睡、睡觉吧。"

胡十八道："别价，我还得洗洗脖子呢。"于是又笑，误会解释，安然入睡。

第二天吴小四还在梦中，就听院里喧哗起来，吓了他一跳。爬起来一听，才知道学生已全来了，在教室里念起书来。

吴小四起来，揉了揉眼睛，觉得觉睡得还真香，胡十八和胡太太前半夜简直没有睡，后半夜想睡也睡不着了，而早晨又不能不起，乡下人对于晚起的人非常嘲笑。胡十八叫胡太太烧火做饭。平常是跟乡下人一样，起来先做饭，今天有吴小四在这里，就不想先做饭呢，耗一耗再说吧。

吴小四就要走，胡十八道："喝碗茶再走，喝碗茶再走。"

吴小四道："我出去解解手去。"他出去了。

胡十八先叫学生念着书，他漱口洗脸，胡太太到外边拾些柴来。她先不做饭，好在做饭也容易，不必买菜什么的，也没地方买去，平常贴饼子就咸菜，这是很好的食品。

一会儿，吴小四回来了，不知往哪里买来的烧饼油条，说道："吃、吃吧。"

胡十八夫妇一看，反倒难为情，觉得迟迟做饭，未免太小气了。于是胡十八一边吃着烧饼，一边叫胡太太做饭。

吴小四道："这、这么早就、就吃饭？"

胡十八道："乡下都吃得早，学生个个都是吃完饭来的，他们是起来先吃饭，吃完饭好干活。到了午间，干活儿饿了，又吃第二顿，吃饱了再干。到晚上，爬到炕上就睡，所以乡下是有早饭午饭，没有晚饭。城里人因为晚上不睡打夜游子，所以非吃晚饭不可，认真说起来，还是乡下人的对。"

吴小四吃完烧饼，喝了点儿水，便和胡十八告别。他说进到城里找楚江秋去，事别耽误，一耽误就要变了。他还叫胡十八哪天进城，聚会聚会。

胡十八说："十月初八准进城。"

吴小四道："那、那天一、一定给胡爷、爷暖、暖寿。"

胡十八道："不敢当，不敢当，不敢当，不敢当。"

吴小四道："胡爷有、有工夫吗？那、那天是礼、礼拜吗？"

胡十八道："不，不是礼拜日，是礼拜四，我打算放一天假，圣诞节，对啦圣诞节。"

吴小四道："剩、剩蛋可不、不好，不新、新鲜啦。"说着，分别了。

吴小四走进城里来，先去找楚江秋。谁知楚江秋仍然没在家。

要知后事如何，且看下章。

第八章　相见欢

吴小四来到楚江秋家，老妈子道："刚走，昨天由天津回来的。我一提你来了，说太太在香山呢，他听了，恨不能半夜就到香山去，今天一清早骑着车去了。"

吴小四心里放了心，也不必再追到香山去，还是回家谋事去吧。不过他想到楚江秋和刘经理一见面，必有一番恶斗，楚江秋身体好，大概不致叫刘经理给打了。有心再去助拳，又恐怕来不及。他说晚上再来听信，他走了。

楚江秋的确是昨天晚车回来的，在天津找遍了，也没有索南枝的影子，怅然回到北京来。老妈子一看，他瘦了许多。这几天也没得好吃好睡，心里总有事，焉得不瘦？

回到家来，一问索南枝还没有回来，他心里更着急，不过老妈子告诉他说："吴小四来了两趟，说太太在香山呢。"

楚江秋一听，立刻就要出城，老妈子说："这时候说不定就关城了，再者说，即或没关城，黑天半夜的上香山，那多危险呢？这一夜的工夫，太太也不会动劲儿，您就明儿一清早去吧。"楚江秋只得听了她的话。这一夜也睡不好，没到天亮就起来，把自行车打了气，稍微吃了点东西，便骑车出来，在吴小四仍在胡十八那里吃烧饼时，楚江秋已经到了香山。

先到山下住家里去打听，都说没有。他只有存了车，走上山来，到饭店去问。到饭店一问，没有索南枝这个人，他不觉怔了，幸而茶房聪明，因为好儿回有找姓索的，茶房已经知道了，遂道："您找的这位太太是什么样？"

楚江秋便把索南枝的相貌和她穿着的衣服一说，茶房说："她在这里登簿子不是姓索，有两三次都找过她。她在这里报的不姓索，是姓苏，叫苏幕遮。"

楚江秋晓得她这是遮隐的意思，遂道："那么我就找这位苏小姐。"

茶房道："已经不在这里了。"

楚江秋一听，又是一怔，说道："什么时候走的？"

茶房道："昨天叫警察给传走了，同着一位刘经理一块儿传走的。"

楚江秋一听，不禁脸红起来，他赶紧转身走了。他以为一定是索南枝同刘经理住在一块儿，警察查簿，认为有伤风化，将野鸳鸯传走了。这实在是使人难堪的事，自己的太太同人家住旅馆，被警察逮走，这消息登在报上，自己还能活着吗？他越想越熬心，简直无脸再见人了。由此可见索南枝背着自己出走还是对自己不忠实了。

想到这里，楚江秋一阵暴怒，恨不能把这世界整个儿毁灭了。可是他毁灭不了，他连刘经理和索南枝都毁灭不了，毁灭不了别人，只有毁灭自己了。他不想再求生存，这样生存也太没意味了。人是要名誉的，第二生命已经没有，第一生命也就跟着不能存留，趁此好环境，真不如自杀了呢。

他慢慢地走着，走到夏天同索南枝谈情话的石头上，想到那时的快乐，更不禁悲从中来。唉，这是自己的归宿吧。不必再回去了，明天一登报，何脸儿见人去呢？即或不登报，而索南枝已经和刘经理从山里饭店被警察逮了去，自己已经受了侮辱，况且索南枝的心未必再和自己一心了。这些日子，为了她，职业也抛弃了，耗费了若干光阴，损了多少精神，结果是这样，活着太无味了。想到这里，决心自杀，死的心一到，是越想越窄，自杀的心理，很少能给人解宽心的，只有往窄里想。能够解宽心的，就不会自杀了。自杀的人并不是愚，而是自己心里逼迫着，不得不走这条路。

楚江秋也知道自杀是弱者的行为，可是这时候活着也更是弱者，窝窝囊囊地活着，多么没劲！真不如死了呢。他想跳河，这点儿水又淹不死，上吊又没绳子，上到尽高处往山里一跳，闹得粉身碎骨，唉，也只有这一条办法了。

他一点一点地往上走着，越高越好，低了摔不死，更难受。上了几个山头，往下望了望，树太多，跳到树上，一定摔不死。他仍往上走，一边走一边想，一个女人，可以毁灭一个男人，至少毁灭了一个男人。这爱情，实在不是贸然讲的，天下多少青年，毁灭在爱情里，有这精力，给国家干一点事好不好？何必牺牲于此呢？自己后悔已经晚了，而许多青年们还走着自己这条路子，怎么样警告他们一下呢？

他走在一个转弯地方，他站住了，望了望山里，非常深邃，山里还有一条小溪流着水。他想：从这里跳，还怕被树枝牵挂，如果爬到那棵树上，由树上往下跳，便可直坠到底。

他爬到树上去，正要往下跳，忽然听见有人叫自己："楚先生，楚先生！"

楚江秋便停住了，循声一看，原来是朱老头儿。

朱老头儿来到切近，叫道："楚先生快下来吧，那多危险，一不留神，就掉到涧里头。"

楚江秋心说："我正要跳下去呢。"便说道："你还在这儿呢吗？你来得正好，我这里还有些钱，你拿去吧，这里还有车牌子，你也可以取走。"说着，又爬下来，把钱拿出来，连车牌子一起交给朱老头儿。

朱老头儿道："你这是干吗呀？"

楚江秋道："你不必管了，你去你的吧，我都送给你了。"

朱老头儿道："我不要，我还有话对您说呢。"

楚江秋道："你说吧。"

朱老头儿道："到山下说去。"

楚江秋道："你就这儿说吧。"

朱老头儿遂把他如何遇见吴小四找他们夫妇，如何又遇到楚太太一个人来到饭店，他给扛的箱子；如何进城找吴小四，又如何同他来饭店找楚太太；如何刘经理出来，叫吴小四打了一顿；吴小四如何闯下祸；刘经理如何把警察找来；吴小四和他如何分散的话，说了一遍。又说吴小四进城，叫他在山上遇机会告知楚太太，说这前因后果。他道："我今天上山来，为是等着楚太太，碰见她的时候，叫她留意，别上人家的当，没想到没碰上楚太太，却碰上楚先生了。楚先生干吗爬到树上？现在叶子还没很红呢。"

楚江秋道："我不是采叶子，我是来找楚太太的。不料到旅馆一问，说昨天叫警察把他们传走了。我想我活得实在无味了，所以不想回去了。"

朱老头儿忙道："别价，您倒打听清楚了呀！您不会问问茶房，为什么逮走的？"

楚江秋一想，对呀，自己真是粗心，听朱老头儿的话，情形似不那么简单。于是便同着朱老头儿又来到旅馆，向茶房打听索南枝是怎么逮走的及她住在旅馆的情形。

茶房不大愿意说，楚江秋递给他十块钱道："买盒烟卷儿吸吧。"

茶房一见钱，立刻乐了，说道："二位到里边吃碗茶。"

楚江秋道："不用了，我们还得赶快下山呢。"

茶房道："昨天这位老者同一位年轻的来找苏女士，那位刘经理一死儿地要出来见，不知怎么说差了，打了起来。刘经理愣说那年轻的是土匪，打电话把警察叫了来。警察一来，并没有什么土匪，一问谁叫的，怎么回事。这才知道刘经理负气捏报，警察以其捏报匪警，十分生气，便把他逮走，又因为那年轻的原来是找苏女士的，于是连苏女士一起带到区里回话去了。”

楚江秋一听才知道是这么一回事，又问到她住在旅馆的情形，茶房说：“先来就是一个人，天天总是愁眉不展的。后来刘经理来了，找索女士，我们说没有这个人，他便在前边开了一个房间，可巧索女士出来散步，叫他看见，这才一块儿说话。听说那位刘经理接这位女士住他的园子里去，她不肯去，并且一到晚上，就把他请出来，把门关上。”

楚江秋一听，眼泪落了出来，这泪是快活的泪，是感激的泪，他想到自己幸而没死，不然岂不要冤枉了她？朱老头儿倒是自己的恩人了，遂道：“那么咱们赶快回去吧，她也许回到家里去了。”于是他们走下山来。楚江秋取了自行车，给了朱老头儿一点钱，叫他坐汽车进城，并告诉了他住址，他骑车先自回去不提。

这时索南枝还在局里，她昨天因为刘经理报匪警把警察调来，警察一问，并无土匪，当时大怒，以刘经理伪报匪警，给了刘经理几个嘴巴，刘经理受了这种刺激，心里有气，可是也无办法。警察问前后情形，刘经理把吴小四找索南枝，他给代见，不知青红皂白，被他打了一顿的话说了一遍。警察便问索南枝是干什么的，为何一个人住在饭店？他们拿她当作饭店小姐了，态度非常不敬。索南枝受到这种精神待遇，实在难过，但又无法，她把她的情形说了一遍。警察又问是谁找她，为什么事。索南枝说不知是谁找她，不过据她想是吴小四，因为曾听朱老头儿说过吴小四找她，找她什么事却不知道，大概许是借钱。

警察以为此案和索南枝有关，便一起带走回话。到了局里已经天黑，他们还没吃晚饭，坐在候审室里，又暗又凉，当时连夜审问，才问出头绪。看他们的居住证，倒不是为非犯法的人，不过觉得刘经理跑到西山追人家的太太，虽然是朋友的照护，但也未免过于多情。索南枝又这样美丽，一定是他另有野心，不过没有实据，也就不论。不过按他这捏报匪警，实在受罚，不过这时城门已关，无法进城取保释放，只得把他们放在候审室。

这一夜，刘经理和索南枝都没有受过这样的罪，又冷又饿。刘经理想吸烟，他知道这里没有吸烟的自由，这时他后悔不该出来，受这倒霉的罪。这还没受到什么刑罚呢，就已经受不了。他坐在冷板凳上，睡又不能睡，连躺一会儿都不可能，白天挨了吴小四一顿打，这时浑身都发疼。外边是寂静的，屋里也是寂静的，在这寂静的情绪中，又有夜神威胁，同时又身在法网，于是他悚然悟出忏悔心。他想到这一点是应得报果，自己不该对人家太太有着这样的野心，假如没有这回事，自己何能受这样的罪呢?

索南枝这时也后悔极了，自己何曾受过这种罪呢?这都是楚江秋逼得自己走的这条路。现在他还在温柔乡中，自己却受着这样的罪。吃苦固然是该吃的，但是这种苦却不是光荣的苦，而是说不出来的苦。刘经理也太可恨，偏偏报匪警，自找无趣，可是吴小四为什么直找自己?她前思后想，越想越不痛快，于是便越恨楚江秋。她想这回远远走，走到上海去，即或是堕落，也不在北京了。

想了一夜，第二天，一起解到城里。幸而还恩典，允许他们叫辆汽车。要不然走在街里更难看了。

到了局里一审问，他们又据实情说了，局方为证实起见，特又去传吴小四到案。

吴小四刚由楚江秋家里回来，就被警察传走了。到了局里，便升堂问话，问道:“你叫吴小四呀?”

吴小四道:“是呀。”

审官问道:“你认识索南枝吗?”

吴小四道："认、认识。"

审官道："你怎么和她认识的？"

吴小四道道："我、我们住、住过街坊，人、人家周、周、周济过我、我们，我、我……"

审官不等说完便又问道："你到香山找她去了吗？"

吴小四道："去找、找过她。"

审官道："你找她干吗？有什么事？"

这时刘经理和索南枝都在另一间屋里，那里有个玻璃窗，可以往外看，里面单有警察问他们两个人。

警察问索南枝道："你认识他吗？"

索南枝道："认识，他叫吴小四。"

警察问道："那天是他找你吗？"

索南枝道："我不知道，我是这么想着。"

警察又问刘经理道："找索南枝的是他吗？"

刘经理道："是他。"

又问道："跟你打架的也是他吗？"

刘经理道："是他。"

于是他们又听吴小四在外边说道："我找、找她有、有点事。"

警察问道："什么事。"

吴小四遂把以前索南枝怎样救他的母亲；他怎样做工，怎样回家；母亲怎样说报答人家；怎样在饭馆里做事，怎样遇到刘经理请客，怎样听到刘经理等要破坏楚江秋和索南枝夫妇的和美，他们怎样计划破坏人家幸福又希图占有索南枝，又怎样写信，怎样使离间计；他听了这话，怎样找楚江秋夫妇，而找不着，后来怎样找着而他们已经反目，索南枝出走，楚江秋又怎样着急；怎样算卦到香山去找，因为算了下卦而未见着，回家听说楚江秋又上天津找索南枝去了，大概是上了人家的当，自己又怎样遇到朱老头儿，又怎样再到香山，怎样和刘经理见面，刘经理不叫他见索南枝，于是打了起来的话，结结巴巴地很详细地说了一遍。

刘经理听着直冒汗，他实在愧对索南枝。

索南枝听了吴小四的话，从心里难过起来，她落了泪，误会了楚江秋，他们完全上了别人的当。她恨不能这时马上回到家里，见着楚江秋，述说她的衷肠。因了一点儿误会，叫他着了这样的急。

这时审官见吴小四居然这么义气，倒很赞成的，于是把索南枝带到堂上，互相问道："认识不认识？"

吴小四一见索南枝说道："好，我找、找、找……" 找了半天，底下就说不出来了。

审官道："你们两个人无罪，各自回家，有话回家说去，以后要好好做人，夫妇不要常吵架，总以互相敬信为对。" 训了几句，叫他们各自回家了。刘经理因为除了捏报匪警外，还有妨碍家庭罪名，照旧押起来。

索南枝与吴小四出来之后，索南枝倒非常感激他，紧拉他回自己家里去。吴小四这时反倒脸红了，他说他被警察带来问案，母亲还不放心，还是先回家去，回头再到四边静胡同去。索南枝因为自己两天没睡，又未梳洗，于是赶紧回家了。

回到家里，老妈子一见说道："哎呀，太太你可回来了，这几天可真把老爷急坏了。要不是吴小四这小伙子，老爷真能急死，要不然老爷还见不着你哪。这是老爷把你接回来的？老爷呢？"

索南枝道："我还没有见着他，他上哪儿去了？"

老妈子道："一清早就走了，昨天吴小四来说太太在香山，老爷晚上从天津回来，黑天半夜的就要去香山，倒是叫我拦住了。今天一清早去的，要是见不着你，也该回来了。"

索南枝叫她打洗脸水，老妈子一边打来脸水一边说："老爷这几天瘦得不像样了，太太也瘦了，不过比老爷好点儿。"

索南枝道："我一夜没有睡呢。"说着洗完脸，又烧水沐浴，然后换了新衣服，把头发也拢了拢，老妈子沏茶，问她吃什么不吃。索南枝问有现成的没有，老妈道："老爷昨天由天津带来的点心，没有吃了，你先吃着，我去给您做饭，一会儿老爷就许回来了。"

索南枝道："不必做饭，我吃两块点心吧，我得先睡觉。"说着吃了几块点心，吃得真香。此时心里已经没事，所以安然睡去，睡了一会儿，便做起梦来，仿佛还在香山似的，景致非常好。她和楚江秋坐大石上谈天，山上就是他们两个人，非常静。这时忽然楚江秋不在身边了，她很奇怪，他上哪儿去了呢？她便四下里找，这时听见后边有声音，回头一看，原来是一只狼，她一看，吓得喊叫起来，两只腿也迈不开步了，狼是越来越近，她大声喊道："江秋！江秋！"

这时就听楚江秋跑，说道："南枝，南枝，我来了，不要怕，南枝，醒来。"

索南枝醒来一看，果然楚江秋在自己身边，抱住自己，说道："南枝，你做梦呢吗？"

索南枝犹有余怖似的，依在楚江秋的怀里，她没有言语，可是眼泪流出来了。楚江秋心里亦如刀剜一样，什么也说不出来了。

老妈子进来，他叫老妈子打手巾把来，给索南枝擦了眼泪。索南枝心里渐渐平静，便唤了他，看了看他，果然他瘦了，满脸风尘之气。她又叫老妈子给老爷打脸水，又叫他去沐浴。

楚江秋这些日子忙得，也好几天没有沐浴了，于是先去沐浴，换了衣服，这才和索南枝谈话。他问道："你怎么回来的？在局里受罪没有？"

索南枝遂把局里审问的情形一说，又说到吴小四招的供，他们都盛赞吴小四，觉得他对我们太出力了，他为了我们的事而失业，我们应当谢他一下。

索南枝道：“送他几个钱。”

楚江秋道：“送他钱不如给他找个事做。”

索南枝道：“那么你就给他介绍一个事情做。”

楚江秋道：“我想我们自己成立一个事业，把他约来，岂不更好？我现在把事情也辞掉了，不如我们自己创一番事业，你看如何？”

索南枝道：“那是最好了，我们做什么事业呢？”

楚江秋道：“我想立个学校，现在只有开学校才对社会有利益，咱们慢慢计划着。”

他们正说话，外边有人叫门，老妈子出去开门，一会儿跑进来说：“外边有个姓朱的老头儿找。”

楚江秋道：“噢，快让进来，我还把他忘了。”

老妈子出去让朱老头儿，索南枝问楚江秋道：“是你找他来的吗？”

楚江秋遂把早晨在香山遇见朱老头儿的情形一说，索南枝眼圈又一酸，她道：“你要死了，我也得死，朱老头儿算是救了我们两条命。”

正说着，朱老头子进来了，他们立刻欢迎，叫朱老头儿洗脸，喝茶吃点心，叫老妈子去做饭。

朱老头儿要走，楚江秋问他上哪儿去，还有事没有。朱老头儿说：“打算到德胜门外住小店去，明天在晓市买点东西到街上卖。”

楚江秋道：“干脆你不必走了，我这里有地方住，你也不必做买卖去，给我做点事。我们两个人不常在家，你也可以帮助老妈子看看家，每月我给你工钱。因为我家正缺这么一个人，你来正合适。”

朱老头儿一听，十分欢喜，说道：“管吃管住，我就知足，干吗还给我工钱？”

楚江秋道：“你也不必客气了，就这么办吧。”

他们说完了，到了晚上，索南枝因为昨天一夜没睡，她道："我们休息吧，你也累了。"

楚江秋真的也疲乏得了不得，两个人老早便睡下了，可是躺下哪里睡得着呢，各人都有着一肚子话，都还没说呢，不说出来便睡不着。楚江秋问索南枝道："你这几天想我没有？"

索南枝道："我恨你。"

楚江秋道："你恨我什么？"

楚江枝道："要不是你，我哪受这么大的罪了？"

楚江秋道："谁叫你私自潜逃呢？"

索南枝道："呸，胡说，我那时真有死的心。你忘了你那几天在家时对待我那种神气，我告诉你，任何人都受不了。"

楚江秋道："可是我也着了好些日子急呢。"

索南枝道："那活该了，谁叫你对我那样？"

楚江秋道："那时你不明白我的心。"

索南枝道："你的心是什么心？"

楚江秋道："我是希望你不要理刘经理和胡搗练他们。"

索南枝道："那你为什么不同我说了呢？你不说我怎么知道？这若是没有吴小四，我们的误会还不得解释呢。"

楚江秋道："以后我们要好好相信彼此了，别的无论谁的话，也不相信他。"

索南枝道："哼，你说得挺好，到时候又不由你自己。结婚以前，你不是也说过这样的话吗？怎么还会有这回误会？这时说得很好，以后怕仍免不了。"

楚江秋道："以后我绝对相信你了，我可以发誓的。"

索南枝道："我问你，你到天津干吗去了？"

楚江秋道："我找你去了。"

索南枝道："你找我去了？怎么有人说你在天津有爱人？"

楚江秋着急道："你听谁说的？这是他们离间我们的话，我已经上了他们的当。他们说你在天津，我真的跑到天津找你，你也信他们的话？你是听谁说的？是不是听刘经理说的？"

索南枝道："你别急，我是说着玩呢。我知道这是他们造的谣了，我是说着气你呢。"

楚江秋道："好，你还气不够我吗？"说着，时光已经不早，他们一起入睡。

第二天起来，无线电已经广播中午的节目了。楚江秋道："哎呀，都这个时候了，我们可真能睡呀。"

索南枝道："我睡得真香，把我这两天的疲乏都睡过来了。"

他们起来，洗脸漱口，老妈子问他们吃早点不，索南枝道："不吃早点了，要再吃早点，什么时候吃午饭去呀，帮午饭吧。"

于是叫朱老头儿去买菜，老妈子做饭。楚江秋和索南枝又谈着香山的事，他们提到最初谈情的那块石头地方，都笑了。楚江秋道："吃完了饭，咱们好好计划咱们开学校的事，下午我想找几个同学去，叫他们参加这个学校的事。集思广益，他们都是教育家，帮助咱们成立这个学校，我想一定成功。"

索南枝道："可是人家当教员的现在可合适了，又加薪，又白吃一顿饭，又配给煤，我想他们一定不肯牺牲人家的事情来给咱们帮忙。"

楚江秋道："我想他们如果兴趣在教育上，一定肯帮咱们忙。何况咱们学校是大众的学校，可以终身教育的，这意义多么伟大。"

索南枝道："但愿如此呀，可是吴小四得给他一个职业做。"

楚江秋道："当然，但是不知他能干什么，太低了不合适。"

索南枝道："把他找来问问也可以。"

楚江秋道："好吧，我先找同学去计划学校的事。"

说着，他便走出去。刚走到院子里，索南枝叫道："江秋。"

楚江秋又走回来道："有事吗？"

索南枝道："你来。"

楚江秋遂又走到她的跟前，她道："假如人家问我们的事……"

楚江秋道："噢，我自有答法。"

索南枝道："你还是说出来好，万一他们来到家里，我对他们说一样，你对他们说一样，那岂不咱们说谎了？"

楚江秋道："你就说你没有走。"

索南枝道："那不好，还是说我到香山买园子去了。"

两个人正说着，有个朋友来了，他们让了进来。朋友一见索南枝，不由一怔说道："楚太太多咱回来的？"

他们两个人一起回答出来，索南枝说"我没有走"，楚江秋道"她到香山看园子去了"。

朋友道："我听谁的？两个人说两样。"他们也全笑了。

楚江秋道："请坐请坐，我刚要找你们去，她又把我叫回来，不然我们也许碰在胡同口儿，我们方才商议找你们创办一个学校的事。"

朋友道："嗬，你们刚看见配给煤就想办学校？"

楚江秋道："为煤块而办学校，那也不合算，说真格的，你们得多帮忙。"

朋友道："帮忙是没问题，我可以担任教员，不过得有一顿午饭哪。"

楚江秋道："你们教员当得就知道吃饭了，倒仿佛饿了多少年似的。"

朋友道："说真格的，事变后几年，就属教育人苦，现在刚有点便宜，立刻谁都看着眼红，现在光看见教员有煤，而没看见教员倒霉。"说完，大家又笑。

跟着，便商量办学校的事，第一是什么性质的学校，是专门？

是中学？是小学？是职业？是艺术？第二是校址，现在找一所房子非常困难。第三是经费，第四是教员，第五……

朋友说道："我看，咱们不必往下讨论了，我以为学校绝办不好，这不是一件容易事。你要想教育社会，不如组织一个话剧团，用话剧教育社会，比学校力量还大。同时比学校还有兴趣而且有伸缩性，我们自己编剧本，自己导演，自己演员，地址也不必要大，你们看怎么样？"

楚江秋和索南枝一听，十分欢喜，索南枝道："这个办法太好，我最喜欢话剧的。"

楚江秋道："这倒合了她的脾气，女主角一定是你的。"

朋友道："楚太太演话剧还真有天才。"

楚江秋道："你一夸她，她更兴奋了。"

索南枝道："真的，我们干话剧吧。"

他们放弃学校计划，又来筹划话剧的事业了。

他们先计划呈报立案的手续，朋友告诉他们，第一得先有社址，没有社址不能呈报。楚江秋道："暂先设在我家里，我家里有空房，那客厅还没什么用，等到扩充，另外再找房。"

朋友又说到演员问题，他说我们最好不要像其他的剧社，尽招些漂亮演员，其实演员不一定要漂亮，话剧本来是表现社会的种种形态，社会上的人，不能人人都是那么漂亮，那么天仙似的。所以我们招演员，必须什么样的人都要，只要看他表演的技术如何，是否有这天才，不必管他漂亮不漂亮。第二，一般剧社演员，多是知识分子，差不多尽全数都是学校的学生，这样也不好。因为圈中人的身份，什么样的阶级都有，叫一个学生演下级社会的人物，绝演不到家，所以演员这方面，我们不能光拿书本上的知识来考察演员的，还得从社会的经验来考验演员的。

楚江秋听了，深以为然，于是他们便约定明天在他家里开一个座谈会，约几个同学，商讨这件事。

第二天，大家来了，对于创立话剧社都非常高兴，干好了是一番事业；干得不好，也可以是一种业余的高尚娱乐。于是大家兴高采烈地讨论，有的起草章程，有的拟呈文递官方立案，有的拟剧本，有的担任宣传，有的担任庶务事项，分工合作，立刻话剧社组织起来，各人担任各人的职务。

这天楚江秋和索南枝正在忙着办理社里的事务，这时吴小四来了。楚江秋和索南枝都欢迎起来，对他非常殷勤，吴小四反倒忸怩不知怎么做好了。

楚江秋便问他找着事没有，吴小四说："没、没有呢，前、前天有、有个朋友，给、给我介绍肛、肛门队里，跑张、张家口运、运烟土，我、我不能干。"

楚江秋道："那当然不能干，希望你千万别干。我们这里成立一个话剧团，马上就批下来，我们已经着手干事，如果你愿意参加，我们非常欢迎。"

吴小四一听演戏，心里高兴极了，他就喜欢演戏，话剧虽和旧剧不同，但在台上演是一样的，他愿意参加，他说叫他干什么他就干什么。楚江秋说一月给他多少钱，反正是大家苦干。

吴小四说："能、能够有饭吃就知、知足。"

楚江秋和索南枝完全是报答吴小四这点恩义，假如没有吴小四，两个人的性命，或许早就没有了。

吴小四一有了事，高兴得了不得，见着朋友便说他有事了，一月挣好几百块钱呢。

这天，他正要出门，柳摇锦和卜算子一块儿来找他。他这屋里简直没有空地儿了，自吴老太太一开铺子，屋子里堆得满满当当，什么都有，除了睡觉和走路的地方而外，都堆了东西，甚至睡觉的床底下都是满满的。他们来了，简直没地方坐。柳摇锦坐在劈柴上，卜算子坐在一个坛子上。

吴老太太给他们沏茶，柳摇锦道："听说吴爷有好事了？"

吴小四便得意地说道："我、我在江、江南话剧社，当庶、庶务股长。一、一月挣好、好几百块钱、钱呢。"

吴小四到底没心，现在一般人，有事说没事，有钱说没钱，唯恐别人借。吴小四说胖就喘，他只顾了自己说着得意，忘了别人对他有什么要求了。

柳摇锦道："江南话剧社，这一定是南方人组织的。"

吴小四道："不，这、这是楚江秋和索南、南枝两个人、人的名、名字，组、组成的。"

柳摇锦道："噢，楚江秋的江，索南枝的南，这倒不错。我听说他们很有钱的，这剧社一定能发达起来，吴爷又有戏剧天才，一定可以蒸蒸日上。"

吴小四听了，非常高兴，于是说到剧社里分什么组，分什么股，怎么弄饰景，他说："你、你们知道刮、刮风下雨打、打、打雷，是、是怎么一回事？敢则刮、刮风用、用一个轮、轮子，上、上面绕上布，一、一转，就呜呜地响、响起来，跟、跟刮、刮风一个样，打、打雷是、是个大、大铁板，一、一震动它，就隆隆地响起来，跟打、打雷一、一个样。"

吴小四跟他们一说咕，他们立刻觉得现在的知识，不如吴小四了。

吴老太太这时沏上茶，给他们倒上，吴老太太也爱说话儿，吴老太太说话总离不开配给，她说："现在的东西可了不得呀，劈柴都一块七了，您说怎么好。"

柳摇锦道："劈柴还在其次，这煤怎么办哪？六十多块钱了，你看今年冬天冻死的吧，今年暖厂粥厂，都没有信儿呢。"

吴老太太道："唉，这是劫数呀。"她说着就仿佛听谁说了拿一斤劈柴，吴老太太道："劈柴呀，可不是，都十七块钱十斤了。"

吴小四道："窗、窗外有人买、买劈柴呢。"

吴老太太这才知道是窗外有人买，遂拿了一堆劈柴送出窗外。

柳摇锦拿出一个手绢，摘下眼镜来擦眼睛，吴小四道："柳、柳爷的眼、眼睛怎么了？"

柳摇锦道："还提哪，这两天害眼，害得厉害，买卖也不能做了，卖眼药的害眼，谁还买眼药呀？"

吴小四道："戴、戴上眼镜，不就看、看不出来了？"

柳摇锦道："不成，我简直看不见了，上回给人家上眼药，也不知怎么把药上到人家鼻孔里去，人家给了我两个耳刮子，直骂大街。"他们一听，全笑起来。

卜算子一笑，坐不稳了，把坛子翻倒，里面尽是面，撒了一堆。吴老太太一看，可着了急，说这面是卖的，别糟蹋了。

卜算子连忙收拾道："糟蹋不了，不但一点损失没有，还能给您多添上一斤半斤的。"他连土都扫起来，混在面里。

吴老太太道："哟，那怎么吃呀？"

卜算子道："混在面里一样有人吃，你吃的面里就有土，你以为铺子里的面就没有土了吗？"说着，收拾起来，重新坐下。

柳摇锦照旧说他的来意，他道："我这个买卖不能做了，这就算碰了，再干的话就得到乡下卖去了。"

吴老太太道："怎么会害起眼来？你不是有眼药？"

柳摇锦道："唉，谁知道怎么害的？"

卜算子道："我说句什么话，你这个买卖不好。虽然没有叫人受害，但到底是蒙人家的钱，所以你才有这个报应，你这是报应呀。"

吴老太太道："真的，可别再做这个买卖了。"

柳摇锦道："是呀，所以我们今天找四兄弟来，就是听说他有了事，在话剧社里，我们也想干那个事。别看我没登过台，可是我绝不外行，我这整天伪讲演……”

吴小四道：“没、没问题，我一、一句话你、你们全能进、进去。把鲍、鲍老催也、也找上，没、没错儿，我给、给你们带、带去，现、现在社、社里正需要人、人呢。”吴小四满口答应。

柳摇锦等欢喜不止。原来柳摇锦买卖做不成，听到吴小四在话剧社里做事，他便想进到剧社来做个事，当个演员什么的，即或把门卖票，也都不错。他找卜算子，叫卜算子帮他给说，叫吴小四不能不答应。没料到吴股长一口就答应了，他们便问什么时候听信，连卜算子也想干一下。卜算子见天气越来越冷，坐在大街上算卦，太不舒服，算卦的也日见其少，所以一块儿干戏倒不错。他不懂什么叫话剧，他就觉得能做事就得。他以为什么事都能干，他以为人们做事不分什么长处、什么技能，在卫生局做事，也可以在社会局做事；在财政局做事，也可以在教育局做事。实际也是这种情形，也难怪他这样想。

于是他同柳摇锦一同到吴小四家里来，没想到吴小四一口答应，他们十分欢喜。他们问什么时候听信，吴小四道：“咱、咱们这就、就去，我也到办、办公的时、时候了。”立刻就有了派头儿，要不怎么说福至心灵呢。

吴小四说走就走，他说：“顺、顺道儿连鲍、鲍老催一、一块儿找、找上。”说着，他们走出屋外。

吴小四一眼看见柳摇锦的屁股挂着两根劈柴，原来他在劈柴上坐得时候久了，劈柴的刺扎在裤子里，起来的时候，就仿佛挂着两个棒槌似的。他们都笑起来。柳摇锦往下一撕，把裤子撕了一个口子，裤子本来就糟，一撕就碎，无法，遂脱下来求吴老太太给缝两针。

一脱裤子，吴小四才看出他是西服里套棉袄棉裤，里头是小棉袄棉裤，外边穿上西服，又暖和又摩登。

吴老太太给缝好了，照旧穿上，一起走出来。走在院子里，柳摇锦没有留神，一脚踏进防空壕里，整个儿栽到里头，连卜算子也栽在里头。吴小四笑得直不起腰来，连街坊都直笑。

柳摇锦道："你们在院子里刨坑干吗？"

吴小四道："这、这是官、官家叫刨、刨的。"于是把他们拉上来。柳摇锦的裤子又撕了一个大口子，这回又由吴老太太给缝了几针，没有脱下来，穿着缝的，没想到吴老太太把西服裤和棉裤给缝在一块儿了。这一来，又不免有什么笑话演出。不过这是后话。

且说他们一起走出来，绕了几条胡同，见着鲍老催，他们一说上话剧社当演员去，问鲍老催去不去。鲍老催这些日子摆车摊儿，累极了，一天到晚尽是收拾车的，可是收拾完了都不给钱，这个紧紧螺丝，那个扳扳前叉子，倒是都不费什么事。因为不费什么事，所以钱就没法儿要，算多了工不值，算少了钱不值。人家也以为给多了不上算，给少了拿不出来，道个劳驾完事。一个固然不算什么，假如整天尽是道劳驾的，那简直买卖给人家做了。他老早不想干，一听吴小四约他演话剧，他以为话剧就是从前的文明戏，于是说"干"，立刻就把车摊儿收拾起来，也没洗脸，跟着他们走下来。

一直来到楚江秋家，门口儿挂着"江南话剧社"的牌子，他们走进一看，话剧社正招考着男女演员，由一个叫白练序的艺术家考试。白练序是社里的总导演兼编剧家，自从传登报之后，演员来得真是不少，一大半是漂亮的女人。白练序是注重人才，绝不以漂亮不漂亮来做标准。报名的是随时报名随时考。

这时吴小四领了柳摇锦三个人去了，吴小四先去见社长，他跟楚江秋一说，有三个朋友想做演员，希望把他们取上。楚江秋因为吴小四是恩人，不好不答应，遂叫他领他们到白导演那里去考试。楚江秋又跟白练序说了，吴小四有三个朋友考演员，如果看着合格，能够取上就取上。白练序因为有社长的话，当然答应，何况又是吴股长的人情呢。他把柳摇锦三个人叫进来，白练序一看这三个人的外表，就不由好笑。柳摇锦穿着西服，里头套着棉袄；卜算子两只近视眼，说话都答不对题；鲍老催胖胖的，也有个意思。他想到话剧里的人物，不能都是好的，也有特殊人物，像柳摇锦和鲍老催这样的人，也正是话剧社里的好宝贝。虽然他们没有经验，但只要加以训练，马上便是好角色，比那些好出风头，专重外表而不顾实际的人强得多。同时他想利用他们做一个趣剧，那是最合适不过的。

于是他挨着次序问他们，先问鲍老催道："你喜欢话剧吗？"

鲍老催道："划锯？车摊儿上差不多不用锯，都用扳子、改锥、锉什么的。"

白练序道："我说的是话剧，演戏的话剧。"

鲍老催这才知道这叫话剧，他忙道："喜欢喜欢。"

白练序道："话剧有什么功用呢？"

鲍老催道："话剧可以卖钱。"

白练序道："你有话剧经验吗？"

鲍老催道："小时候在家里常演，有小屁儿、三群子、小了儿，我们演娶姑娘扮姐姐。"

白练序又问卜算子道："你对话剧有什么心得？"

卜算子道："我以为话剧演的时候，必须先挑好日子，台最好在西面，西方庚辛金，金生丽水……"

白练序不等他说完，便问道："话剧社的意义是什么？我们干什么要成立话剧社？"

卜算子道："话剧社的意思就是演话剧，演话剧可以成明星，这也是八字造定……"

白练序又问柳摇锦道："话剧对于人生有什么关系？"

柳摇锦道："关系太大了，非常的深刻，我们的忠诚，新体制的迈进，所以，所以话剧对人生的关系太大了。假如我们卖眼药，非得宣传不可，演戏就可以宣传，所以，所以是很重要的。”

白练序简直不知他说的是什么，也不往下再问了。他想，像他们这一群人，也可以利用编个趣剧，于是便同他们说就算考取了，以后每天来练习各种表情技术，必须遵守导演的指导，以及社内的规矩。

他们见已经取上了，十分欢喜，遂走了出来，几个人又回到鲍老催家里。他们都很高兴，鲍老催忙着倒茶招待。

他们又谈到话剧的问题，柳摇锦说：“咱们答得太棒了，要不然他不会取上咱们。你们听我答的那几句没有？没点儿学问的真答不出来，卜爷答得也不错，不过说到八字儿有点儿落伍。话剧同旧剧不一样，我不是说不相信八字，皆因现在摩登都不信八字，你说是不是？可惜胡十八胡爷没有在这里，不然他也参加，我们可以同演一幕剧，准保能叫座儿。”

卜算子道：“柳爷的话一点不错，我那八字儿说完也觉得后悔，可惜已经说出来。他们不相信，其实我跟他们找八字儿给他批一下，他准欢迎。”

鲍老催道：“我的话很多，还要说，他不叫说了，要不然我能说上几个钟头。”他们畅谈阔论的。

这时鲍老催的爸爸回来了，一见鲍老催没摆车摊儿，问他，他说演话剧了，不摆车摊儿了，大家也都说，这就有起色了，大家都在欢喜。

谁知鲍老头儿大骂起来：“你这孩子就算完了，干什么不成？单他妈的演文明戏，那有什么出息？”

吴小四道：“演话、话剧可以教、教化民众。”他最近也学了一点口头禅。

鲍老头子道：“那叫胡说八道！教化民众，先叫他教化自己吧。连自己都挨着饿呢，配给粮票都没钱取，还教化民众呢，别这儿胡说八道了。现在就是想法怎样进钱，你瞧人家肛门队，发财是真的。要是我，愣加入毛巾团也不能干这个。”

鲍老头子一嚷，鲍老催可急了，当着这么多朋友，叫父亲骂了自己一顿，骂自己还没有什么，把朋友也都拉上，太对不住人了，于是他道：“说什么我也得干这个，打死我我也得干，这回谁也管不了我，谁管我谁是王八蛋!”鲍老催的浑劲儿上来了。

鲍老头儿一见儿子居然骂起来，这简直是忤逆呀，气得发抖，他道：“他妈的你浑蛋，你不听我的话，小杂种，不是人揍的。”鲍老头儿更糊涂，把自己也骂在里面。

鲍老催道：“肛门队毛巾团，那都是坑人害己，人不能干。放着好道儿不走，老干那没天理的事，将来没有好处。就是发了财，命也保不住。演话剧能说一句好话，就积一回阴德。”他这时又明白了。

鲍老头子道：“你浑蛋，你要不听我的话，你就趁早儿给我滚蛋，咱们爷儿俩脱离关系，我不要你，我不能养活废物，你就给我搬走。”

鲍老催道：“搬走就搬走。”

鲍老头子嚷道：“他妈的你给我搬，你不搬我叫巡警去。”

吴小四见鲍老头子这样不懂情理，立刻拉鲍老催道：“走，住、住我家、家去。”

鲍老催一听，立刻勇气十倍，进到屋里，把自己的被褥衣服，扛起就走。

鲍老头儿嚷道：“你这畜生反了，给我搁下。”

吴小四瞪眼道：“你、你管得着吗？”

鲍老头子一看，他们人多，又全是小伙子，自己干不过他们，气得直哆嗦，他道：“小子，你们在哪儿演戏，我非去搅你们去不可，不能叫你们唱好了戏，告诉你们说吧，有你们没有我。”

鲍老傕不听那套，扛起行李便和吴小四他们走了出来。走的时候很勇，到了吴小四家，吴小四才感到这事办错了。家里一间屋子，还哪里住得下呢？住下也还能凑合，搭块木板就可以了，可是吃饭怎么办哪？一个壮小伙子，一顿饭真吃不少，怎么能供得起呢？

吴老太太心里虽然着急，但又不能说出来。幸而鲍老傕在杂货铺掌柜老西儿那里存着一双旧自行车皮带，他给变卖了，拿钱吃饭。每天到话剧社去练习。

导演白练序做了一个剧本，名字叫《九回肠》，每天排演着。

这天，忽然胡捣练到社里去了。胡捣练看见报上登着索南枝等组织江南话剧社，他出风头心胜，同时自己以为漂亮得了不得，在舞台上一出风头，就有女性来追，同时也可以接近索南枝。于是他跑了来，说要报名参加。

吴小四一见，认识，就是跟刘经理一块儿商量拆散楚、索婚姻的人，他道："不、不成，现、现在不收、收了。"

胡捣练道："你是干什么的?"

吴小四道："你就别管了，反、反正不要、要你这样的。"

胡捣练生气道："我同你们社长是朋友，我叫胡捣练。你去问问去，就凭你说不要就不要?"

吴小四道："大爷说、说不要就、就不要，你、你有什么办、办法?"

胡捣练道："我找你们社长，不跟你这畜生说话。"

吴小四道："你骂谁是、是畜生?"说着便过来，拉住胡捣练就打。胡捣练如何肯饶，他和吴小四打在一处，衣服也撕了，桌子也倒了。鲍老傕一见吴小四要吃亏，过来假装劝架，而其实是来助拳。柳摇锦因为戴着眼镜看不见，摘了眼镜，仍然看不见。卜算子和他差不多，他也想帮拳，由老远就伸手打，打了好几把都打空了。原离着还有二尺呢。

这时楚江秋和索南枝都听见了，连忙叫朱老头儿出去看，朱老头儿回去说："吴先生和一个穿西服的打起来。"

楚江秋一听，忙跑出来看，一看是胡捣练，他心里正憎恨，所以他一声不语又进来了。索南枝便问是谁，楚江秋便告诉她说是胡捣练。索南枝一听，气得发抖，本来她和楚江秋都是因为胡捣练而受了好大的罪。

她道："你不会把他驱逐出去完了？"

楚江秋道："你去吧，我一管就麻烦了。"

索南枝遂走了出来，胡捣练一见索南枝走出来，连忙嚷道："好了好了，他们打我一个人，你不管他们？"

吴小四见索南枝出来就住了手。胡捣练心想给吴小四告一状，谁知索南枝却道："请快出去吧。"

胡捣练一听，怔怔说道："我是来帮你忙的。"

索南枝道："不需要，谢谢你，请快出去吧。"

胡捣练还要分辩，吴小四和鲍老催摩拳擦掌的，预备打架，他遂道："好吧，我叫你们认识认识姓胡的，我要叫你们出演得好，我不叫胡捣练。"说着，他走了。

吴小四道："他什、什么时候去、去捣乱，就什、什么时候揍、揍他。"吴小四下了决心。

大家见他走了，照旧排演话剧，剧本《九回肠》已经编得，内容是以乡村为背景，故事是说：一个恶霸要夺一个女人，有几个做工的人路见不平，把恶霸打了一顿，里面穿插许多可笑的事。由索南枝饰那女人，吴小四和卜算子饰工人，鲍老催饰恶霸。

开幕之前，广告张贴出去：江南话剧社，为庆祝国庆纪念，特出演幽默悲喜剧《九回肠》，情节曲折，令人荡气回肠。

露剧那天，真是轰动九城，万人空巷，剧院门前，向隅者不忍离去。吴小四留了一个包厢，把母亲和胡十八夫妇接来，卜算子也把太太和青哥儿带来。鲍老催的爸爸鲍老头儿听了这个信儿，他一个人跑了来，准备吵他们。如果见鲍老催在台上出演，立刻把他拉下来打，叫他演不成戏。他早就憋好了主意。来到剧院，愣往里走，把门的一拦，鲍老头子瞪眼道："我找我儿子，我儿子叫鲍老催。"

查票员一听是鲍老催的爸爸，遂叫他进去了。鲍老头子坐在一边，专等鲍老催上台，他拉下来一打，谁也拉不了。爸爸打儿子，这是应该的，他打好了主意不提。

且说胡十八夫妇，自接到吴小四寄的剧票，他特意把生日提前几天，向倘村长告假，说进城过生日，倘村长等立刻联合村人，给老师送寿礼。学生们也都个个送礼。胡十八这一下得了不少礼，光现钱都有二百多块。胡十八夫妇高兴得了不得。

两个人乘了乡下进城的大车，来到城里，住在亲戚家里。自然他们得先露出有钱，并且他们跟人家说在乡下一月挣多少钱（当然往多里说），然后又说到乡下如何好过，这几天为是告假进城玩几天，今天就去看戏，还坐包厢呢。别人听了，也全对他们恭敬而殷勤起来。

他们来到剧园子，大声小叫的，他们以为坐包厢就可以大声说话，谁也不敢管。别人直"喧痛"，他们也不理会。

胡十八看见何传何老头子了，胡十八去打招呼，何老头子说："胡老，老没见了。"

胡十八道："老没见，老没见，老没见，近来好？"

何传道："唉，我现在自己立个私塾，没法子，不这样简直没法儿过。幸而北京学校还少，学生考不上小学的或是没人情送不起礼来，都跑到这儿来了。胡老，在哪儿呢？"

胡十八道："我有包厢，我有包厢，是的，我有包厢。"

何传道："我问的是您老在哪儿恭喜？"

胡十八道："噢，我也教书呢，在香山那儿，太远了，昨天进的城，打算过生日再走。”

何传道：“对啦，要不提我简直忘怀了，胡老的寿日，十月初八，我得暖暖寿。”

胡十八道：“不客气，不客气。”也不知是叫人不客气，还是他不客气。

何老头子道：“明天到我家里喝盅酒去，暖暖寿，一定。胡老不必推了，明天我一定恭候。”

胡十八道：“那实在过意不去，过意不去。”

正说着，序幕开了，胡十八赶紧跑回包厢里去。吴老太太说：“哟，怎么还没有锣鼓，也不打通。”

胡十八道：“这是画、画剧，多注意布景，是布景都是画的。”

吴老太太道：“怨不得小四回家就说画布景画布景，真是这样儿。”

开幕之后，吴小四等陆续上台，因为是笑剧，所以引得人笑断肚肠，又搭着吴小四鲍老催一胖一瘦，呆头呆脑，观众都以为是他们表情好，所以一起鼓掌称赞，莫不喊好。连鲍老头子看着都忘了拉鲍老催下台，后来想起来了，也不愿去拉了。他想看完了再说，果然挺有兴味。

这时刘经理也来了，他在看守所押了几天，被释放出来，自己非常烦闷，听说索南枝和楚江秋又见了面，二人又和美如初，而且干起话剧团的事业。他觉得自己丢人现眼得罪朋友，别人瞧不起，还破了不少财，他十分后悔。后来胡捣练又去找他，联合反对索南枝的剧团，他想以前花了若干的钱请他们，结果一点成绩没干出来，现在他没有这勇气了，但也没有拒绝，只说看看再说。他今天来到剧场，看他们的表演，成绩很好，出乎意外。就是四周左右的观众，也没有不说好的。刘经理很兴奋，他想自己拿出钱来，跟他们剧团立合同，加入股东。

这时胡捣练也来了，他还约了十几个同党，想破坏他们演剧的秩序，叫他们演不圆满，给他们一个大打击。他们商量好了，由胡捣练怀里揣着镪水，到后台找索南枝，把镪水洒在索南枝脸上，然后台下的人一起上台拉吴小四等一打。

胡捣练来到后台，索南枝正在台上，他们正表演等候恶霸前来的一幕，吴小四和卜算子保护着索南枝。鲍老催饰恶霸，他一出台，吴小四和卜算子便把他拉倒一打，鲍老催假装被打得走不了路，这幕剧便算告终。

鲍老催在后台刚要出台，吴小四等在台上等着，这时观众的情形很紧张，因为知道恶霸一出来，便有一通好打。谁知这时胡捣练在台口等着索南枝，等她下来，用镪水泼她的脸。鲍老催一见台口站着个人正探身往前台看，鲍老催一推他，把胡捣练推出前台，跌了一跤。卜算子和吴小四没看清，过去假装乱打，观众也知道胡捣练就是那恶霸呢。大家看着吴小四打着不起劲，有点扫兴。这时胡捣练却翻开身把吴小四压在底下毒打，观众见他们真打，这才鼓掌。吴小四先还纳闷，鲍老催怎么真打自己，细一看时，才知并非鲍老催，而是胡捣练。

索南枝一看，也吓得喊叫起来，观众以为她表情逼真，又是一阵鼓掌。吴小四可真急了，大叫一声，翻起来又把胡捣练压在底下，拳打脚踢，连骂带喊，台下掌声大震。

卜算子还不知怎么一回事，经索南枝一告诉，于是他也一起助打。观众一看，这才打得起劲，莫不鼓掌喝彩。好声四起，有的兴奋得站了起来。

胡捣练被打得狼哭鬼叫，爹妈不绝口，直喊救命，观众鼓掌愈烈。没想到话剧到底比旧剧逼真，真打呀。鲍老催这时站在台口，反倒怔了，他是出去不出去呢？不出去这幕剧没法儿结束，出去又怎么呢？

导演白练序在化装屋听人说前台打了起来，十分着急，立刻跑出去。就听观众喝彩叫好，他也纳闷，既然打起来，怎么还有喝彩的呢？他跑到台口一看，见吴小四打的不是鲍老催，而是胡捣练，心想："这可要糟。"可是这时又没有主意，自己又不能上台去拉去，别人也不敢出台，只由他们去打。

吴小四和胡捣练、卜算子三个人，在台上滚来滚去，越打越凶，观众越发喝彩。吴小四越得意越有精神。这时鲍老催的爸爸看着也乐了，怨不得人说话剧有艺术，确实是有艺术。刘经理这时也看着兴奋，原来人看戏剧，对于奸人都恨。这是人同此心，心同此理。刘经理自忏悔，也觉好人是得人喜欢，坏人是得人憎恨。

这时胡捣练的同党一见胡捣练吃了亏，立刻要上台援助，他们刚要走上前去，口里喊着："打倒江南话剧团。"

观众一看，话剧团演得这么好，他们还要打倒，真是岂有此理，觉得他们搅乱秩序，立刻群起而攻之。鲍老头子在先拦住他们，他说："谁上前就打谁，来一个打一个。"他本来想拆话剧团的台，现在又拥护话剧团了。刘经理也拥护话剧团，把胡捣练的余党都打了出去。大家又来观剧。

这时鲍老催见这样打下去，实在没完。他竟走出台来，把吴小四和胡捣练拉开，打了胡捣练几个嘴巴，声音真脆，大家又鼓掌，鲍老催又一脚把胡捣练踢出后台，胡捣练趁此机会跑了，镪水洒了，衣服也全都破了，观众见恶霸狼狈而逃，十分满意。

这时鲍老催打走了胡捣练，他叫吴小四道："该打我了，要不然这戏没完。"说着，便爬在台上，由吴小四来打。他仿效胡捣练的口吻，直喊救命。大家一看，又笑起来，一阵鼓掌，以为他们是学着恶霸挨打的好戏。

导演白练序一看，别再打了，见好儿就收吧。于是一敲锣，幕闭了。《九回肠》这幕悲喜剧，在观众的喜悦中终了。

从此吴小四等都有了正当职业，刘经理也加入大批股子，话剧团的事业，一天比一天兴盛起来。

小说写到此处，也告一结束。